Marion Shergold

avec la collaboration de

Pamela Cockerill

L'enfant qui ne voulait pas mourir

Traduit de l'anglais
par Bella Arman

W0248950

Éditions J'ai lu

Titre original :

CRAIG SHERGOLD : A MOTHER'S STORY

Copyright © Marion Shergold, 1993
Copyright © Pamela Cockerill, 1993

Pour la traduction française :
© Éditions Fixot, 1995

Ce livre est dédié aux hommes courageux qui font partie de ma vie, Ernie, Steven et Craig — tous si chers à mon cœur — ainsi qu'à ma merveilleuse mère, Kate, que je sens toujours à mes côtés.

Merci, maman, de m'avoir enseigné le pouvoir de l'amour.

Je dédie aussi ce livre à toutes les familles qui ont eu le malheur de perdre un enfant.

Mes pensées et mes prières leur sont destinées.

AVANT-PROPOS

J'ai rencontré Craig Shergold pour la première fois en décembre 1990 lors d'une collecte de bienfaisance organisée dans mon restaurant londonien Aux Doigts qui Collent [1]. Nous avons sympathisé au premier coup d'œil.

Craig était à ce moment-là un jeune garçon très malade. On m'avait signalé qu'en dépit de son état et de son propre « combat pour la vie », il consacrait chaque minute de son temps libre à collecter de l'argent pour l'hôpital Royal Marsden.

Son courage, son sens de l'humour époustouflant et sa détermination à s'acharner à vivre avaient déjà de quoi susciter l'admiration. Mais ce qui me conquit totalement fut la résolution qu'il mettait à oublier son propre cas au travers de ses nombreux projets de collectes de solidarité. Je n'ai jamais connu de personne aussi jeune capable de rassembler autant de fonds pour une œuvre charitable.

Depuis notre premier contact, Craig et moi avons participé à l'organisation de nombreuses rencontres caritatives en faveur de l'hôpital Royal Marsden, et sommes devenus, selon sa propre expression, de « grands potes ».

Toute mon amitié et mes félicitations, Craig !

Ton « grand pote »,

Bill WYMAN

1. En anglais : Sticky Fingers. *(N.d.T.)*

INTRODUCTION

En fait, tout a commencé par une manière de plaisanterie. Non pas que vous soyez d'humeur à plaisanter quand on vient de vous annoncer que votre enfant risque de mourir, mais Richard Hayward avait l'art de faire sourire les gens ; l'étincelle de ses yeux éclairait tout le service dès qu'il entrait pour examiner ses malades. Ce matin-là, le docteur Hayward faisait sa tournée avec une équipe d'étudiants en médecine. Il s'arrêta, comme toujours, au pied du lit de Craig.

— Comment te sens-tu aujourd'hui, Craig ? Et ce mal d'oreilles ?

— Ça va, je crois que c'est moins fort qu'hier, répondit-il lentement avec un pauvre sourire.

Craig parlait d'une voix étrange, d'une voix qui avait changé en quelques jours, depuis qu'on l'avait transporté aux urgences de l'hôpital de Great Ormond Street. Avec ce débit traînant, ces grands silences entre les mots, on aurait dit qu'il était ivre. Je ne m'y habituais pas. Tout se passait comme s'il y avait eu un autre enfant à l'intérieur du corps de Craig. Le docteur Hayward devait avoir deviné mon sentiment, car il leva les yeux vers moi en souriant. Lui, au moins, vous regardait toujours dans les yeux, pas comme certains...

— Ça va, madame ?

Je hochai de la tête, de crainte d'avoir à parler.

Le docteur Hayward vérifia le drain posé sur l'un des côtés de la tête de Craig trois jours auparavant. On avait rasé une moitié de sa chevelure ; une cicatrice sombre, en demi-lune, tranchait sur son crâne chauve.

— À mon avis, ça se présente bien, Craig, dit le docteur. On va pouvoir faire la deuxième opération dès lundi prochain, comme prévu.

Il me lança un rapide coup d'œil, attendant sans doute une question de ma part. Mais je n'avais rien à demander ce jour-là. J'en savais déjà beaucoup plus que je n'aurais voulu.

Au moment de s'éloigner, il s'arrêta net en remarquant ce qui était accroché aux cloisons entourant le lit de Craig.

— Eh bien, dites donc ! Il y a quelqu'un qui s'est drôlement activé, ici.

J'étais un peu embarrassée : c'était moi qui avais accroché toutes les cartes de vœux reçues par Craig. Bien sûr, l'idée était venue du docteur Hayward, mais je n'étais pas très sûre que l'initiative fût heureuse.

La veille encore, il n'y avait qu'une trentaine de cartes sur le mur de Craig, parvenues le premier ou le deuxième jour de notre arrivée. Depuis, au fur et à mesure que les amis et les membres de la famille avaient appris les nouvelles, les cartes affluaient. Mais je ne les avais pas accrochées. Chaque matin Craig les ouvrait, puis je les empilais sur sa table de nuit.

La veille, lors de sa tournée, le docteur m'avait passé un vrai savon à la vue de la grosse pile branlante sur la table de nuit.

— Mais qu'est-ce qu'elles font là, ces cartes ? Accrochez-les, de façon qu'il les voie bien !

Puis, écartant les bras :

— Je veux que cet enfant puisse bénéficier du maximum d'encouragement psychologique.

Après son départ les infirmières restèrent avec moi.

— Allons, Marion. Vous avez entendu ce qu'il a dit ? Accrochons-les.

Et elles m'aidèrent à disposer les cartes sur les murs. Il y en avait des centaines désormais. Des grandes, des petites, des drôles, et aussi des « à l'eau de rose », comme disait Craig. Il y en avait qui venaient de la famille ou des voisins, de mes copains et copines de travail, des collègues d'Ernie à l'Électricité de Londres, sans oublier celles qui avaient été confectionnées à la maison par les enfants de l'école de Craig. Tant et si bien que, du sol au plafond, il ne restait pas un pouce d'espace libre.

Le docteur Hayward avait eu raison : cela avait redonné le moral à Craig. Rien ne l'avait autant captivé depuis son arrivée à l'hôpital.

Voyant le résultat de ses instructions, le docteur Hayward joua toute une petite comédie destinée à Craig : il tourna lentement autour du lit, contempla les murs, ouvrit la bouche et agrandit les yeux comme s'il découvrait quelque chose d'extraordinaire :

— C'est incroyable, dit-il enfin. De ma vie, je n'ai vu autant de cartes de vœux destinées à un seul petit garçon.

Craig émit un petit rire et ses yeux retrouvèrent une trace de l'étincelle de jadis.

— C'est bien, non ?

— Je comprends que c'est bien, opina le docteur. C'est fou le nombre d'amis que tu dois avoir !

Puis il s'adressa aux étudiants qui se tenaient derrière lui :

— Vous ne croyez pas qu'il pourrait figurer dans le *Livre Guinness des records,* non ?

Les étudiants rirent poliment.

— C'est ça, il faut que tu essaies, Craig, lança

une infirmière à travers la salle, au moment où le docteur Hayward se dirigeait vers le lit suivant.

Le docteur avait plaisanté. Je le savais. Mais mon amie Alison, qui était avec moi, prit la chose au pied de la lettre. Pour être honnête, je ne lui avais guère prêté attention. J'étais trop préoccupée par l'état de Craig. Il faisait peine à voir. Son visage était boursouflé et sa peau avait pris une teinte jaune particulièrement sinistre. Il avait plongé dans un sommeil très agité après le départ du docteur Hayward. À le voir ainsi gémir, secoué de convulsions, on aurait cru qu'il subissait une séance d'électrochocs.

— Marion, et si on essayait ? dit soudain Alison.

Je la regardai, étonnée :

— De quoi parles-tu ?

— Du *Livre Guinness des records* !

— Quoi ?

Je crus qu'elle déraillait.

— Voyons, Alison, le docteur Hayward plaisantait.

— Je sais, dit-elle. Il n'empêche. Je crois que nous devrions essayer.

Elle ne parlait pas sérieusement ! Ça représentait quoi, un record du monde des cartes de vœux ?

Mais Alison n'en démordait pas.

— Allez, Marion, dis oui.

Je secouai la tête :

— Où veux-tu en venir, Alison ?

— Cela occuperait Craig, au lieu qu'il se contente d'être malade. Voilà le problème. Et toi aussi, ça t'aiderait à penser à autre chose, dit-elle en désignant les flacons de goutte-à-goutte derrière le lit de Craig.

J'hésitai. Ce qu'elle disait n'était pas absurde, j'en convenais :

— Qu'est-ce qu'il faudrait faire ?

— On lancerait un appel demandant aux gens de

lui envoyer des cartes de vœux, expliqua Alison. Pour démarrer, je pourrais, au boulot, passer un coup de fil à tous nos clients, écrire aux entreprises du coin. Si ça se trouve, le *Sutton Guardian* pourrait en faire des articles à épisodes. Qu'est-ce que t'en penses ? Ça ne peut pas faire de mal d'essayer, non ? Allez, dis oui !

— Je ne sais pas, répondis-je.

Mais elle m'avait ébranlée :

— À ton avis, il faudrait avoir combien de cartes ?

— Oh, je ne sais pas... dit-elle avec un geste évasif comme si ce détail n'avait aucune espèce d'importance. Mille, deux mille... ?

Je me mis à réfléchir.

Deux mille cartes, ce n'était pas un objectif irréalisable. Craig devait bien en avoir déjà reçu deux cents.

— Si on ne lance pas un appel, les cartes vont cesser d'arriver, reprit Alison en s'animant.

Le moment où le facteur apportait le courrier dans la salle et se mettait à crier « en voilà encore pour Craig » illuminait sa journée. Il ne me laissait pas toucher à ses enveloppes. Il voulait les ouvrir lui-même. C'était le seul instant où il paraissait vraiment s'éveiller.

— Bon, d'accord, Alison. Je suppose que ça ne peut pas faire de mal. Allons-y...

Si une cartomancienne m'avait lu les lignes de la main ce jour-là à l'hôpital de Great Ormond Street, et prédit que dans les quatre années à venir Craig allait recevoir plus de cent millions de cartes de vœux en provenance du monde entier, je me demande si je l'aurais crue.

La même bohémienne m'aurait affirmé que ces cartes allaient bouleverser ma vie, que notre petit logement social croulerait sous les sacs de courrier, qu'il nous faudrait laisser notre voiture dans la rue parce que le garage déborderait jusqu'au plafond, que je devrais chaque semaine, et ce pendant quatre ans, réquisitionner des douzaines d'amis et de voisins pour m'aider à ouvrir les montagnes de lettres destinées à Craig, comment aurais-je pu la croire ? Et, à supposer que je l'aie crue, aurais-je accepté de me lancer dans l'aventure ?

J'espère que oui. Car je suis au moins sûre d'une chose : si je n'avais pas dit oui à l'idée d'Alison cet après-midi-là, mon fils Craig ne serait plus en vie aujourd'hui.

1

Le jour de la naissance de Craig, il n'y avait pas la moindre raison de penser qu'il ne deviendrait pas un petit garçon en bonne santé.

Il vint au monde à dix heures et demie du soir, le 24 juin 1979, une nuit d'été, à l'hôpital St. Helier, au sud de Londres, au bas de la route qui descendait de Carshalton, là où Ernie et moi vivions. La naissance s'était passée tout à fait normalement, sans incident, si ce n'est que les deux parents étaient en larmes.

— Ne pleurez pas, madame Shergold, disait la sage-femme en riant de notre émotion au moment où elle retirait l'enfant du pèse-bébé. Vous avez un magnifique garçon. Trois kilos et demi !

Et elle me mit le bébé dans les bras.

J'étais si excitée que je n'arrivais pas à parler. Ce n'est qu'en me retournant sur le lit pour montrer le bébé à Ernie que je vis les larmes de celui-ci.

— Un petit garçon ! répétait-il. C'est un petit garçon !

Et de pleurer tous deux, dans la même étreinte.

Je sais bien que chaque bébé représente un miracle pour ses parents, mais Craig, c'était pour nous un double miracle. Nous l'avions attendu douze ans. Steven, notre premier fils, était né en 1967. J'avais alors dix-neuf ans et nous avions toujours voulu lui donner un petit frère ou une petite sœur. Seulement, allez savoir pourquoi, ça n'était jamais arrivé. Je rétorquais à ceux qui avaient le culot de demander pourquoi que ce n'était pas faute d'avoir pris beaucoup de plaisir à essayer... Et puis, finalement, un jour de novembre 1978, alors que nous avions perdu tout espoir, je découvris que j'étais à nouveau enceinte. Nous organisâmes une soirée sensationnelle pour fêter l'événement. Je m'étais acheté une nouvelle robe et j'avais obligé ce pauvre Ernie à porter son plus beau costume et sa cravate la plus chic. Nous étions euphoriques. On chanta, on dansa toute la nuit et une bonne partie du lendemain.

Et voilà, enfin ! Notre nouveau bébé était bien là, en bonne santé, la famille désormais au complet. Ernie nous donna un dernier baiser à tous deux et rentra à la maison. L'infirmière m'installa dans une chambre et borda douillettement Craig dans un petit lit auprès de moi.

— Dormez, maintenant, madame Shergold, ordonna-t-elle en éteignant la lumière.

Il avait une magnifique toison de cheveux bruns, et à la vue de son cou robuste et grassouillet je me mis à rire. C'était le cou d'Ernie, on ne pouvait s'y tromper. Bon, au moins n'avait-il pas hérité de mon nez, ce pauvre gosse. C'était un si joli bébé, avec ses longs cils et sa bouche en bouton de rose, qu'on aurait pu le prendre pour une fille. J'avais espéré une fille pendant ma grossesse, mais en voyant mon adorable fils j'abandonnai tout regret. Je le couvris soigneusement et le pris pour le bercer dans mes bras. De ma vie je ne m'étais jamais sentie aussi heureuse, au point de m'en effrayer moi-même.

Nous décidâmes d'appeler notre nouveau bébé

Craig, un prénom que j'avais trouvé sur une liste qu'on m'avait donnée.

— Ça veut dire « fort et solide comme un roc » et ça me plaît bien, dis-je à Ernie.

Nous choisîmes Thomas comme second prénom, celui de mon père.

Steven avait été jusque-là un enfant unique et je me demandais s'il n'allait pas mal prendre tout le « foin » que nous faisions à propos du nouveau bébé. J'avais tort. L'arrivée de son petit frère l'enthousiasma autant que nous. Carol, ma meilleure amie, vint voir Craig à l'hôpital la veille du jour où je devais rentrer à la maison avec lui. Nous avions parcouru un bon bout de chemin ensemble, Carol et moi. Elle faisait partie de ma bande à l'école, et elle me connaît probablement mieux que quiconque. Elle était en train d'admirer Craig et de le câliner quand je lui dis à l'improviste :

— Tu sais, Carol, si quelque chose lui arrivait, je ne pourrais pas le supporter. Je crois que j'en mourrais.

Elle me regarda d'un drôle d'air.

— Mais il ne va rien lui arriver, Marion. Qu'est-ce qui peut bien te faire dire une chose pareille ?

Je ne le savais pas moi-même.

— C'est difficile à expliquer, dis-je. Seulement, je suis si heureuse que parfois, en le regardant, j'ai le terrible sentiment que quelque chose va arriver pour tout gâcher. Je ne sais pas pourquoi. Je n'étais pas comme ça avec Steven.

Je sentis les larmes me monter aux yeux. Carol mit son bras autour de moi :

— Ne sois pas bête, Marion. Tout ira bien pour Craig. Tu fais un peu de déprime après l'accouchement, c'est tout.

Je me dis qu'elle avait raison, et dès lors, quelles que fussent mes bouffées d'angoisse, je fis de mon mieux pour les surmonter.

Avant même d'avoir des enfants, j'avais toujours pensé que la vie de famille était la chose la plus précieuse au monde. J'avais grandi dans un grand immeuble locatif du « Quartier », le nom qu'on donnait à notre arrondissement de Southwark, juste au sud de la Tamise. Nous n'avions que deux pièces, une où l'on mangeait, une où l'on dormait. Le confort des bâtiments Peabody laissait beaucoup à désirer. À notre étage, douze familles devaient se partager les mêmes cabinets, et tous les vendredis soir, papa transportait chez nous le tub familial. Ce dernier était marqué en rouge vif de l'inscription M 5 afin de le reconnaître parmi les onze autres suspendus dans la buanderie communautaire. On mettait l'eau à bouillir, et nous nous y baignions tous à tour de rôle : la tante célibataire qui vivait à l'étage du dessus en premier, puis moi, puis mon frère Kevin, puis maman. Je n'ai jamais réussi à savoir quand papa prenait son bain !

En dépit du confort rudimentaire dans lequel nous vivions, j'ai eu une enfance vraiment heureuse. Ma mère était issue d'une famille très nombreuse, et notre salle à manger était toujours bourrée de monde. Nous avons grandi entourés de chansons, de rires et de chaude affection. Je me suis toujours protégée des gens qui pensent qu'on gâte les enfants en leur montrant trop d'amour.

Ernie et moi sommes souvent à court d'argent, et il ne fallait pas s'attendre que Craig soit comblé de jouets en grandissant. Mais de la tendresse et des câlins, il en aurait, en veux-tu en voilà, tout comme Steven. Je ne sais si cela a un rapport, mais Craig devint un bébé très gai. Avant même de marcher il sut faire rire les gens. Un vrai comique !

Il aimait aussi la musique. En 1979, le tube du moment, *C'était une vraie journée d'amoureux, le jour où nous sommes allés à Bangor*[1], devint sa rengaine favorite. Je lui mettais le disque et il gesticulait au rythme de la chanson en riant de bonheur à voir que nous le regardions. À Noël, il avait alors six mois, j'emmenai Craig aux grands magasins Addlers, à Sutton, pour prendre une photo de lui. Mon père était venu avec nous. Craig restait très sérieux. Pas moyen de lui arracher un sourire, jusqu'à ce que papa entonnât *C'était une vraie journée d'amoureux*... On n'aurait pas fait mieux en pressant un bouton : Craig se mit à se dandiner en riant et nous obtînmes un magnifique portrait de lui.

Bientôt, Craig fut capable d'interpréter le morceau lui-même. Il sut chanter dès qu'il sut parler, ou presque. Ma mère avait une jolie voix et elle lui avait enseigné avec mon père les mêmes vieilles chansons cockney[2] qu'ils nous avaient apprises, à Kevin et moi. Craig avait une excellente mémoire, et vers trois ou quatre ans il les savait toutes par cœur.

À cinq ans, Craig décréta qu'il voulait devenir acteur. Je pris son désir au sérieux. Cela me paraissait une vocation parfaitement sensée. Le goût pour la scène est congénital du côté de ma famille.

Malheureusement, je n'ai pas hérité du talent musical de mon père et de ma mère. J'ai du moins reçu des Blyde la passion de se donner en spectacle. Ernie dit à qui veut l'entendre que je confonds toujours les restaurants où je travaille avec une scène de théâtre. Au bout du compte, je crois qu'il a raison. Il faut un certain don de comédienne pour travailler comme serveuse et arborer un visage différent selon les occasions. En tout cas, c'est ce que je pratique sans même y penser. S'agit-il d'un

1. Titre original : *Didn't we Have a Loverley Day, the Day we Went to Bangor.*

2. *Cockney* : qui appartient au Londres populaire.

dîner de personnalités en cravate ? Je suis polie et déférente. Un patron marié invite sa secrétaire à dîner ? Je deviens discrète et effacée. Et je change de voix à volonté. J'oublie mon accent cockney pour adopter l'accent distingué d'une pimbêche en fin d'études universitaires quand je sers dans une garden-party à Buckingham Palace. En revanche, quand il s'agit de servir les petits déjeuners de l'équipe de foot du Chelsea Club après l'entraînement, personne ne devinerait que j'ai quitté le « Quartier ». Je n'ai jamais considéré mon métier de serveuse comme un travail. Je m'y suis toujours sentie en représentation, et j'ai toujours adoré ça !

Quand Craig était tout petit, je ne travaillais qu'aux heures de midi et le soir tard, après l'avoir bordé dans son lit. Ce ne fut pas vraiment un choix. Quand j'étais enceinte, j'avais décidé de rester à la maison et d'être mère à temps plein. J'avais attendu ce nouveau bébé si longtemps que je voulais jouir de tous les instants avec lui. Mais quand Craig eut deux mois, Ernie perdit son travail et je fus bien forcée de demander à Derek, mon patron, de me reprendre à mon ancien poste de serveuse en chef au restaurant de La Grange. Par bonheur, il ne m'avait pas encore trouvé de remplaçante, et je me remis vite dans le bain. L'idée de laisser Craig me rendait malade, mais je me dis qu'avec ma mère, Ernie et Steven aux petits soins pour lui, il aurait toute l'affection nécessaire. À y repenser aujourd'hui, je crois que tout s'est passé pour le mieux. Mère de famille à plein temps ? Toute au ménage et à la cuisine ? Sans personne à qui parler tout au long de la sainte journée ? Je crois que je serais devenue folle. J'ai besoin d'avoir du monde autour de moi. Les gens, la fête m'ont toujours été aussi nécessaires que le boire et le manger.

Ce en quoi je ne ressemble pas vraiment à Ernie, timide et silencieux de nature et un peu solitaire.

Nous différons aussi par d'autres aspects. Ernie, par exemple, est assez flegmatique et se tracasse moins facilement que moi. Nous avons beaucoup de choses en commun, mais c'est sans doute nos différences qui nous ont aidés tous deux à traverser les temps difficiles. Nous nous complétons.

J'ai souvent pensé, dans la prime enfance de Craig, que je lui avais choisi un mauvais prénom. Craig, « fort comme un roc », ça sonnait parfois comme un mauvais jeu de mots. Steven n'avait eu à pâtir d'aucune maladie infantile. Craig, lui, attrapait tout. Le moindre microbe était pour lui. Un beau mois de juin, juste avant qu'il ait ses quatre ans, il attrapa la varicelle. Un mois après seulement, la rougeole. Il se relevait tout juste des deux qu'il récupéra la coqueluche. Cette coqueluche me terrifia. Je n'avais jamais vu un enfant aussi malade. Il toussait, toussait, à en avoir l'écume aux lèvres. Cela dura des semaines. Du moins croyais-je alors que la toux en était la cause. Il m'arrive aujourd'hui d'en douter.

C'est en mars 1984 que Craig nous fit vraiment très peur. Un matin que je venais dans sa chambre le réveiller, il refusa de se lever. Je lui chatouillai les pieds à travers les couvertures :

— Allons, petit sac d'os paresseux ! Tu vas être en retard à la garderie.

Il me regarda, livide.

— M'man, j'peux pas marcher.

Toutes les craintes qui m'avaient assaillie quand il était un tout petit bébé revinrent en un éclair. Et s'il allait mourir ? Mes jambes flageolèrent et je dus m'asseoir sur le bord de son lit.

— Comment ça, tu ne peux pas marcher ?

— J'peux pas bouger les jambes. J'me sens tout drôle...

Ernie et moi le transportâmes au rez-de-chaussée, sur le canapé, et appelâmes le docteur. J'étais plutôt affolée. Le docteur, lui, ne paraissait pas très inquiet.

— C'est juste un virus, dit-il en examinant Craig. Cela l'affaiblit, c'est tout. Ça va passer.

Mais ça ne passa pas. Cela empira. Le lendemain, Craig fut admis à l'hôpital et y resta cinq jours. Nous n'avons pratiquement pas quitté son chevet ces cinq jours-là. Craig n'avait même pas conscience de notre présence. Il dormait, dormait. Il finit par s'animer progressivement et, une fois qu'il put se lever et clopiner un peu, on le laissa revenir à la maison. On lui avait fait des tas d'analyses sans trouver quoi que ce soit.

— Ne vous inquiétez pas, madame Shergold. Il n'y a pas de raison pour que cela se reproduise à l'avenir, m'assura le médecin.

Mais je m'inquiétais. Par la suite, quand Craig venait me souhaiter bonne nuit ou quêter son câlin matinal avant de partir à l'école, un sentiment d'angoisse me submergeait. J'aimais tellement mon petit garçon que cela m'effrayait. Je ne prétends pas qu'il soit parfait. Comme la plupart des gosses, il aimait jouer les petites terreurs et s'attirer des ennuis. Craig voulait toujours jouer avec Steven et ses amis. Mais ils avaient douze ans d'écart et les grands n'aimaient pas le voir traîner continuellement dans leurs pattes.

— Va là-haut dans la chambre, disait Steven quand ses copains arrivaient.

Craig prenait alors un air pathétique et s'en allait en disant « Vilain » ! Vilain, c'était le nom tendre qu'il réservait à Steven, qui finissait toujours par accepter qu'il reste. Craig ne manquait jamais d'arguments. Il avait réponse à tout. De temps en temps Steven secouait la tête :

— Ça fera un bandit, m'man. Il va finir en prison. Il est trop malin.

Craig se prit de passion pour le football au moment où je commençai à travailler au club de Chelsea à Stamford Bridge. Je travaillais comme serveuse à mon compte à cette époque et me déplaçais un peu partout. Peu m'importait où j'allais, du moment que les horaires me convenaient. À Chelsea, mon travail consistait à servir le petit déjeuner aux joueurs après l'entraînement et le dîner aux dirigeants du club les jours de match. Les petits déjeuners de l'équipe se passaient sans façon et je fis vite connaissance avec les joueurs. Le fait d'être tombée sur le club de Chelsea plutôt que sur une autre équipe londonienne était une heureuse coïncidence : Ernie et toute la famille en étaient des fans invétérés. En fait, le terme de « supporter » ne décrit pas exactement la situation. Craig était un fanatique. Sa chambre n'était qu'un temple, un sanctuaire à la gloire du club. Tout ce qui pouvait évoquer l'équipe y était. Jusqu'à son idole de pop music, Kylie Minogue, qui dut céder la vedette au Chelsea et voir reléguer ses portraits dans un petit coin pour faire de la place.

Tout cela n'enchantait guère Steven. Il partageait la chambre de Craig mais préférait le rugby et le kung-fu au football. Mais il s'en accommoda. Il avait d'autres choses en tête à l'époque. Il avait quitté l'école, trouvé un job, et il était amoureux...

À huit ans, Craig se mit à jouer au football dans l'équipe des minimes. Ernie l'accompagnait tous les lundis soir à l'entraînement. Les « Tigres » donnaient leurs matchs le samedi matin sur le terrain situé en haut de la route. Je ne pense pas que Craig était destiné à devenir une star du ballon rond, mais il adorait cela et, comme tous les autres gosses, il rêvait de jouer dans l'équipe de Chelsea quand il serait grand.

Mais cette année-là fut dure pour moi. Ma mère s'était découvert une grosseur au sein, et les médecins lui annoncèrent quelques jours plus tard qu'elle avait un cancer. Je cessai de travailler et, après son traitement de chimiothérapie à l'hôpital Royal Marsden, je m'occupai d'elle à la maison jusqu'à sa mort, en juillet 1988. Sa disparition éprouva profondément tous les membres de la famille. Tout le monde l'aimait. Ma mère était dotée d'une très forte personnalité, du style cockney traditionnel. Elle appelait un chat un chat et ne se privait pas de jurer à l'occasion, mais avec une telle drôlerie que personne n'en prenait jamais ombrage. Elle avait souffert d'une maladie de Parkinson pendant presque toute sa vie, ce qui l'avait empêchée de travailler au-dehors. Il lui avait toujours été difficile de joindre les deux bouts. Elle n'était jamais allée à l'étranger, n'avait jamais dormi dans un hôtel, excepté la dernière année de sa vie, quand nous l'avions emmenée en Espagne. Je ne l'ai jamais entendue se plaindre. Pour elle, la famille passait toujours avant les tracas d'argent. Elle se serait tuée pour ses enfants comme pour ses petits-enfants. Craig était la prunelle de ses yeux.

La mort de ma mère me laissa épuisée, profondément déprimée. Je me mis à faire des cauchemars. Une affreuse nuit de septembre, je rêvai que Craig était mort, étendu dans un cercueil blanc au-dessus de mes pieds, sur le lit. La scène était si réelle qu'il me semblait pouvoir toucher mon enfant mort. Son visage aux yeux clos, à ma gauche, était tourné vers moi au milieu d'un amoncellement de soie et de dentelle blanche. Je me voyais dans mon propre lit, mais les murs de la chambre devinrent ceux du salon funéraire de chez Alf Smith où le corps de ma mère avait été exposé. Je hurlai, me réveillai en sueur. Ernie me secouait :

— Qu'est-ce qui t'arrive, Mal, qu'est-ce qui se passe ?

— Il faut que je voie Craig, tout de suite.

Je tremblais comme une feuille.

— Il faut que j'aille voir s'il va bien...

Je ne pus m'apaiser avant d'aller vérifier dans sa chambre s'il respirait toujours, le visage collé à sa bouche.

Évidemment, qu'il respirait ! De retour au lit je fus prise d'une interminable crise de larmes dans les bras d'Ernie.

— Ernie, s'il lui arrive quelque chose, j'en mourrai, je ne peux pas vivre sans lui, sanglotai-je.

L'image de Craig dans son cercueil me hanta pendant des jours. Je voyais la scène partout. Je sentais bien qu'il fallait que je reprenne mes esprits. J'étais surmenée. J'avais besoin de congés.

J'avais toujours été imbattable dans l'organisation des vacances. Nous avons donc retenu une semaine en novembre à Benidorm sur la côte espagnole, près d'Alicante. Nous n'y étions jamais allés. À l'approche de novembre, une foule d'amis et de membres de la famille s'étaient ralliés à l'idée, et nous nous retrouvâmes à trente-six. Cela s'annonçait comme une fête d'enfer, comme on en faisait dans le temps. Steven et Ernie prirent un congé d'une semaine. Ernie était alors livreur à l'Électricité de Londres, et l'on autorisa Craig à manquer l'école. Nous avons même décidé mon vieux père à nous accompagner. Et le 19 novembre, nous étions tous fin prêts, rassemblés à l'aéroport d'Heathrow.

La ville de Benidorm elle-même ne nous fit guère impression. Il faut dire que cette semaine-là il y faisait plus froid qu'à Moscou. Mais la vie la nuit était sensationnelle. J'avais emporté mes enregistrements de musique de danse. Nous les avons passés toutes les nuits dans le bar où nous restions jusqu'à l'aube à chanter et à danser. Le barman fit de si bonnes affaires ces jours-là qu'il m'offrit de me racheter mes cassettes ! Ce fut formidable.

2

Tout commença dans l'avion, sur le chemin du retour.

— Oh ! la, la, maman, j'ai mal aux oreilles, se plaignit Craig deux minutes après le décollage.

Les variations de pression d'air en avion ne l'avaient jamais incommodé jusque-là, mais comme deux bébés à l'avant de l'appareil s'étaient mis à pleurer, je me dis que cela pouvait l'avoir influencé. L'avion gagna son altitude de croisière, les bébés cessèrent de pleurer, mais Craig avait toujours mal. J'étais inquiète. Craig n'était pas un douillet.

Des passagers s'étaient retournés. Je demandai à l'hôtesse si elle avait de quoi le soulager.

— Il a peut-être les sinus bouchés, suggéra-t-elle.

Elle trouva des capsules à inhalations dans la trousse d'urgence :

— Tenez, essayez ceci. C'est souvent efficace.

Je cassai les capsules et en versai le contenu dans un mouchoir que j'appliquai sur les narines de Craig. Il cessa bientôt de pleurer et s'assoupit. Il se réveilla au début de l'atterrissage et se remit à gémir. L'hôtesse m'apporta des tasses en carton pour lui en recouvrir les oreilles, et cela sembla le soulager.

Le lendemain de notre retour, Ernie partit au travail à six heures et demie, comme d'habitude. Une heure plus tard, Craig vint me réveiller. J'avais ouvert les yeux et le vis vaciller près de la porte, le visage tordu de douleur.

— M'man, j'ai mal à l'oreille...

— D'accord, mon chéri, tu peux manquer l'école aujourd'hui, lui dis-je, encore à moitié endormie. Allez, grimpe sur le lit, viens faire un câlin.

Craig n'eut pas besoin de se le faire dire deux fois. Pour les câlins, il était toujours prêt.

Une fois son mal aux oreilles passé, dans l'après-midi, je le conduisis au dispensaire du coin. Le docteur pensa que le voyage en avion avait dû un peu altérer la pression interne des oreilles.

— Ça devrait se tasser dans un jour ou deux. Donnez-lui deux comprimés de paracétamol si ça empire, dit-il.

Cela n'avait pas l'air de l'inquiéter et je ne me fis pas trop de souci. Que Craig ait mal aux oreilles un jour ou l'autre, ça devait bien arriver. Après tout, n'avait-il pas attrapé toutes les autres maladies infantiles ?

Je le gardai à la maison pendant deux jours. La douleur avait disparu le troisième, et Craig me tannait pour que je le laisse retourner à l'école. Je finis par céder, bien qu'il ne me parût pas en pleine forme. Il papillonnait et clignait beaucoup des yeux, et je pensais qu'il avait surtout du sommeil à rattraper. Mais il piaffait d'impatience à l'idée de raconter à ses copains son séjour à Benidorm.

Les jours suivants la douleur réapparut par vagues et Craig commença à devenir très pâle. Je suspectai un nouveau virus :

— Ne va pas à l'école, mon chéri. Il n'y a plus que deux semaines avant les vacances. Tu ne vas pas manquer grand-chose, lui expliquai-je.

Mais il s'entêtait :

— Nous avons la pièce à jouer. Et je suis le roi Hérode. Je dois y aller, m'man.

Pendant une semaine le mal d'oreilles revint, repartit, revint encore. À l'issue d'un nouvelle nuit blanche, je ramenai Craig chez le docteur. Après lui avoir examiné les oreilles, celui-ci lui tapota la tête :

— Attends-nous dans la salle d'attente, Craig. J'ai besoin de parler un peu à ta maman.

— Il n'a aucune infection des oreilles, me dit-il quand nous fûmes seuls. Je ne dis pas qu'il n'a pas vraiment mal, mais je me demande si ce n'est pas psychosomatique. Cela pourrait être une réaction tardive à la mort de sa grand-mère. Je crois qu'il lui était très attaché, n'est-ce pas ?

J'étais un peu sceptique. Mais somme toute, oui, c'était vrai, Craig avait été terriblement proche de sa mamy. Il l'idolâtrait. Il avait même l'habitude de me taquiner en prétendant qu'il allait quitter la maison pour aller vivre avec elle parce qu'elle faisait mieux la cuisine que moi.

— Mammy fait le poisson comme personne. Le tien, c'est rien à côté du sien ! disait-il.

Cela dit, il n'avait pas pleuré à sa mort, en tout cas pas devant moi. Le docteur avait peut-être raison.

Je décidai de suivre son conseil et de lui donner des calmants au besoin. Le mal d'oreilles, après tout, ce n'est pas une affaire. J'en avais souvent souffert moi-même, à l'âge de Craig. D'ailleurs, j'étais tracassée par autre chose : Steven venait de nous annoncer que Sharon attendait un bébé et qu'ils allaient se marier. Quelle histoire ! En comparaison, le mal d'oreilles de Craig me paraissait bien mineur.

— Non mais, et la contraception ? Ils n'en ont jamais entendu parler ?

J'éclatai devant Ernie :

— Tu te rends compte ? Steven veut devenir pompier. Comment va-t-il pouvoir suivre l'entraînement avec une femme et un bébé sur les bras ?

Lors de la représentation théâtrale de l'école pour les fêtes de Noël, la vie avait repris son cours. Je commençais à me faire à l'idée d'être grand-mère. En outre, comme le docteur l'avait prédit, les oreilles de Craig semblaient aller mieux. Je vins à l'école assister à ses débuts sur les planches. Il paradait sur l'estrade en arborant une couronne de métal brillant et des épaulettes dorées, l'air important, et déclamait ses quelques répliques d'une voix forte et claire. Il prenait un plaisir fou à jouer le méchant ! Le lendemain c'étaient les vacances et nous nous préparâmes aux fêtes de Noël.

Je me comporte toujours comme une gosse à Noël. Si je le pouvais, je ferais entrer tout un magasin de jouets dans la maison. Cette année-là, Steven avait été invité chez la mère de Sharon pour le repas de fête. Après le départ de son frère, le matin de Noël, Craig descendit son sac de cadeaux pour les déballer devant la télé. Mais il n'avait pas l'air très enthousiaste. Il les ouvrit, les laissa par terre, me dit « merci, m'man » d'une petite voix, et se blottit dans le fauteuil pour regarder la télé. J'étais plutôt déçue et décontenancée. D'habitude, Craig était ravi de ses cadeaux. Aurais-je dû lui demander ce qu'il voulait, plutôt que de deviner ?

Le grand cadeau qu'Ernie et moi lui avions fait était une belle bicyclette jaune de marque BMX.

— Tu ne veux pas faire un tour avec, sur la route, après le petit déjeuner ? Je t'accompagnerai, lui dit Ernie.

Craig émit un petit soupir.

— Non, j'crois pas, papa. Je resterais bien un peu ici à regarder la télé.

Ernie me regarda en levant les sourcils. Je haussai les épaules. L'attitude de Craig m'inquiétait autant que lui.

Craig s'enfonça dans le fauteuil et se mit à regarder le dessin animé. Je m'assis près de la fenêtre et entrepris de plier les papiers cadeau en le surveillant du coin de l'œil. Il s'était remis à cligner des yeux en regardant l'écran. Peut-être était-il seulement fatigué ? Il avait dû veiller trop souvent et trop tard. Craig restait debout très tard quand il y avait du monde à la maison. Il ne voulait rien manquer. Et il y avait eu vraiment foule pendant les fêtes, tous les soirs.

— Nous devrions être plus stricts sur les horaires de coucher, dis-je à Ernie ce soir-là.

Je veillai les jours suivants à ce qu'il dorme bien afin qu'il puisse profiter du réveillon du Nouvel An. Nous organisions toujours une grande fête pour la nouvelle année, et Craig adorait aider à distribuer la nourriture et les boissons.

Or voilà que, la veille du réveillon, je me réveille avec moi-même mal aux oreilles ! C'était incroyable. J'avais mal à pouvoir à peine parler. Je me traînai chez le docteur qui me braqua une lampe électrique dans l'oreille :

— Eh bien, rien d'étonnant... Vous avez une belle infection aux deux oreilles. Je vais vous prescrire des antibiotiques, me dit-il.

Mais cela empira. Au moment du réveillon, j'étais pitoyable. Il me fallait laisser pendre continuellement ma mâchoire pour que la douleur fût supportable. Cela me donnait l'air idiot mais je ne m'en souciais guère. Je n'avais jamais eu si mal.

— Bon, me dit Ernie. Le mieux serait d'annuler la soirée, Mal. Tout le monde le comprendra.

Pas question. Je ne pouvais pas laisser tomber mes invités à la dernière minute. Je me bourrai de calmants et passai la journée à confectionner des saucisses, les yeux à moitié fermés et la mâchoire pendante. Ernie transporta la table de la salle à manger dans la cuisine, poussa les meubles, et, à huit heures du soir, le monde commença à arriver. Mon vieux père était là, faisant courageusement bonne figure à cette nouvelle année sans ma mère. Il y avait aussi Steven et Sharon, ainsi que Fred, le frère d'Ernie, et sa femme Joyce ; le parrain et la marraine de Craig, John et Sandra ; ma sœur Kate et son mari Jimmy, et des douzaines de tantes, d'oncles et d'amis.

Craig semblait tout à fait rétabli et faisait de son mieux pour aider. Je restai à la cuisine pour découper la dinde, verser les boissons... et soigner mes oreilles, tout en jetant un œil sur lui à l'occasion pendant qu'il faisait circuler des assiettes de coquillages et de crevettes. Tout le monde dansait déjà au son de la musique que j'avais enregistrée, mais je ne pouvais me joindre à la compagnie. C'était déjà bien que je garde le sourire, ce qui me demandait un gros effort car j'avais l'impression d'avoir un marteau-piqueur dans la tête.

Vers dix heures du soir, Steven entra dans la cuisine où je lavais les verres.

— Tu sais où est Craig, m'man ? Ça fait un petit moment que je ne l'ai pas vu, me demanda-t-il.

On n'avait pas besoin de chercher très longtemps dans une maison comme la nôtre. Nous l'avons trouvé dans sa chambre, emmitouflé dans sa couette aux couleurs du Chelsea Club. Seul le haut de sa tête dépassait.

— Craig, ça va ? dis-je.

La couette remua et une petite voix répondit : « Oui, m'man. »

— Tu ne veux pas descendre pour voir arriver la nouvelle année ?

Craig risqua un coup d'œil inquiet vers moi :

— Non. Je la souhaiterai demain. Je suis très fatigué.

Sa tête disparut à nouveau sous la couette.

C'était étrange. Craig adorait fêter le Nouvel An. Je refermai la porte et descendis lentement les escaliers. La façon dont cette histoire d'oreilles brisait toute son énergie commençait à m'inquiéter. Il allait falloir demander au docteur qu'il lui prescrive un remontant.

À minuit, quand on lança les confettis et que tout le monde se mit à entonner la chanson traditionnelle du Nouvel An, deux pieds nus apparurent en haut des marches.

— Je peux avoir des confettis, m'man ? dit une petite voix.

Deux minutes plus tard il s'amusait, riait, lançait des confettis sur Steven, effaçait le rouge à lèvres que les baisers avaient laissé sur son visage... Ernie me donna un petit coup de coude :

— Regarde-le. Ça va nettement mieux maintenant.

À ces mots, je fondis en larmes, sans savoir pourquoi. Ernie m'enlaça :

— Allons, remets-toi. L'année passée a été mauvaise. Nous sommes en 1989 maintenant. Ça va aller beaucoup mieux.

Il était trop optimiste. Les jours suivants, alors même que Craig semblait aller de mieux en mieux, mon mal d'oreilles empira. Les antibiotiques ne faisaient aucun effet. Et puis, deux semaines après le Nouvel An, je me réveillai un dimanche matin en découvrant Craig, debout dans notre chambre, qui se tenait l'oreille en sanglotant. Ce que je craignais était arrivé : je lui avais transmis mon infection.

Le dispensaire n'ouvrait que le lendemain. Craig arriva à la consultation tout recroquevillé, se balançant d'avant en arrière de douleur. Le plus bizarre était que ma propre douleur avait cessé. Le docteur lui examina l'oreille et confirma mes craintes.

— Oui, c'est une infection, dit-il, mais ce n'est pas très méchant. Je crois que nous l'avons décelée à temps.

Il griffonna une ordonnance :

— Je lui donne des antibiotiques. Ça va aller mieux d'ici un jour ou deux.

Je lui fis à nouveau manquer l'école, mais deux jours plus tard il avait plus mal que jamais. Je lui donnai autant de comprimés de paracétamol que possible, tout en passant la journée à lui masser la tête.

— Je sens de l'eau dans mes oreilles, m'man, disait-il sans cesse.

Je me décidai à retéléphoner au médecin.

De retour dans la salle d'attente, je ne me sentis pas très à l'aise, persuadée que la secrétaire commençait à nous prendre pour une famille d'hypocondriaques.

— Ce n'est pas très enflammé, dit le docteur, après avoir éclairé l'oreille de Craig. Je n'arrive pas à comprendre pourquoi il a si mal. L'infection est bien moins grave que la vôtre.

Il regarda Craig d'un air perplexe :

— Est-ce que tu as eu des nausées ?

— Non, répondit Craig en secouant la tête. Mais maintenant, j'ai un peu mal au cœur.

Le docteur prit sa plume.

— Je lui prescris quelque chose pour ça. C'est un médicament que ta maman pourra t'administrer avec une seringue au fond de la gorge, Craig. Ça fait disparaître la nausée.

J'ouvrais déjà la porte pour partir quand je me rappelai quelque chose et me ravisai :

— Docteur, il dit qu'il a de l'eau dans les oreilles.

Il hocha la tête :

— C'est l'impression que cela donne parfois quand il y a une infection. Je tirerai cela au clair quand il aura fini les antibiotiques.

Je n'étais pas du tout rassurée. Craig était effondré sur le siège de la voiture, à côté de moi, pendant le trajet de retour vers la pharmacie. Il essayait d'être courageux, mais je savais que les oreilles lui faisaient mal à nouveau. Il gardait les yeux grands ouverts et gémissait de douleur au moindre cahot. J'étais sûre que le docteur se trompait. Je connaissais mon Craig. Il n'avait pas l'habitude de pleurer pour rien. Il pouvait s'écorcher les genoux, se heurter la tête lors d'une chute en planche à roulettes, il n'en faisait jamais une histoire. Même lors de sa terrible coqueluche, il n'avait jamais pleuré comme cette semaine. Moi-même, j'avais eu mal aux oreilles à avoir envie de crier. Qui sait si l'infection de Craig n'était pas pire qu'il n'y paraissait ? Après tout, me dis-je, l'instrument qu'utilisait le docteur ne permettait pas de voir très loin dans le conduit auditif.

La pharmacie de notre quartier se trouve au Rond-Point, une place entourée de boutiques. Le pharmacien est un petit homme d'origine chinoise qui parle un anglais très approximatif, mais toujours très affable. Cela faisait maintenant deux mois qu'il me délivrait des médicaments, et mon visage commençait à lui devenir familier. Je lui donnai l'ordonnance et le vis froncer les sourcils vers Craig avant de disparaître dans l'arrière-boutique. Deux minutes plus tard, il apportait précipitamment les médicaments de Craig. Mais au lieu de se contenter de me les tendre par-dessus le comptoir, il vint au milieu du magasin et se pencha pour examiner les yeux de Craig. Puis il me regarda d'un air contrarié :

— J'aime pas ! J'aime pas ! dit-il.

Cela m'effraya.

— Que voulez-vous dire, « j'aime pas » ?

Il secoua la tête et agita les mains :

— Pas bon, pas bon. Moi pas content pour votre fils. Hôpital ! Hôpital !

Cela me suffit. Je me sentis soudain pleine d'énergie.

— D'accord, dis-je. Merci beaucoup.

J'embarquai Craig dans la voiture.

— On va à l'hôpital, Craig. On va voir s'ils découvrent ce qui ne va pas.

Je ne sais même pas s'il m'entendit. Il semblait déjà dans un autre monde. Je décidai de l'amener à Queen Mary, le grand hôpital pour enfants de Carshalton, situé à un kilomètre ou deux d'où nous étions. Je m'étais dit qu'on l'examinerait plus rapidement ici que dans un hôpital général. Erreur. Le service des urgences faisait penser à une maison de fous, avec des queues interminables d'enfants attendant qu'on s'occupe d'eux. Tous les enfants de Carshalton semblaient s'être mis d'accord pour tomber de bicyclette ou se faire mordre par un chien ce jour-là.

Il fallut patienter deux heures avant qu'on s'aperçoive de notre présence. Craig somnolait sur mes genoux quand une infirmière s'affaira auprès de nous :

— Bon, qu'est-ce qui ne va pas ? demanda-t-elle.

Je lui parlai du mal d'oreilles ; elle hocha la tête, lui colla un thermomètre dans la bouche et disparut. Vingt minutes plus tard, j'étendis Craig près de moi et partis à la recherche de l'infirmière. Je la trouvai en train d'examiner une radio.

— Le thermomètre que vous lui avez mis a eu le temps de monter et de redescendre, lui dis-je.

Elle sursauta :

— Oh ! excusez-moi, je suis désolée. Nous sommes tellement débordés... dit-elle.

La température de Craig était normale. Mais l'infirmière m'assura qu'elle allait demander à un médecin de l'examiner, « au cas où », et elle nous conduisit dans un box. Le médecin était une femme et devait être de service depuis longtemps car elle paraissait aussi épuisée que moi. Elle écouta toute notre histoire, braqua une torche électrique dans les oreilles de Craig, lui donna de petits coups sur les pommettes, ce qui le fit tressaillir.

— On dirait qu'il a les sinus bouchés, dit-elle. Il faut sans doute lui administrer des antibiotiques plus puissants.

Elle rédigea une ordonnance et me la tendit :

— Vous pourrez vous procurer tout cela ici, au dispensaire de l'hôpital. Ce serait bien de lui faire pratiquer aussi des inhalations. Vous en trouverez dans n'importe quelle pharmacie. Une fois les sinus dégagés, la douleur devrait cesser.

Elle griffonna une note sur un papier :

— Je vais demander au service ORL de vous fixer un rendez-vous avec un spécialiste pour la semaine prochaine. Ils vous enverront une convocation.

Puis elle partit dans le box d'à côté s'occuper d'une fillette qui s'était coupé la main.

Elle avait semblé très sûre de son diagnostic et je quittai l'hôpital un peu rassérénée. Je souffrais moi-même de sinusite de temps en temps et je voulais bien croire qu'il ne s'agissait que de cela. Une sinusite, ce n'était pas très grave ; cela, j'en étais à peu près sûre.

Dix minutes plus tard, je me retrouvai chez le pharmacien du Rond-Point. Thérésa, ma voisine irlandaise que je devais déposer chez elle, était avec moi dans la voiture. Je laissai Craig avec elle. Il somnolait, ce n'était pas la peine de le réveiller.

Je souris au petit pharmacien chinois :

— Voilà, je suis allée à l'hôpital !

— Ah ! bien, bien.

Il se frotta les mains :

— Ils vous ont dit quoi ?

— D'acheter des cristaux pour inhalations.

Son visage changea d'expression :

— Pour vous ?

— Non, pour Craig.

— Pour Craig ? Non, non !

Il secoua la tête d'un air affolé comme si je lui avais demandé de me donner le contenu de la caisse. Néanmoins, il alla chercher un paquet sur un rayon tout en montrant son mécontentement. Il emballa le paquet en marmonnant : « Non, non non. »

Je payai les cristaux et il me raccompagna sur le seuil. Au moment où je m'installai dans la voiture, il se pencha pour regarder Craig à l'intérieur. Celui-ci se réveilla à moitié et le regarda.

— J'aime pas ça, j'aime pas ça ! me dit le pharmacien à nouveau.

Puis il retourna dans la boutique en secouant la tête d'un air très contrarié.

Son attitude m'inquiéta sérieusement. Les mots qu'il avait prononcés me trottaient dans la tête sur le chemin du retour. Je savais que les Chinois avaient une grande expérience médicale et utilisaient des traitements dont les médecins occidentaux avaient du mal à expliquer l'efficacité, comme l'acupuncture, certaines plantes. Qu'est-ce que ce petit Chinois avait repéré chez Craig que les médecins anglais ne savaient pas voir ?

Ernie ne me prit pas au sérieux quand je lui fis part de mes réflexions dans la soirée :

— Il n'est pas médecin, non ? Tu ne vas tout de même pas te mettre à écouter ces gens-là ? Craig va se rétablir. Tu te fais du souci pour rien. Fais un peu confiance à la médecine moderne.

Ce soir-là, après avoir donné à Craig une petite cuillère de son nouvel antibiotique, je fis donc dissoudre les cristaux d'inhalation dans un récipient rempli d'eau chaude. J'installai Craig au-dessus avec une serviette sur la tête. Il protesta, parce que l'odeur lui donnait mal au cœur. Tant et si bien que je renonçai à lui faire poursuivre la séance et allai chercher ma propre boîte d'ampoules à inhalations. J'en cassai une et répandis le liquide sur un mouchoir que je plaçai sur son oreiller, espérant que cela aurait le même effet que les cristaux.

Le lendemain matin, je constatai, en entrant sur la pointe des pieds dans sa chambre, que Craig dormait paisiblement. Il respirait plus facilement. Je dis à Ernie que le remède semblait avoir eu de l'effet. Celui-ci partit au travail, et je faisais la vaisselle du petit déjeuner quand Craig descendit, se frottant les yeux.

— B'jour, m'man, dit-il en souriant.

— Bonjour, mon chéri. Comment vas-tu ce matin ?

— Je suis fatigué... c'est pas croyable, dit-il lentement.

Puis, avec un sourire espiègle :

— Ça ne m'empêche pas d'avoir faim.

J'en aurais poussé trois hourras ! Cela faisait des jours que Craig n'avait pas envie de manger.

— Qu'est-ce que tu aimerais ? Des grains de riz soufflés ? Des Weetabix ?

Je courus voir ce qu'il y avait comme boîtes de céréales dans le placard. Après avoir longuement réfléchi, il se décida pour des Shreddies dans un bol de lait chaud. Dieu merci. Mon bon vieux Craig était de retour. J'en fredonnai un air tout en réchauffant son lait dans la cuisine.

Craig s'assit à un bout de la table de la salle à manger de façon à pouvoir regarder la télévision tout en avalant son bol de Shreddies. Je le retrouvais bien là, mon p'tit gars. Je m'assis dans un coin à le regarder engloutir ses céréales. C'était bien de moi, cela : je m'étais affolée pour rien, comme d'habitude. Il avait suffi de changer d'antibiotiques et tout était rentré dans l'ordre. Comment avais-je pu me mettre dans un état pareil ? Heureusement que je l'avais amené à l'hôpital pour avoir un deuxième avis. C'est cela, l'instinct maternel ! Et je restai là, assise, assez contente de moi pendant que Craig finissait ses céréales sans en laisser une miette.

— Que c'est bon, murmura-t-il en repoussant sa chaise avant d'aller s'installer sur le canapé.

Et puis, sans prévenir, tout arriva. Au moment de s'asseoir, il se mit à vomir son petit déjeuner. Vomir, le mot est faible. Ce fut une véritable explosion qui arrosa la pièce dans toutes les directions, jusqu'aux murs. Il y avait du lait et des flocons de céréales partout.

Je restai clouée au sol, un instant, de saisissement. Puis je m'écriai : « Thérésa ! Thérésa ! », hurlant comme une folle le nom de ma voisine jusqu'à ce qu'elle accoure.

— Qu'est-ce qui se passe, Marion ? Qu'est-il arrivé ?

Je montrai les murs :

— Craig a vomi.

Thérésa retint sa respiration :

— Dooh Jésus ! fit-elle avec son accent irlandais. C'est tout ? J'ai cru qu'on avait assassiné quelqu'un ! Il va aller mieux, maintenant que tout est parti. C'est de ça qu'il avait besoin !

J'étais hors de moi :

— Fais pas l'idiote ! Tu ne vois pas qu'il va mal ? Tu n'as pas idée comment ça s'est passé. Mais regarde, regarde-le !

Craig n'était même plus avec nous. Il était étendu sur le sofa, les yeux ouverts, regardant dans le vague.

— Thérésa, s'il te plaît...

Je lui secouai l'épaule :

— Reste ici avec lui, surveille-le pendant que je téléphone à l'hôpital. J'ai peur de le laisser seul.

Thérésa me regardait comme si j'avais perdu la raison, mais elle resta docilement dans le salon pendant que je grimpais à toute vitesse l'escalier pour saisir le combiné sur le palier.

L'annuaire était sur une chaise à côté du téléphone. Je feuilletai précipitamment les pages pour trouver le numéro de l'hôpital Queen Mary, mais j'avais les mains qui tremblaient si fort que j'eus du mal à composer le numéro. J'eus enfin la standardiste au bout du fil. Je lui demandai de me passer le service ORL.

Cela sonna interminablement avant qu'on finisse par décrocher.

— Que puis-je faire pour vous ? fit une voix.

— C'est Marion Shergold à l'appareil. Mon fils Craig a rendez-vous la semaine prochaine, mais il vient d'être très, très malade. Je voudrais avancer le rendez-vous pour aujourd'hui.

Il y eut un silence et j'entendis des pages tourner.

— Je suis désolée, madame Shergold, mais tout est pris aujourd'hui. Votre fils a un rendez-vous pour mardi.

Je serrai les dents. Le problème n'était pas de gagner quelques places dans la file d'attente. J'étais prête à me battre :

— Écoutez, madame, éructai-je, si vous ne me recevez pas chez vous aujourd'hui, je vous jure, nom de Dieu, que je fais le tour de tous les hôpitaux du pays. Mon petit garçon ne fait pas de simagrées. Je vous dis qu'il est malade. Il vient de vomir comme une bombe !

Nouveau long silence à l'autre bout du fil. Puis un grand soupir.

— Bon. Je ne peux rien vous promettre, madame Shergold, mais je vais faire mon possible. Laissez-moi votre numéro de téléphone. Je vais vous rappeler.

Je tournai anxieusement autour du combiné jusqu'à ce qu'il sonne, cinq minutes plus tard.

— J'ai obtenu un rendez-vous pour trois heures. Je n'ai pu faire mieux, fit la standardiste d'une voix embarrassée.

Je regardai ma montre. Neuf heures et demie. Comment tenir pendant six heures ? Je me précipitai en bas. Thérésa retourna chez elle en me promettant de revenir si je la rappelais. Je pris place près de Craig sur le canapé. Il me regarda :

— Oh ! la, la, manman, je suis si fatigué...

À cette époque, Craig n'avait plus l'habitude de m'appeler « manman ». Depuis qu'il allait à l'école, il m'appelait plus volontiers « m'man ». C'était comme s'il redevenait tout petit. D'ailleurs, on aurait dit un bébé à le voir ainsi couché, avec ses yeux sombres, grands ouverts, qui contrastaient avec son teint livide.

Je mis près d'une heure à nettoyer et désinfecter les tapis et les murs. Il y en avait partout, ça dépassait l'imagination. Toutes les dix minutes j'arrêtais et je me précipitais dans la chambre. Mais Craig ne bougea pas d'un pouce de toute la matinée.

Il dormait comme un bébé.

— Les enfants guérissent pendant qu'ils dorment, disait ma vieille mère quand nous étions gosses.

Si seulement elle avait dit vrai !

À deux heures et quart, je mis la bouilloire en route pour le thé. Puis j'entendis un bruit. Je me précipitai hors de la cuisine : Craig était debout en haut de l'escalier.

— M'man, dit-il, et je sentis à sa voix qu'il était au bord des larmes, j'ai à nouveau mal aux oreilles. S'il te plaît, ramène-moi à l'hôpital.

Je m'approchai de lui et l'étreignis :

— Essaie de tenir encore un petit peu, mon chéri. Le rendez-vous est à trois heures. Si on y va maintenant, il nous faudra rester dans la salle d'attente. Dans une demi-heure, nous irons directement à la consultation.

— M'man, j'peux plus attendre. J'peux vraiment plus attendre.

— Mais si, dis-je tendrement. Tu veux manger quelque chose ?

Il prit un air dégoûté :

— Ah, ça, non ! Non !

Il s'assit sur le canapé et se mit la tête dans les mains. Je le regardai pendant dix minutes et n'y tins plus.

— Bon, allons-y, Craig.

Queen Mary est un grand hôpital composé de nombreux petits bâtiments de brique rouge séparés par des pelouses bien entretenues. Le service ORL est situé dans un bâtiment tout à côté des urgences où nous avions atterri la veille. Je garai la voiture près de l'entrée et guidai Craig à l'intérieur. Tout était silencieux. Je donnai à la standardiste le nom de Craig et nous allâmes nous asseoir.

— Il n'y a personne d'autre, Craig, chuchotai-je. Nous allons être pris les premiers.

J'avais parlé trop tôt. Quelques minutes plus tard, la porte s'ouvrit sur un petit garçon accompagné de sa mère. Dans les secondes qui suivirent, ce furent trois autres enfants avec leurs parents. La petite pièce fut bientôt remplie de petits patients et de leurs frères et sœurs. Bon nombre d'enfants ne se rendaient pas compte du bruit qu'ils faisaient, comme s'ils avaient été sourds. Il y avait une caisse de jouets dans un coin et quelques gosses s'en donnaient à cœur joie avec les tambours et les xylophones. Le vacarme devint effroyable. Craig tressaillait à chaque bruit. Puis on appela un par un les enfants arrivés après nous. Les oreilles commençaient à me chauffer. J'allai voir la standardiste :

— Il va falloir attendre encore combien de temps, à votre avis ?

Elle regarda sur son cahier :

— Oh, je crois que ça ne va plus tarder, madame Shergold, répondit-elle avec un sourire serein.

À quatre heures moins le quart, Craig était franchement vert.

— M'man, le bruit ! gémit-il.

À chaque fois qu'un enfant tapait sur un tambour, le corps de Craig sursautait comme si on l'avait frappé.

Soudain son expression changea brutalement et je me levai précipitamment. J'avais apporté un sac en plastique au cas où la nausée le reprendrait. Je le plaçai devant sa bouche juste à temps. Il vomit tant et plus, ça n'arrêtait plus. Le sac débordait, il y en avait par terre, on aurait dit un tuyau intarissable.

Je n'ai jamais vu une pièce se vider de ses occupants aussi rapidement. Les parents prirent leurs enfants sous le bras, et en un instant tout le monde fut dehors. Nous nous retrouvâmes seuls en quelques secondes. Craig finit enfin par arrêter de vomir et se mit à pleurer. La standardiste devait avoir appelé à l'aide, car une infirmière en uniforme bleu — ce devait être une surveillante — apparut et se pencha vers Craig :

— Ça va, ça va aller, mon cœur, ne pleure pas, dit-elle en faisant de son mieux pour le réconforter.

— J'ai pas pu m'en empêcher, sanglotait Craig. Je voulais pas. Je m'excuse...

Craig s'en voulait terriblement d'avoir tout sali.

— Ne t'en fais pas pour ça. On va tout nettoyer très vite.

L'infirmière examinait ses yeux tout en lui parlant et je vis soudain son expression s'altérer. Elle sortit une petite lampe électrique noire de sa poche de poitrine, l'alluma et se pencha sur Craig en lui éclairant un œil, puis l'autre. J'étais agenouillée près de lui et je regardais l'infirmière, interloquée. Mis à part le pharmacien chinois, c'était la première fois que quelqu'un regardait les yeux de Craig depuis qu'il avait des nausées. Elle les examina longuement, se releva lentement, rangea sa torche. Je sentis sa main sur mon épaule et je pus voir son visage empli de pitié :

— Petite mère, dit-elle très gentiment, votre enfant est très, très malade. Je suis vraiment désolée.

Je la regardai, horrifiée, et je fondis en larmes :

— Je le savais, je n'ai pas arrêté de le leur dire, fis-je en sanglotant. Pourquoi personne ne voulait me croire ?

3

Craig devint en un éclair le centre de l'attention générale. Une jeune femme médecin d'origine indienne, en sari, dépêchée rapidement dans la salle d'attente, nous conduisit dans un cabinet de consultation.

— Assieds-toi ici, Craig, dit-elle en désignant une chaise et en prenant un appareil d'auscultation auditive.

Je crus que la surveillante allait exploser :

— Vous n'allez tout de même pas tester son audition maintenant ? dit-elle.

Elles se mirent à discuter. L'infirmière voulait que Craig aille directement voir un pédiatre, mais le docteur n'était pas d'accord. Toutes deux paraissaient proches de la panique. Craig était déjà loin, les yeux presque fermés.

Tout à coup la porte du cabinet s'ouvrit sur un homme en blouse blanche. Il s'agissait du patron du service. Quelqu'un l'avait appelé d'urgence. Avant que j'aie eu le temps de me rendre compte de ce qui se passait, il avait fait installer Craig dans un fauteuil roulant et l'infirmière le poussait déjà vers la sortie du service ORL.

Dehors, les pelouses étaient traversées d'allées goudronnées reliant les unités de l'hôpital les unes aux autres. La surveillante les ignora et poussa le fauteuil directement sur l'herbe, le chef de service et moi-même sur ses talons. Je n'avais pas idée de l'endroit où nous allions, mais mon cœur flancha quand nous nous retrouvâmes dans une pièce déjà trop familière, bourrée d'enfants et d'adultes assis sur les banquettes. Ah ! non, pas encore, pas le service des urgences ! Pas eux, qui, la veille, n'avaient même pas été capables de déceler ce qui n'allait pas ! Mais l'infirmière traversa le service au même rythme — on aurait dit qu'elle suivait une ligne rouge — pour aboutir à un box aux cloisons de verre, équipé d'un lit. Elle extirpa Craig de son fauteuil très prudemment et le hissa sur le lit.

— Je vous en prie, asseyez-vous, madame Shergold, dit le clinicien en me désignant une chaise. Maintenant, Craig, j'aimerais que tu fasses quelques tests. Tu crois que tu peux essayer ?

Craig hocha la tête.

La panique avait cessé et l'infirmière retourna au service ORL. Puis, pendant un moment qui me parut interminable, je vis le docteur lever les doigts et demander à Craig de les compter. Il lui demanda aussi de se toucher le nez de l'index, de marcher en suivant des lignes sur le sol... Je me contentai de regarder, n'osant poser de questions, seulement soulagée à l'idée qu'on était enfin en train de l'examiner sérieusement.

Craig ne réussit vraiment aucun des tests. Il ne parvint ni à compter ni à toucher son nez et il donnait l'impression d'être ivre en tentant de marcher le long des lignes. Au bout d'une demi-heure, je commençai à m'impatienter. Comment Craig pouvait-il réussir ce genre de tests en étant si malade et si fatigué ? Pourquoi ne commençait-on pas par le soigner ? À l'issue de l'examen, Craig était épuisé. Nous le hissâmes précautionneusement sur le lit étroit où il s'étendit. Il tourna vers moi un visage en sueur :

— M'am, j'ai de l'eau dans les oreilles.

— Il ne cesse pas de me dire ça, dis-je au docteur. Tout le monde croit qu'il se fait des idées, mais il n'en démord pas. Je suis sûre qu'il dit vrai.

Le médecin hocha la tête. Je n'étais pas certaine qu'il m'ait entendue. Il était en train d'écrire quelque chose :

— Nous allons faire admettre Craig à l'hôpital, madame Shergold, dit-il.

Je m'y attendais depuis que la surveillante avait braqué sa petite torche électrique dans les yeux de Craig, mais de l'entendre dire par le docteur me fit un choc.

Je ne pensais qu'à une chose : téléphoner à Ernie. Il devait être revenu du travail, à cette heure. Je me précipitai hors du bureau et errai dans le couloir à la recherche d'une cabine téléphonique. Je sortis mon porte-monnaie. J'avais un billet de vingt livres à l'intérieur, rien d'autre. Je fouillai dans le fond de mon sac à la recherche de monnaie, mais je ne trouvai pas un penny. Il ne manquait plus que ça ! D'habitude, j'ai toujours plein de ferraille qui tombe de mon porte-monnaie et qui ne me sert à rien. Qu'à cela ne tienne. J'allais appeler en P.C.V. Je décrochai le combiné, et me sentis complètement stupide. Par tous les saints, comment fallait-il faire pour appeler en P.C.V. ? J'essayai de penser calmement. Peine perdue. La panique me gagnait.

Ce n'est pourtant pas mon genre. Je me débrouille habituellement très bien dans les moments de crise. Quand un client se sent mal au restaurant, c'est toujours moi qui prends la situation en main. Et voilà que je n'arrivais pas à aligner deux pensées de façon sensée ! Je n'eus même pas l'idée de demander à l'une des infirmières si je pouvais utiliser le téléphone de l'hôpital. Au lieu de quoi, je raccrochai le combiné et revins en courant auprès de Craig.

Une nouvelle infirmière était à son chevet. Elle m'annonça qu'il était admis à la salle B1, dans une autre unité de l'hôpital. Cette fois, au lieu de l'installer dans un fauteuil roulant, on le transporta sur un brancard puis dans une des petites ambulances bleues de l'hôpital, pour un trajet de deux cents mètres.

Dix minutes après avoir été revêtu de la tunique de l'hôpital et bordé dans un lit du coin de la salle B1, Craig avait sombré dans le sommeil. Je m'assis au pied de son lit, m'entourant de mes propres bras pour me rassurer. Je n'arrivais pas à croire à ce qui s'était passé. Quelqu'un me toucha le bras. C'était une infirmière que je n'avais encore jamais vue. Elle me mit gentiment le bras autour de l'épaule.

— Vous savez, n'est-ce pas, que Craig est très malade ? dit-elle.

Je hochai la tête. En mon for intérieur, je me disais que je l'avais toujours su.

Craig dormait toujours et je restai là, à le contempler en une sorte de transe. Je savais que j'aurais dû prévenir Ernie, mais je n'arrivais pas à réfléchir à la façon de le faire. J'avais l'esprit paralysé. Puis, à huit heures du soir, la porte de la salle s'ouvrit et Ernie se précipita à l'intérieur, suivi de Mitchell, le fils de mon frère Kevin. Immense soulagement ! Dieu merci, me disais-je, ce n'est plus à moi de tout prendre en charge. J'attendais en quelque sorte de mon pauvre Ernie qu'il arrange tout, magiquement.

Il mit son bras autour de moi.

— Ma chérie, je t'ai cherchée partout. Pourquoi ne m'as-tu pas laissé un mot ?

Ses yeux se dirigèrent vers le lit et je le sentis se raidir.

— Oh, Mal...

Je me mis à bafouiller :

— Il fallait absolument que je l'amène ici, Ernie.

Il est très malade. Ils ont dit qu'il était dans un triste état.

Craig devait avoir entendu la voix d'Ernie car il battit des cils.

— 'jour, p'pa, fit-il en lui décochant un merveilleux grand sourire.

— Salut, fiston, répondit Ernie d'une voix étranglée.

Il essayait de retenir ses larmes.

— Qu'est-ce qui se passe, ici ? Tu vas tâcher d'aller bien, hein ?

— Ouais, fit Craig, comme si de rien n'était. Bien sûr je vais aller bien.

— Craig a meilleure mine que toi, Marion, fit Mitchell, essayant de détendre l'atmosphère.

Cela ne fit guère d'effet. Ernie s'était mis à trembler. Moi aussi.

— Vas-y, Mitchell, retourne à la maison, dit Ernie. Ça va aller. Merci de m'avoir déposé ici.

Nous nous assîmes près du lit de Craig et je commençai à raconter à Ernie tout ce qui s'était passé, m'efforçant de parler tout bas afin de ne pas réveiller les autres enfants.

Soudain la porte s'ouvrit et une personne en blouse blanche se dirigea vers le lit de Craig. C'était le chef du service :

— J'ai fait en sorte que Craig aille à l'hôpital St. Helier pour un scanner du cerveau, dit-il calmement. L'ambulance sera là dans quelques minutes.

— Quoi ? Ce soir ?

Ernie regarda sa montre : il était neuf heures.

Le médecin hocha la tête :

— Je ne veux pas remettre ça à demain. Plus tôt nous aurons une idée de ce qui se passe à l'intérieur de la tête de Craig, plus tôt nous pourrons commencer le traitement.

Vingt minutes plus tard, nous nous retrouvâmes dans une ambulance aux côtés de Craig, sur le court trajet en direction de St. Helier. Craig était à nouveau bien éveillé, d'une parfaite bonne humeur depuis l'arrivée d'Ernie. Sans être au meilleur de ma forme, je m'étais calmée. Du moins les choses bougeaient-elles, désormais.

Seulement, quand les deux jeunes femmes chargées des radiographies nous accueillirent au seuil de la salle du scanner, je vis que ça allait très mal. Elles étaient beaucoup trop maquillées. Elles portaient la blouse blanche réglementaire, certes, mais on voyait en dessous qu'elles s'étaient mises sur leur trente et un. Elles portaient toutes deux des chaussures à danser à hauts talons, l'une arborant des bas à paillettes avec un papillon en faux diamant à la cheville. Je chuchotai à Ernie :

— On les a fait venir spécialement. Elles sont venues juste pour Craig.

— Mais non, fit Ernie en secouant la tête. Bien sûr que non. Elles travaillent en équipe de nuit, voyons.

Ernie ne voyait-il rien ? Ne voulait-il rien voir ? Cela crevait les yeux, pourtant. Je voyais bien, moi, qu'elles n'étaient pas habillées pour passer la nuit à l'hôpital.

— N'aviez-vous pas prévu de sortir, ce soir ? leur demandai-je. Nous avons gâché votre soirée, n'est-ce pas ?

— Mais non, répondirent-elles.

Elles étaient en train d'installer Craig sur le chariot et se débrouillaient pour ne pas me regarder en face.

Je continuai :

— Vous êtes venues spécialement pour Craig, hein ?

Je secouai la tête.

— C'est pas gentil, les filles. Ne me baratinez pas. J'ai été serveuse toute ma vie et je sais comment on s'habille pour sortir et aller danser.

Elles se regardèrent, puis l'une d'elles dit en haussant les épaules d'un air résigné :

— Oui, nous sommes venues exprès. Mais ne vous faites pas de bile pour ça. Ça va aller très bien. Nous allons nous en occuper.

Elles introduisirent Craig dans la salle du scanner et refermèrent la porte derrière elles. Je m'adressai à Ernie :

— Elles n'ont pas décommandé un dîner ou des invitations à danser un vendredi soir pour rien. Il y a forcément quelque chose de grave, Ernie. Il est vraiment malade.

Puis la vérité m'apparut, comme un coup de tonnerre dans un ciel bleu. Les journaux n'avaient parlé que de cela, récemment. Il y avait eu une épidémie chez les petits élèves du quartier nord. Voilà, c'était cela, forcément !

— Tu sais ce que je pense, Ernie ? articulai-je lentement. Je crois qu'il a une méningite.

Il secoua la tête :

— Ah ! non, tu dérailles, ou quoi ? Tu ne vas pas remettre ça ? Tu ne vas pas te remettre à ruminer à tout bout de champ !

Puis je vis son visage se décomposer, et il se précipita hors de la salle. J'entendis ses pas dans le couloir, une porte claquer puis à nouveau le silence. Je restai plantée là, déchirée, avec l'envie de courir sur ses pas mais sans oser, de crainte de rater Craig à la sortie du scanner.

Je me sentais coupable. Ah, moi, avec ma grande gueule !

Pourtant, j'avais raison. Je savais bien que j'avais raison. Ce devait être une méningite. J'avais lu un article là-dessus dans un magazine féminin. Tous les symptômes décrits étaient ceux de Craig : mal de tête, fatigue, nausées. Que n'y avais-je pensé plus tôt ? Dieu tout-puissant, je vous en prie, faites qu'on découvre le mal à temps, pensai-je. Les enfants pouvaient mourir de méningite si le traitement tardait à venir. Cela, je ne le savais que trop.

Ernie revint, les yeux rouges et gonflés.

— Excuse-moi, ma chérie, me dit-il en s'asseyant près de moi.

Il me prit la main et je l'entourai de mon bras.

La porte finit par s'ouvrir et les radiologues firent sortir Craig sur son chariot. Il dormait encore. Je m'approchai et lui pris la main.

— Bon. C'est fait, dit la fille aux bas à paillettes.

— A-t-il une méningite ?

Je savais que les techniciennes n'étaient pas censées vous dire ce qu'elles avaient vu. Les notices de la salle d'attente indiquaient qu'il ne fallait pas le leur demander. Mais je ne pus m'en empêcher.

La jeune femme me répondit avec un grand sourire :

— Mais non, il n'a pas de méningite. Ne vous inquiétez pas. Je suis sûre que tout va s'arranger.

— Ah bon ? Comme je vous remercie. Je vous remercie mille fois.

Je l'aurais embrassée.

Ernie poussa un soupir de soulagement.

— Tu vois, dit-il.

Une infirmière nous accompagna au foyer du rez-de-chaussée pour nous faire patienter en attendant l'ambulance qui devait nous ramener à Queen Mary. Le front de Craig se couvrait à nouveau de sueur. L'ambulance mit une éternité à arriver. Ernie et moi prîmes place l'un en face de l'autre, regardant tous deux Craig pousser de petits gémissements dans son sommeil. Ernie paraissait à nouveau très inquiet, et je savais qu'il pensait la même chose que moi : si ce n'était pas une méningite, qu'est-ce que ça pouvait bien être ?

— Si ça se trouve, c'est juste un virus, dis-je brusquement. Comme celui qu'il a attrapé à quatre ans, quand nous avons dû l'emmener à l'hôpital.

— Oui, approuva-t-il. Et il allait mieux au bout de quelques jours, à l'époque, non ?

Je savais qu'aucun de nous deux ne croyait à une issue aussi simple.

Il pleuvait des cordes et la pluie tambourinait sur les flancs de l'ambulance. J'entendais les essuie-glaces aller et venir et je me rappelai soudain la scène d'un vieux film en noir et blanc que j'avais vu il y avait des années de cela, où le héros et l'héroïne fuyaient dans Mexico en plein orage.

— Écoute les essuie-glaces, disait le héros à sa petite amie. Entends-tu ce qu'ils disent ? « Ensemble, ensemble, ensemble. »

J'écoutais les essuie-glaces de l'ambulance en imaginant ce qu'ils pouvaient dire et fis une prière : « Dieu bien-aimé, faites en sorte, je vous en supplie, que nous restions toujours ensemble. Je vous en prie, ne laissez pas notre petit garçon nous quitter. S'il vous plaît, s'il vous plaît, Dieu bien-aimé, faites qu'il aille mieux... »

Nous arrivâmes à Queen Mary à plus de minuit. Les ambulanciers conduisirent Craig sur un chariot jusqu'à la salle et l'installèrent dans le même lit, situé dans un coin près du bureau de l'infirmière en chef. Ernie et moi nous assîmes à son chevet, enlacés, sans parler. Quelques instants plus tard, j'entendis un bruit et je vis le patron du service qui parlait à l'infirmière responsable de la salle. Celle-ci leva les yeux et capta mon regard :

— Madame Shergold, voulez-vous venir au bureau un instant, vous et votre mari ? Vous prendrez bien une tasse de thé ?

Je me levai d'un bond comme si on m'avait mordue :

— Quoi ?

L'infirmière vint vers moi :

— Voulez-vous une tasse...

Je ne la laissai pas finir.

— Non. Quand vous offrez le thé aux gens, c'est pour leur annoncer de mauvaises nouvelles. Je regarde suffisamment la télé pour le savoir...

Elle me prit par le bras :

— Allons, chère madame, venez dans le bureau. Il ne faut pas réveiller Craig.

L'argument porta.

— D'accord.

Je saisis la main d'Ernie et l'entraînai vers la porte.

— Bon, si vous voulez. Mais je ne veux pas de thé. Je ne prendrai pas de votre thé.

Nous suivîmes l'infirmière dans son bureau. Le chef de clinique était déjà là, debout dans un coin.

— Je vous en prie, asseyez-vous, dit l'infirmière.

Je refusai de la tête.

Mon pauvre Ernie était planté à côté de moi sans pouvoir dire un mot.

L'infirmière et le docteur se regardaient comme pour savoir qui allait parler le premier.

— Bon. De quoi il retourne ? demandai-je.

Le médecin s'éclaircit la gorge :

— Monsieur et madame Shergold, je suis vraiment désolé d'avoir à vous dire cela. Mais j'ai bien peur que le scanner ne révèle une tumeur au cerveau.

J'en restai paralysée de stupeur pendant un long, très long moment. J'avais bien entendu les mots prononcés par le docteur, mais c'était comme s'ils n'avaient pas pénétré mon esprit. Une tumeur au cerveau. Une tumeur au *cerveau* !

— Il va mourir ? m'entendis-je demander.

Le médecin me regarda, d'un air infiniment triste et fatigué.

— C'est malheureusement possible, répondit-il.

4

Le docteur se trompe. Cela ne peut pas arriver à mon petit garçon. Les tumeurs au cerveau, ça n'arrive qu'aux autres. On en parle dans les journaux, mais ça ne peut pas nous concerner. C'est impossible... Je suis toute tremblante et je sens qu'Ernie, le bras étroitement serré autour de moi, tente de me calmer. Son visage est mouillé de larmes. « Tout doux, tout doux, Mal chérie, dit-il, tu vas réveiller Craig. » Mais je ne m'apaise pas. Je ne me contrôle plus, plus du tout... Et puis voilà que je me mets en colère. Ce docteur, c'est un imbécile. Tous les médecins sont des idiots. Ils n'ont pas cessé de se tromper ces six dernières semaines. Ça veut dire qu'ils vont continuer à se tromper, c'est bien simple. Comment cet abruti a-t-il pu dire une chose pareille de mon adorable fils ? Comment a-t-il osé ?

— Ne voulez-vous pas vous asseoir, madame Shergold ?

Le médecin ne savait quelle contenance adopter. Toujours est-il que la surveillante et une infirmière me firent asseoir et qu'Ernie resta derrière moi en me serrant très fort les épaules. Je sentais ses sanglots me traverser. Le patron du service s'assit en face de nous et joignit les mains :

— Je ne sais comment atténuer la nouvelle. Le cliché du scanner révèle une très grosse tumeur au centre du cerveau de Craig. Elle a la taille d'une orange, mais son aspect est inhabituel. Je n'en ai jamais vu de semblable. C'est tout ce que nous savons pour l'instant. Dans cet hôpital, personne n'est en mesure d'interpréter plus finement les résultats du scanner. Craig doit être pris en charge par un service de neurologie, et j'ai fait ce qu'il faut pour qu'il soit transféré à l'hôpital de Great Ormond Street. Ils sont, là-bas, beaucoup mieux équipés que nous pour ce type de problèmes.

Le docteur se leva :

— Craig doit être transporté là-bas dès sept heures demain matin. La surveillante s'occupera de tous les détails pratiques.

Il eut un instant d'hésitation et continua :

— Je suis désolé, vraiment navré.

Il referma doucement la porte derrière lui.

Je me retournai vers la surveillante. Elle me regardait, elle-même au bord des larmes.

— J'ai même pas de cigarettes sous la main, dis-je en un gémissement qui se termina par un rire hystérique.

Mais qu'est-ce que je disais ? Une telle stupidité en un moment pareil ! Je pleurais et riais tout à la fois. Je ne savais plus ce que je faisais. C'était comme si on m'avait agressée. La surveillante s'approcha et mit son bras autour de moi :

— Venez, ma chérie, j'ai des cigarettes. Venez avec moi.

Me soutenant à moitié, Ernie derrière nous, elle me conduisit le long du couloir vers une petite pièce équipée d'un lit, d'un sofa et d'un poste de télévision. Elle m'apporta un paquet de Rothmans et m'en alluma une. Ernie s'assit sur le lit à côté de moi en m'enserrant de ses bras. Jamais je n'avais eu autant besoin de me blottir contre lui.

La surveillante se comportait comme un ange :

— Allons, allons, tous les deux. Ne perdez pas espoir. Craig sait que vous l'aimez, et cela, c'est très important. C'est ce qui lui permettra de se battre. Allons, faites face. Je vais vous chercher du thé.

Elle sortit et j'enfouis mon visage dans la poitrine d'Ernie. Sa chemise fut vite trempée de larmes.

— Ern, je t'en prie, ne le laisse pas mourir, je l'aime trop, suppliai-je.

— Moi aussi je l'aime, ma chérie. Il ne mourra pas. Le bon Dieu ne le laissera pas mourir. Tiens le coup, Mal. Il faut que nous soyons forts pour Craig.

La surveillante revenait avec le thé.

— Tenez, buvez ça.

Elle s'assit sur le sofa en face de nous pendant que je buvais à petites gorgées mon thé brûlant dans sa tasse en plastique.

— Vous êtes très gentille. Merci beaucoup, vraiment. Merci aussi pour les cigarettes.

Elle attendit que j'aie fini de boire et dit doucement :

— Nous venons de recevoir un coup de fil nous avertissant que Craig est attendu à Great Ormond Street. Le mieux serait que vous passiez chez vous pour prendre quelques affaires. Vous resterez probablement avec lui à l'hôpital et vous aurez besoin de votre nécessaire de toilette et de vêtements de rechange pour vous comme pour Craig.

Elle jeta un coup d'œil à sa montre :

— Il vous suffit d'être de retour ici vers six heures. Vous aurez le temps de l'accompagner dans l'ambulance.

— Est-ce que je peux le voir d'abord ? demandai-je.

Elle retourna avec nous dans la salle. Il n'y avait plus que deux veilleuses allumées et il y faisait très sombre. Tous les enfants dormaient paisiblement. Deux infirmières assises à une table ronde près du lit de Craig nous accueillirent avec un chaleureux sourire.

Craig paraissait si paisible ! Si beau ! Difficile de croire qu'il y avait une tumeur à l'intérieur de sa jolie tête. De la taille d'une orange, avait dit le patron du service ! J'essayai de me l'imaginer et je sentis à nouveau les larmes me monter aux yeux.

— Je ne peux pas le laisser. Je veux rester, sanglotai-je.

Ernie fit face à la situation :

— Allons, viens, ma chérie. Suivons leur conseil. Et puis n'oublie pas qu'il faut expliquer tout cela à Steven.

Je me sentis coupable. Comment avais-je pu oublier Steven ? Steven, lui qui idolâtrait son petit frère !

— Promettez-moi de m'appeler si son état empire, demandai-je aux infirmières qui hochèrent la tête d'un air rassurant.

Il était deux heures moins le quart. Dehors, le parking de l'hôpital n'était plus éclairé depuis longtemps et il pleuvait toujours des cordes. Nous traversâmes d'un pas mal assuré le macadam en ayant le sentiment d'être seuls au monde. Au loin, j'aperçus la croix illuminée de la chapelle de l'hôpital.

— Ernie, dis-je en la lui montrant du doigt, et si nous allions nous y recueillir une minute ?

Nous nous glissâmes à l'intérieur de la chapelle, l'eau ruisselant de nos vêtements sur le carrelage. Je m'effondrai à genoux devant l'autel. Ernie n'avait jamais eu la fibre religieuse, mais il s'agenouilla à côté de moi. Jamais nous n'avions prié comme pendant ces cinq minutes. Ernie finit par me toucher l'épaule :

— Nous ferions mieux d'y aller, Mal. Steven nous attend.

Le temps de grimper dans la voiture, nous étions

trempés jusqu'aux os. Ernie alluma les phares et traversa l'esplanade du parking.

Il pleuvait si fort qu'on ne voyait plus rien à travers le pare-brise. Entre la pluie et les larmes d'Ernie, cette nuit-là, je ne sais comment nous arrivâmes sains et saufs à la maison.

Au dernier virage de la route de Selby j'aperçus la porte d'entrée de chez Thérésa ouverte, la lumière extérieure éclairant le jardinet de devant. Steven avait dû entendre la voiture. Il était sur le seuil avant que nous ayons eu le temps d'ouvrir la grille :

— M'man, m'man, il va bien ?

Il avait l'air terrifié.

— Rentre, dit Ernie tranquillement en le poussant doucement à l'intérieur du couloir de chez Thérésa.

La porte du salon était ouverte et j'aperçus mon frère Kevin et sa femme Carole assis sur le canapé. Ils n'avaient pas changé depuis la dernière fois que je les avais vus. Cela ne me paraissait pas normal, comme s'ils avaient dû paraître différents ! Notre monde s'était renversé. Pourquoi tout semblait-il si normal ?

— M'man, s'il te plaît, dis-moi ce qui se passe. Qu'est-ce qui ne va pas ?

— Steve... commençai-je, puis je m'effondrai.

Franchement, comment pouvais-je lui dire la vérité ?

Je vis ses yeux s'agrandir de frayeur et j'essayai désespérément de me reprendre. Steve était aussi mon fils, tout de même. Je devais me montrer forte. Je pris longuement ma respiration :

— Steve, c'est dur à dire, mais ça va très mal. Craig a une tumeur au cerveau.

Le visage de Steve se contracta de douleur. J'essayai de l'entourer de mes bras — mon Steve chéri, si timide — mais il se dégagea.

— Non, m'man ! Non, m'man ! Non ! Pas mon frère !

Les larmes dévalaient de ses joues. Il se tourna vers Ernie :

— Dieu s'est trompé de maison. Nous n'avons jamais fait de mal à personne. Nous sommes des gens honnêtes. On ne triche pas, on ne ment pas chez nous. Pourquoi ça tombe sur nous ? Qu'est-ce qu'on a fait de mal ?

Et il se mit soudain à taper du poing si fort sur la porte de Thérésa que j'entendis le bois craquer.

— Il a déjà pris ma mamy, criait-il, ça suffit !

Et il s'enfuit dans la nuit.

— Ern, va le rechercher. S'il te plaît, va le chercher, m'écriai-je.

— Non, c'est moi qui vais y aller, dit Kevin en se précipitant. Vous deux, restez là et séchez-vous.

Tout le monde pleurait dans la maison : Thérésa, Carole, Ernie et moi.

— On ne s'était pas doutés qu'il était si malade, dit Carole au moment où je m'asseyais sur le canapé de Thérésa. Mitchell nous avait dit que ce n'était pas grave. Nous nous inquiétions surtout à ton sujet.

Thérésa voulut me donner un remontant, que je refusai. Elle tenta de m'expliquer qu'il y avait des gens qui guérissaient de tumeurs au cerveau, mais je n'en croyais pas un mot. J'entendis soudain Kevin appeler et je me précipitai dehors. Steven était à côté de lui devant notre jardinet, le visage trempé et gonflé de larmes.

Kevin et Carole décidèrent d'aller chez ma sœur Kate pour la mettre au courant. Ils nous laissèrent en nous promettant de revenir vers cinq heures. Notre maison nous parut froide et sinistre. Craig l'avait quittée il y avait seulement quelques heures et elle paraissait déjà vide comme s'il en était parti pour toujours.

— Viens, mon chéri, dis-je à Steven. Il faut que tu dormes maintenant. Il est près de trois heures.

Steve secoua la tête.

— Non, ne me fais pas monter là-haut, m'man. Je pourrai pas coucher dans un des lits superposés en sachant que Craig n'y est pas.

— Bon, d'accord. Alors, couche-toi sur le canapé.

Il s'affala dessus avec un petit gémissement. Je savais qu'il souffrait autant qu'Ernie et moi. Nous montâmes tous deux dans notre chambre et nous étendîmes serrés l'un contre l'autre. Ernie essayait continuellement de me rassurer tout en tombant aussitôt dans les pires angoisses, et c'était alors à mon tour de tenter de l'apaiser.

La vision de Craig dans son cercueil entouré de dentelle blanche continuait de me hanter. Je n'arrivais pas à m'en débarrasser.

À cinq heures, Kevin et Carole étaient de retour. Je leur fis une tasse de thé avant de partir. Ernie, Steven et moi prîmes place tous les trois sur la banquette arrière de la voiture de Kevin qui nous conduisit à l'hôpital. Steven, dont les larmes coulaient silencieusement, ne desserra pas ma main de tout le trajet.

Puis, sans attendre les deux autres, je bondis hors de la voiture et courus vers la salle où se trouvait Craig.

Craig n'avait pas changé de position depuis que je l'avais quitté. On aurait dit une poupée chinoise, avec ses longs cils sombres sur ses joues blanches. La jeune infirmière à son chevet posa doucement la main sur mon épaule :

— Je ne l'ai pas quitté des yeux une seconde, il ne s'est pas du tout réveillé.

Elle sortit un instant puis revint, une cape rouge et bleu marine sur les épaules :

— Je vous accompagne à Great Ormond Street,

nous expliqua-t-elle. L'ambulance va arriver d'une minute à l'autre.

Je m'assis sur le lit de Craig, les bras sur la poitrine, avec l'irrésistible envie de l'embrasser et de le serrer contre moi, tout en craignant de le déranger.

Une voix finit par annoncer :

— L'ambulance est là. Vous pouvez réveiller Craig.

Je lui touchai doucement la joue :

— Bonjour, Craig, chuchotai-je. C'est maman.

Ses cils papillotèrent et il ouvrit les yeux :

— Je sais, dit-il paisiblement.

Je l'embrassai et il me sourit.

— M'man, je t'aime, dit-il d'une voix ralentie qui sonnait étrangement. Faut pas m'en vouloir, c'est vraiment bête que je sois malade.

Avant même de partir de la maison, je m'étais promis de ne pas pleurer devant Craig, et voilà que je ne pouvais retenir mes sanglots. Les pleurs éclataient tout seuls. Je me penchai vers lui en essayant de cacher mes larmes et je sentis ses mains qui me caressaient la tête.

— Ne pleure pas, m'man. Je vais aller mieux.

Il lança un regard vers Steven et lui adressa un sourire endormi :

— Salut, Vilain, dit-il. Toi aussi, tu t'es mis à pleurer sur moi ?

Le pauvre Steve s'effondra à nouveau. Craig était le seul à garder son calme.

— Steve, dit-il, t'es le meilleur frère qui puisse exister. J'te jure que je vais aller bien.

Il referma les yeux. Le temps qu'on le transporte dans l'ambulance, il avait déjà plus ou moins sombré dans le sommeil. Steve et Carol grimpèrent dans le véhicule derrière moi. Ernie fit le trajet en voiture avec Kevin.

Ce fut le voyage le plus long et le plus détestable que j'aie jamais fait. Craig sursautait au moindre cahot comme si on le frappait. Dès que je parlais, il mettait le doigt sur la bouche en faisant « chut, chut ». Les ambulanciers connaissaient bien leur affaire. À un moment donné, Craig dormait, l'accompagnateur du chauffeur me dit qu'il avait eu lui-même une tumeur au cerveau étant enfant et qu'on l'avait opéré pour la lui enlever.

— Regardez-moi maintenant, sourit-il.

Mais j'étais persuadée qu'il tentait seulement de me réconforter. Cela devait faire partie de son travail.

Le chauffeur conduisait tout doucement. Je savais qu'ils voulaient rendre le voyage le moins pénible possible pour Craig et je ne voulais pas m'impatienter. Mais j'étais terrorisée à l'idée que Craig pût mourir avant de parvenir à destination.

L'ambulance finit par s'arrêter et le chauffeur coupa le moteur.

— Nous sommes arrivés, dit-il.

Son collègue ouvrit la portière. Steve, Carole et moi descendîmes afin de dégager le passage pour la civière. Je levai les yeux sur un immeuble miteux aux balcons de béton tout décrépis. C'était donc ça, le célèbre hôpital pour enfants de Great Ormond Street ! Tout le monde en avait entendu parler — c'était l'un des meilleurs hôpitaux du pays. Le moins qu'on puisse dire est qu'il ne m'impressionna guère ce matin-là.

Ernie et Kevin nous rejoignirent derrière la civière où reposait Craig et nous pénétrâmes dans l'entrée principale de l'hôpital. On se serait cru dans la salle des pas perdus de la gare de Waterloo ! Il y avait du monde partout et beaucoup de bruit. Craig s'était à nouveau assoupi. Encore heureux ! Deux infirmières nous accueillirent :

— Craig a été admis dans la salle des Marionnettes, dit l'une d'elles en souriant.

Elles nous conduisirent vers un petit ascenseur.

Ernie et moi nous y entassâmes derrière le brancard de Craig.

L'ascenseur s'arrêta au premier étage et les infirmières nous conduisirent dans une petite salle bien éclairée remplie de jouets :

— Attendez ici, dans la salle de jeux. Je vais dire à la surveillante que vous êtes là, expliqua l'une d'elles.

Steven, Kevin et Carol nous rejoignirent. Les ambulanciers continuaient à plaisanter en essayant de nous remonter le moral, mais Ernie et moi ne tentions même plus de garder le sourire.

La surveillante du service vint nous chercher.

— Excusez-moi, dit-elle en s'adressant aux autres, le père et la mère seulement.

Ernie et moi emboîtâmes le pas aux ambulanciers qui poussaient le chariot de Craig. J'eus un réflexe de recul en voyant la salle. Toutes les salles d'hôpital que j'avais vues jusqu'alors comprenaient des rangées de lits bien alignés sur deux côtés. Rien de semblable aux « Marionnettes » : les lits étaient disposés n'importe comment dans toutes les directions et il fallut parcourir une sorte de labyrinthe pour atteindre le lit de Craig à l'autre bout de la salle.

Les ambulanciers et la jolie infirmière qui avaient fait le voyage avec nous soulevèrent Craig avec beaucoup de précautions du chariot à son lit. Ils en levèrent les côtés métalliques pour l'empêcher de tomber. Puis, avec un joyeux « Porte-toi bien, Craig ! », ils nous quittèrent pour retourner à Queen Mary. Pendant que les nouvelles infirmières de Craig lui prenaient la tension et la température, je sortis ses affaires du sac en plastique et les rangeai dans le petit placard à côté de son lit.

Des bruits étranges venaient de l'autre bout de la salle. Je levai les yeux et vis un jeune garçon sur une chaise. On lui avait rasé tout un côté de la tête, ce qui laissait voir une longue cicatrice sur le cuir chevelu. Il bavait et semblait ne pas pouvoir tenir la tête droite. Une femme assise à ses côtés lui parlait. Il lui répondait par de longs grognements comme un animal. Mon Dieu, c'était donc ça, les effets d'une tumeur au cerveau ? Je contemplai la scène avec horreur. La femme capta mon regard et je détournai rapidement les yeux. Je savais qu'elle avait deviné mes sentiments. Elle se leva et vint vers moi. Je craignis un instant sa réaction, mais elle m'entoura les épaules :

— N'ayez pas peur, madame, dit-elle tranquillement. Mon fils est né comme ça.

— Il n'a pas de tumeur au cerveau ?

— Non. Il souffre d'un problème différent.

J'étais morte de honte et maudissais ma stupidité. Je m'étais imaginé qu'il s'agissait d'une salle spéciale pour les tumeurs au cerveau. Quelle idée ! À l'évidence il y avait ici des enfants victimes de toutes sortes de lésions cérébrales.

J'essayais de ne pas regarder les petits malades, mais c'était plus fort que moi. Pratiquement tous semblaient avoir subi une opération au cerveau. Un bébé pleurait dans un petit lit en face de celui de Craig. On lui voyait toute une rangée d'agrafes de métal sur le devant de la tête. Je frissonnai et revins vers Craig.

Il était encore en train de se plaindre à Ernie d'avoir de l'eau dans les oreilles :

— M'man, aide-moi, dit-il. J'ai l'impression que mes oreilles vont éclater.

Je rappelai les infirmières qui étaient passées au lit suivant :

— Ne voudriez-vous pas lui examiner les oreilles ? suppliai-je. Je suis sûre qu'il ne se fait pas des idées.

L'infirmière alla chercher des tampons et les introduisit très doucement dans les oreilles de

Craig. Quand elle les retira, ils étaient effectivement gonflés d'eau.

— Je vais appeler quelqu'un immédiatement, conclut-elle.

Elle sortit précipitamment. Un médecin arriva très vite au chevet de Craig, prit d'autres tampons et fit le même test.

J'étais furieuse. Personne n'avait tenu compte de ce que disait Craig jusqu'à présent. Pourquoi ?

On lui fit passer des examens toute la matinée : des examens sanguins, auditifs, des tests moteurs, des tests dont je n'avais jamais entendu parler. On aurait dit que tous les spécialistes de l'hôpital s'étaient donné rendez-vous pour examiner les oreilles de Craig et vérifier son sens de l'équilibre. Toutes les vingt minutes une infirmière allumait une petite torche électrique qu'on lui braquait dans les yeux. On l'emmena trois fois sur un chariot pour des radios aux rayons X, des scanners, des tests de vue. À la fin de la matinée il était exténué et il sombra dans un profond sommeil. Son apparence avait changé à vue d'œil, en quelques heures. C'est ce qui m'effrayait le plus. Craig était naturellement un petit garçon trapu mais sans une once de graisse. Et voilà que son visage et son corps s'étaient mis à gonfler. Son air enfantin, si adorable la veille encore, avait complètement disparu. Cela crevait les yeux, il s'agissait d'un enfant très malade. Je croyais mes larmes taries mais je me trompais. Elles se remirent à ruisseler, inépuisables.

Je sortis dans le couloir que j'arpentai de long en large en essayant de me reprendre. Les portes de deux chambres s'ouvrirent à mon passage. Dans l'une d'elles un garçon d'environ treize ans jouait de l'orgue électrique sur son lit. Je m'arrêtai sur le seuil :

— Bonjour. Tu te débrouilles bien. Comment t'appelles-tu ?

— Simon, dit-il en souriant.

— L'orgue est-il à toi, Simon ?

— Non. J'aimerais bien. Il appartient à l'hôpital.

— Tu as été malade ?

Il hocha la tête.

— Oui, j'ai eu une tumeur au cerveau.

Je le regardai attentivement :

— Et tu te sens comment, maintenant ?

Il haussa les épaules d'un air désinvolte :

— Oh ! très bien.

Et il avait l'air d'aller bien, en effet. Je repris mes esprits en revenant dans la salle de Craig. Après tout, une tumeur au cerveau, ce n'était peut-être pas la fin du monde.

À midi, la surveillante nous apprit que le téléphone du service avait été saturé par les appels incessants de parents et d'amis demandant des nouvelles de Craig. On allait installer une ligne spéciale pour nous dans le couloir pour libérer celle du service, nous dit-elle.

— Un traitement de VIP (*Very Important Person*), Votre Honneur, fit-elle en souriant.

Il n'y avait qu'une chaise près du lit de Craig. Steve, Ernie et moi nous relayions auprès de lui. Chaque fois que j'allais dans la salle d'accueil des visiteurs, je constatais que quelqu'un de nouveau était arrivé. J'ai le souvenir confus d'une foule de gens. Ces témoignages de soutien et d'amitié me touchèrent profondément.

À deux heures, une infirmière vint nous demander, Ernie et moi, de venir au bureau situé au bout du couloir. Elle nous promit de rester près de Craig jusqu'à notre retour. En sortant de la salle je remarquai un tableau d'affichage sur le mur, pourvu de photos de tout le personnel du service. Je m'arrêtai pour bien regarder. En haut, les photos des neurochirurgiens de Great Ormond Street : le portrait de l'un d'eux attira mon attention. C'était un bel homme à l'air distingué, aux yeux bienveillants, aux cheveux bruns argentés aux tempes. Une sérénité inattendue me gagna. Je regardai le nom inscrit sous la photo : « Docteur Richard Hayward ». Je me tournai vers Ernie :

— Cet homme-là va sauver la vie de Craig. J'en suis sûre.

— Allons, ne recommence pas, rétorqua Ernie. Ce n'est pas toi qui choisis.

— Si, c'est moi qui choisirai. Je veux que ce soit lui qui fasse l'opération.

Nous frappâmes à la porte du bureau et une voix nous dit d'entrer. C'était un bureau moderne, très clair — rien à voir avec les locaux vieillots que nous venions de quitter. L'homme de la photo était assis derrière le bureau.

— Bien. Voilà ma première prière exaucée, déclarai-je.

Richard Hayward sourit en haussant un sourcil :

— Pardon ? Que dites-vous ?

— J'ai vu votre photo, dis-je. Je veux que ce soit vous qui opériez mon Craig.

Son œil brilla d'une étincelle :

— Je suis flatté, madame. Mais pourquoi moi ?

— Parce que vous avez des enfants, n'est-ce pas ?

— Oui, en effet, comment le savez-vous ?

— Cela se voit à votre expression, répondis-je.

Il sourit à nouveau. Puis il nous pria de nous asseoir et l'étincelle de son œil s'éteignit.

— Vous vous êtes probablement rendu compte que Craig est très malade, dit-il doucement. Le scanner nous a montré qu'il avait une très grosse tumeur dans la région du centre du cerveau.

— S'agit-il d'un cancer, docteur ?

Je voulais savoir.

— Nous n'en savons encore rien. La tumeur présente un aspect inhabituel. Malheureusement, nous ne pouvons pas faire de biopsie. C'est beaucoup trop dangereux. Nous ne saurons si la tumeur est maligne ou non que lorsque nous tenterons de l'enlever. Ce qui nous inquiète le plus pour le moment, c'est qu'elle contribue à sécréter du liquide dans le cerveau de Craig. Voilà pourquoi il souffre autant des oreilles.

— C'est pour cela qu'il a de l'eau dans les oreilles ? demandai-je.

— C'est exact, approuva le docteur Hayward. Si nous ne parvenons pas à diminuer rapidement la pression, les parois cérébrales vont éclater et il y aura d'autres dégâts. Il faut donc s'occuper de cela en priorité. Nous avons commencé de traiter le problème par des médicaments. Dès après-demain nous allons installer un petit appareil en plastique, qu'on appelle un drain, à l'intérieur du cerveau de Craig, afin d'en évacuer le liquide. Une fois la pression relâchée, nous serons en meilleure situation pour tenter d'exciser la tumeur.

— Et alors, il ira bien, non ? Vous allez le sortir de là ?

Le docteur Hayward se leva, contourna son bureau et s'approcha de nous :

— Monsieur et madame Shergold, je ne veux pas vous raconter des histoires. Craig est un petit garçon très malade. Vous pouvez remercier Dieu qu'on l'ait transporté dans nos services. Nous sommes équipés pour intervenir. Sinon il serait peut-être mort demain. Même en étant optimiste, je ne pense pas qu'ailleurs il aurait pu survivre au-delà de jeudi prochain.

La nouvelle fut dure à encaisser. Craig avait donc été mourant toute la semaine précédente, et personne ne s'en était aperçu ! Comment était-ce possible ? À notre époque ?

— Maintenant qu'il se trouve entre nos mains, il

a sa chance. Mais son cas reste très, très sérieux, continua le docteur Hayward.

Il serra ses mains l'une dans l'autre et nous regarda tour à tour :

— On ne peut exclure que Craig meure avant qu'on l'opère, ou sur la table d'opération. Et même s'il supporte l'opération, l'excision de la tumeur peut causer des dégâts irréversibles. Elle touche une aire du cerveau qui contrôle une série de fonctions importantes. Il faut que vous le sachiez : il y a toujours un risque pour qu'une telle intervention chirurgicale laisse aveugle ou paralysé...

Je l'arrêtai de la main :

— Ne m'en dites pas plus.

J'avais foi en ce docteur. J'étais sûre qu'il allait sauver Craig. Comment lui faire partager ma foi ? L'instinct prit le dessus : je m'emparai des mains du docteur Hayward et les pressai entre les miennes. Je les serrai aussi fort que je pus, voulant faire passer toute ma force de conviction dans ses mains.

— Vous réussirez, docteur Hayward, affirmai-je.

Ernie me regarda d'un drôle d'air. Visiblement, il ne saisissait pas ce qui se passait. Mais le docteur Hayward comprenait. Celui-ci pensait peut-être que j'étais une vieille mère cockney un peu simplette, mais il n'essaya pas de retirer ses mains et je lui en fus très reconnaissante. Il sourit :

— Je suis très heureux que vous ayez confiance à ce point-là, madame, dit-il doucement. Mais je vous en prie, ne mettez pas trop d'espoirs dans cette opération.

Je secouai la tête :

— Que Dieu vous bénisse les mains, docteur. Craig ne va pas mourir. Il ne deviendra pas aveugle. Parce que vous allez bien le soigner.

Ernie et moi avions gardé une certaine contenance dans le bureau du docteur Hayward. À peine sortis, effondrés, nous dûmes nous engouffrer dans une salle d'attente vide pour reprendre nos esprits. Il nous fallut quelques minutes avant de pouvoir regagner d'un pas à peu près normal la salle de Craig. À notre soulagement on lui avait donné des calmants et il s'était endormi.

Ernie retourna donner des nouvelles aux membres de la famille tandis que je restais près de Craig, lui tenant la main, songeant à ce que m'avait dit le docteur Hayward. Je récapitulais tous les instants de bonheur que Craig nous avait donnés. Je me remémorais sa naissance, revivais chacun de ses anniversaires, chaque Noël. Les moindres de ses faits et gestes, de ses attentions, me revenaient : la façon dont il me massait les pieds quand je revenais du travail ; son acharnement à apprendre le langage des signes afin de pouvoir parler avec les enfants sourds de l'école... Pourquoi cette catastrophe était-elle arrivée à mon petit garçon ? Il ne méritait pas cela.

Je recherchais dans ma mémoire les signes prémonitoires qui auraient dû m'alerter. N'aurais-je pas dû être plus vigilante, le conduire plus tôt chez le docteur, pour mettre toutes les chances de son côté ? La tumeur avait la taille d'une orange, disaient-ils. Une tumeur de cette taille n'apparaissait tout de même pas en une nuit ! Elle avait dû croître pendant des mois. Et je me souvins soudain qu'Ernie, au retour d'une séance de football, il y avait quelques mois, m'avait rapporté que Ken, l'entraîneur de Craig, avait dit que le gosse courait de travers quand il essayait d'atteindre le ballon, et qu'il avait peut-être un problème. La remarque ne m'avait pas plu :

— Mais pour qui prend-il Craig, ce Ken ? Pour Bobby Robson[1] ? avais-je rétorqué. Il n'y a rien qui cloche chez mon Craig.

1. Célèbre joueur de football du club anglais Manchester United. *(N.d.T.)*

Si seulement j'avais tenu compte de ce qu'avait dit Ken.

Au-dessus du lit de Craig il y avait une étagère sur laquelle quelqu'un avait laissé un grand éléphant vert en peluche. L'éléphant était l'animal porte-bonheur de ma mère, sa mascotte. J'eus la forte sensation qu'elle était là, présente, avec nous. Deux semaines avant sa mort, maman nous avait appelés, Kevin, Kate, Ernie et moi.

— Je serai toujours auprès de vous, mes enfants, nous avait-elle promis. Je veillerai sur vous tous. Je ne vous abandonnerai jamais.

Je contemplai l'éléphant : « Maman chérie, priai-je, si tu es là, demande à Dieu et aux anges de sauver Craig et de le guérir. »

Craig remua et ouvrit les yeux. Il y avait beaucoup de bruit dans la salle et ça avait dû le réveiller. Ce bruit me rendait folle. Une télévision était allumée à l'autre bout de la pièce et quelques enfants étaient descendus de leur lit pour la regarder. À deux lits de celui de Craig, un gosse jouait avec un jeu électronique : *bip ! bip ! bip !* En face de nous une fillette faisait marcher à plein son lecteur de cassettes. Et comme si tout cela ne suffisait pas, on entendait des coups de marteau et une scie électrique provenant de la pièce d'à côté.

— Tout le monde sait que le bruit aggrave les maux de tête, dis-je à Ernie qui revenait de la salle d'attente. Ils auraient tout de même pu installer Craig dans un endroit plus tranquille !

— Ils manquent de place avec tous les travaux en cours dans le bâtiment, chérie. Ce n'est pas de leur faute.

Si, c'était de leur faute. J'eus soudain une envie irrésistible d'envelopper Craig dans une couverture et de l'emporter loin de ce vacarme, loin de cette maison de fous. Je me dominai toutefois, pris une compresse rafraîchissante que l'infirmière avait laissée dans le placard de Craig et la lui appliquai sur le front.

— M'man ?

Craig me regardait de ses yeux agrandis.

— M'man, répéta-t-il.

C'était la première fois qu'il semblait vraiment réveillé depuis qu'on l'avait amené ici. Il regarda les autres enfants de la salle, fronçant les sourcils à la vue de leurs crânes chauves et des cicatrices laissées par l'opération. J'eus un haut-le-cœur. Dans une minute, c'était sûr, il allait me demander ce qu'il faisait là. Qu'allais-je lui dire ?

Craig m'avait toujours fait confiance. Je ne lui avais jamais menti, même pas à propos du Père Noël. En cet instant je ne pouvais tricher avec lui. Je décidai de lui parler avant qu'il ne me demande quoi que ce soit. Je lui pris la main.

— Craig, dis-je tendrement, tu sais que tu es très malade, hein ?

Il m'arrêta.

— Je sais, m'man. J'ai une tumeur au cerveau.

J'en fus décontenancée, Ernie aussi. Nous avions tellement fait attention à ne pas en parler devant lui.

— Comment le sais-tu, Craig ? demanda Ernie.

— Je l'ai deviné, dit-il en souriant. Lucy, dans *Les Voisins,* a une tumeur au cerveau.

— Oh, Craig !

C'était la première fois que je riais ce jour-là. Je rendis grâce à ce feuilleton télévisé !

Craig avait les yeux rivés sur moi.

— Lucy a guéri, m'man !

— Oui, je sais, Craig. Et toi aussi tu guériras, souviens-toi bien de cela, lui dis-je en lui serrant la main très fort.

5

— Ils l'ont mis sous perfusion.

Je bondis de ma chaise longue ce dimanche matin, prise de panique. Ernie me rassura d'un geste :

— Du calme, chérie. La surveillante a dit qu'il ne fallait pas s'en inquiéter. Il s'agit simplement de le réhydrater. C'est normal, après tous ses vomissements. Elle m'a d'ailleurs assuré qu'il avait passé une nuit très paisible.

Ernie s'était procuré une petite cuvette en plastique qu'il remplit d'eau. Il la posa sur la table basse :

— Tiens, fais un peu de toilette avant d'aller le voir. Tu te sentiras mieux.

Je m'aspergeai un peu d'eau sur le visage et cherchai mon poudrier dans mon sac. J'eus un choc en voyant mon reflet dans le petit miroir. J'avais cent ans, les yeux rouges et gonflés d'avoir trop pleuré, le cheveu en bataille. Je me passai un peu de fond de teint et un coup de peigne. Pas la peine que Craig voie arriver une mère ayant l'air de sortir d'un film d'horreur.

J'entrai dans la salle. Craig loucha vers moi — « 'jour, m'man » — et referma les yeux aussitôt. L'éclairage de la salle, trop puissant, lui blessait les yeux. Je restai près de lui et il passa la matinée à s'endormir et se réveiller sans cesse. Les calmants lui faisaient moins d'effet que la veille, et le bruit le gênait beaucoup plus — jusqu'au son de ma propre voix qui le faisait tressaillir dans son sommeil. Éveillé, le moindre mouvement lui causait une immense souffrance.

À la mi-journée, son débit se ralentit de façon impressionnante et il se mit à chercher ses mots. Un médecin qui venait pour de nouveaux tests expliqua que le centre du langage était altéré par la pression de la tumeur. À l'arrivée de mes amies Carol et Peg, il avait déjà renoncé à parler et s'était mis au langage des signes.

— Je t'aime, me fit-il avec les mains.

Carol détourna la tête et je me mordis les lèvres. « Non, non, ne pleure pas, me dis-je. Il ne doit plus te voir pleurer... »

Peg me serra contre elle :

— Marion, il va aller mieux, chuchota-t-elle résolument. Vous faites la paire, toi et lui. Il faut se battre.

Un nouveau docteur vint vérifier l'état de Craig et à mon grand soulagement il lui augmenta sa dose de calmants. Au milieu de l'après-midi, alors que Craig dormait, une jolie infirmière aux cheveux bruns vint nous voir avec quelque chose dans les mains.

— Bonjour, je suis Sally, dit-elle. Je suis venue vous montrer à quoi ressemble le drain. Comme ça, vous comprendrez un peu mieux en quoi va consister l'opération de demain.

Elle me tendit une petite chose en plastique qui me rappela les bonbons acidulés en forme de soucoupes volantes que je m'achetais quand j'étais petite. Un fin tuyau y était rattaché.

— Le tuyau va passer dans une veine du cou de Craig et drainera le fluide superflu du cerveau vers le système sanguin, expliqua Sally. Dès que la pression à l'intérieur de la tête va baisser, il aura moins mal aux oreilles.

Bien loin de me rassurer, la vue du drain m'effraya encore plus. Était-ce cet objet volumineux qu'on allait loger dans la tête de mon petit garçon ? Sally me tapota le bras :

— Ne vous inquiétez pas. C'est quasiment une opération de routine. On a mis un drain à la plupart des enfants que vous voyez ici. Je suis sûre que cela va bien se passer.

Puis elle m'entoura brusquement de ses deux bras et m'étreignit très fort :

— Allez, venez prendre une tasse de thé, dit-elle. Il vous faut décompresser, tous les deux.

Elle avait raison. Ernie était gris d'inquiétude et je me sentais nauséeuse depuis le matin. Le thé ne me disait rien mais j'eus envie de prendre l'air. Nous prîmes place avec Ernie sur un banc de bois devant l'hôpital et j'allumai une cigarette. Il bruinait encore un peu. Devant la réception je remarquai une pancarte indiquant LA CHAPELLE, avec une grande flèche dans la direction de quelques vieilles marches en pierre. Je saisis Ernie par le bras :

— Ern, c'est là que je veux aller.

J'avais par mon éducation l'habitude d'aller à l'église. Dans mon enfance on m'y envoyait deux fois le dimanche, et la première école que je fréquentai fut une école protestante tenue par des sœurs, dans le sud de Londres. Je cessai d'aller à l'église à l'âge adulte, mais je continue à dire mes prières tous les soirs. En tout cas, ce jour-là, je sentis l'appel de cette chapelle. J'en gravis les marches en traînant derrière moi ce pauvre Ernie qui n'en demandait pas tant. Nous nous retrouvâmes dans une aile très vétuste du bâtiment, beaucoup plus ancienne que celle qui abritait la salle de Craig. Le silence était presque inquiétant après le vacarme de l'hôpital. Devant nous, une porte entrebâillée : nous entrâmes sur la pointe des pieds. À l'intérieur, des piles de bibles et d'autres livres étaient en vente sur une table. Puis une autre porte ouvrait sur la chapelle proprement dite. Je l'ouvris et m'arrêtai tout étonnée. C'était très beau. Le reste de l'hôpital avait franchement besoin d'un coup de peinture, mais ce n'était pas le cas de cette chapelle. La lumière des cierges se reflétait sur les cuivres et les dorures des peintures. Dix bancs de bois sombre étaient alignés devant l'autel et nous prîmes place sur l'un d'eux. Une voûte dont la paroi était ornée d'une vaste fresque surplombait l'autel. Je la contemplai tout à mon aise. On y voyait Jésus accompagné de deux enfants, l'un sur les genoux, l'autre près de lui. À ses côtés, un mouton et une chèvre. Une devise en lettres d'or lui couronnait la tête : « Souffrez que les petits enfants viennent à moi. »

La colère me prit en lisant le vers familier. J'avais toujours pensé qu'il s'agissait là d'un très beau texte, et je me rappelai les sœurs qui nous l'enseignaient à l'école. Mais je lui donnai désormais un sens différent. Il me semblait que la devise signifiait que Craig devait souffrir pour atteindre Jésus, et cette seule idée me mettait en rage. « Ah ! non, pensai-je, pourquoi faudrait-il qu'il souffre ? Craig n'ira pas rejoindre Jésus. Je veux qu'il reste avec moi. » Je me mis à pleurer, puis à prier, puis à pleurer encore. Ernie, assis près de moi, le bras m'entourant les épaules, attendait patiemment que la crise fût passée.

En sortant, nous vîmes un livre d'or sur une table avec un stylo pour les visiteurs. Je reconnus tout de suite l'écriture de Steven : « S'il te plaît, ne laisse pas Craig mourir », avait-il griffonné. Juste au-dessus ma nièce Sue avait écrit : « Dieu, je t'en prie, laisse vivre mon cousin Craig. » Plus haut encore on pouvait lire un message de Carol... Pratiquement tous ceux qui étaient venus voir Craig la veille avaient écrit quelques mots. Je pris le stylo et commençai une nouvelle ligne : « Dieu très cher, j'aime trop Craig. Je ne pourrais vivre sans lui. Je t'en prie, ne le fais pas souffrir. Ne me le retire pas. Prends-moi à sa place. »

Le dimanche soir, John et Sandra — le parrain et la marraine de Craig — débarquèrent avec une bouteille de cognac. John insista pour que je boive un petit coup. Cela me remonta mais ne fit pas disparaître ma hantise du lendemain. Rien n'aurait pu me rassurer. La pose du drain planait sur nous comme un gros nuage noir.

Les infirmières furent adorables. Elles sentaient notre angoisse, c'était évident, et se mettaient en quatre. Ce soir-là une nouvelle infirmière, qu'on appelait Jo, était de service. Mince, blonde et pétillante, elle m'étreignit chaleureusement à plusieurs reprises. Cela me fit un bien fou. Pour un peu, je lui aurais demandé d'en faire autant avec Ernie... Pauvre Ernie : il m'avait soutenu de son mieux ces deux jours, solide comme un roc, mais la tension commençait à l'ébranler à son tour. Il vieillissait à vue d'œil. Je savais qu'il craignait, comme moi, que le temps joue désormais contre nous et que les parois cérébrales de Craig n'éclatent avant l'opération.

On avait mis les veilleuses depuis longtemps dans le dortoir, et la plupart des enfants dormaient quand une infirmière s'approcha de moi pour me chuchoter :

— Quelqu'un vous demande au téléphone, madame Shergold. Vous pouvez prendre la communication dans la salle familiale.

C'était Joan Spears, mon ancienne patronne. Il y avait des années de cela, je lui avais organisé des dîners, des réceptions en plein air ainsi que des galas de bienfaisance. Nous étions restées très amies.

— Marion, je viens d'apprendre la nouvelle, dit-elle. Sois courageuse, je t'en prie. Surtout, ne perds pas espoir.

J'étais sur le point de lui répondre, mais la compassion que je ressentis dans sa voix me fit fondre en larmes.

Son intonation resta ferme en entendant mes sanglots.

— Marion, s'il te plaît, écoute ça.

Et elle se mit à me lire une histoire. Je la reconnus tout de suite. C'était l'histoire de l'homme qui après d'immenses souffrances regarde derrière lui et ne voit qu'une paire d'empreintes de pas, les siennes, sur le sable. Il croit que Dieu l'a abandonné. Mais il s'agit de tout autre chose : Dieu a seulement guidé ses pas au travers de l'épreuve... Je connaissais *Les Empreintes de pas* par cœur. J'avais toujours trouvé l'histoire très belle, mais jamais elle ne m'avait touchée autant que cette fois-ci, en l'entendant de la voix de Joan au téléphone.

Quand Joan eut terminé, nous nous tûmes l'une et l'autre un moment. Puis elle dit calmement :

— Marion, ça se passera très bien pour Craig demain. Dieu est avec toi. Il t'aidera. Ne l'oublie jamais...

Je revins lentement dans le dortoir. J'avais toujours pensé que l'amitié et l'amour étaient les choses les plus importantes au monde. L'appel de Joan consolida définitivement ma conviction.

Le lendemain, à six heures du matin, brin de toilette et coup de peigne dans la salle d'accueil. Puis nous retournâmes auprès de Craig. La nuit, une fois de plus, avait été très mauvaise. Ernie s'était levé plusieurs fois pour voir comment allait Craig, et il semblait épuisé. En plein milieu de la nuit il s'était dressé sur sa chaise longue, la tête dans les mains, en s'écriant :

— Mal, s'il te plaît, ne le laisse pas mourir, ne le laisse pas mourir !

Je l'avais supplié de s'agenouiller avec moi pour prier. Il y avait consenti.

Nos prières furent exaucées. Craig ne mourut pas pendant la nuit, mais son aspect était effrayant. Son corps avait encore gonflé et sa peau avait viré à un jaune sinistre. Nous restâmes à son chevet jusqu'à onze heures. La porte s'ouvrit sur un brancardier qui poussait un chariot. Craig était à peine conscient quand on l'y transporta.

— Nous allons revenir vite, nous dit l'infirmière.

Nous attendîmes dans la salle de jeux. On ne nous avait pas dit combien de temps devait durer l'opération. Une heure passa. La salle était désormais bondée de membres de la famille et d'amis, tous anxieux. Je m'éclipsai vers la chapelle, préférant me retrouver seule. Je ne pouvais rester en place, comme traversée par un courant électrique. J'allai m'agenouiller entre les bancs, sur les marches, puis devant l'autel dont j'embrassai la nappe. Enfin, plus calme, je finis par rejoindre les autres.

Il était trois heures et demie quand Lindy, la surveillante, ouvrit la porte de la salle d'attente. Elle souriait :

— Craig va bien, dit-elle. Vous pouvez revenir le voir dans la salle, maintenant.

Il dormait, la tête posée haut sur les oreillers afin que le drain évacue le liquide du cerveau. On lui avait rasé la moitié du crâne et on voyait une incision en demi-cercle là où le drain était introduit. Il avait encore le visage et le corps boursouflés, mais je pouvais discerner une sorte d'amélioration. Son sommeil était plus paisible — il ne sursautait pas ni ne se tordait comme la veille. Et puis, il respirait mieux. Il semblait même avoir un peu meilleure couleur. Je laissai Ernie à son chevet lui tenir la main, et repartis une fois de plus à la chapelle. Le message que je laissai cette fois dans le livre d'or fut court : « Merci, mon Dieu. »

Craig dormit tout le reste de l'après-midi et nous parlâmes à voix basse près de lui. Il y avait une pile d'enveloppes sur sa table de nuit.

— Qu'est-ce que c'est que ça, Ernie ? demandai-je.

Il jeta un coup d'œil :

— On dirait des cartes de vœux. Des dizaines. Elles ont dû arriver pendant qu'il était sur la table d'opération.

Il les prit par-dessus le lit de Craig et me les tendit.

— Tu veux les ouvrir ?

J'hésitai.

— Je ne sais pas. Il voudra peut-être les ouvrir lui-même demain.

— Demain, il en aura d'autres, rétorqua Ernie. À mon avis, ça le rendra tout joyeux de les voir à son réveil.

Ernie se glissa du côté de la table de nuit et prit le coupe-papier que Kevin avait apporté.

— Allons-y. Cela nous occupera.

Les cartes provenaient de la famille, d'amis, et de tous nos voisins, route de Selby.

— Mais comment tous ces gens-là sont-ils au courant ? demanda Ernie.

— Les mauvaises nouvelles voyagent vite, commentai-je.

Cela faisait soixante-quatorze cartes, la plupart avec un long message manuscrit pour Craig. Je pris la résolution de les lui lire toutes le lendemain. Cela lui ferait du bien de savoir qu'autant de gens pensaient à lui. Qui sait si ça n'allait pas lui donner suffisamment d'énergie pour combattre la « chose ».

Il y avait un petit paquet en haut de la pile, que j'ouvris précautionneusement. Il contenait un flacon de lotion après-rasage presque plein, ainsi qu'une carte et une lettre écrite sur une feuille de papier froissée qu'on avait déchirée d'un cahier. Cela provenait de Lee, le meilleur copain de Craig :

À Craig,

J'espaire que tu va vitte allé mieux, pasce qu'on a bien rigolé à l'écolle et qu'on a fait des matches de foot super. Avec le père de Jay, j'ai fabriquer une cabane dans le parc, j'te di pas, mais je m'embaite pasque j'ai plus personne avec qui causer sur le chemin de l'écolle. Je sé bien que ces lits à l'hopittal sont pas confortables, j'y est été une foi moi aussi. Y faut que tu guérrisse. C'est moi, Lee, qui te le di.

P.-S. *Je trouve que t'ai le plus chouaitte mec du monde, même quand ta mère tu la fai enrager... La lotion, c'est pour que tu sentes un peu bon. Ha ! Ha ! Ha !*

Je collai la lettre sur le côté de la table de nuit de Craig afin que ce soit la première chose qu'il voie en se réveillant.

Tard dans la soirée, l'assistant du docteur Hayward pénétra dans la salle et se dirigea tout droit vers le lit de Craig.

— Jusqu'ici, tout se passe à merveille, dit-il gaiement. L'opération s'est bien déroulée. Nous sommes contents de lui.

Je me levai vivement :

— Ah ! docteur, merci.

Il dut craindre que je ne l'embrasse, car il sourit et dit rapidement :

— Si j'étais vous, je sortirais manger quelque

chose. Il ne manquerait plus que tous les deux vous tombiez d'inanition ici ! Ce serait le comble. Craig a encore un long chemin à faire et aura besoin de vous...

Nous nous dirigeâmes docilement vers la cafétéria où nous commandâmes un poisson-frites. J'avais vraiment l'intention de manger, mais la nausée me prit au dernier moment et je repoussai l'assiette.

Ernie, lui, fit un sort à son assiette, puis à la mienne. Cela me mit du baume au cœur de retrouver mon bon vieil Ernie. Je le regardai la gorge serrée. Je l'aimais tant. Il avait toujours été un merveilleux père et un adorable mari. Et ces deux derniers jours, il m'avait formidablement soutenue. Je voulais qu'il sache à quel point j'avais apprécié son attitude. Je lui pris la main :

— Rien ne nous séparera jamais, quoi qu'il arrive, pas vrai, Ern ? Parce que j'ai besoin de toi, tu sais.

Il secoua la tête avec un petit sourire ému :

— Nous avons besoin l'un de l'autre, Mal. Unis, nous tiendrons. Divisés, nous chuterons. D'accord ?

Ça avait toujours été notre devise.

Cette nuit-là quelqu'un d'autre eut besoin des chaises longues de la salle d'attente, et Ernie dormit sur une chaise près du lit de Craig pendant que je somnolais dans la salle de jeux. Le lendemain matin en entrant dans la salle, je trouvai Ernie profondément endormi, la tête sur le lit de Craig. Il se réveilla tout courbatu. Je partis à la cuisine nous faire une tasse de thé. À mon retour, Craig était réveillé.

— M'man, t'as vu toutes mes cartes ? me dit-il avec un sourire endormi au moment où je tendais sa tasse à Ernie.

« Il a meilleure mine ce matin », me dis-je. L'œdème avait diminué.

Pendant qu'Ernie sortait faire sa toilette, je lus à Craig tous les messages des cartes que j'avais accrochées au mur la veille, en commençant par la lettre de Lee.

Les brancardiers arrivèrent pour l'emmener faire un nouveau scanner au rez-de-chaussée. Je les suivis. De retour au dortoir, nous découvrîmes une nouvelle brassée de cartes sur la table de nuit. Jo, l'infirmière, installa Craig dans son lit et m'aida à compter les cartes. Elle le taquina :

— À ce rythme-là, il va nous falloir un facteur spécialement pour toi !

Un grand sourire éclaira le visage de Craig.

— Tu veux que maman les ouvre pour toi ? demandai-je.

— Non. Je veux le faire moi-même.

Son débit était encore lent, mais du moins ne parlait-il plus par signes.

Cela lui prit au moins deux heures, mais il ouvrit les enveloppes lui-même. Il consentit quand même à ce que nous lui disions de qui elles provenaient. Il faisait plaisir à voir ! C'était la première fois qu'il manifestait un réel intérêt pour quelque chose depuis son arrivée à l'hôpital. Une bonne moitié des cartes de la veille provenaient de gens que je connaissais par mon travail. Aujourd'hui, même chose. Certaines venaient de gens que nous n'avions pas vus depuis des années. Je ne me suis jamais autant félicitée de faire le métier de serveuse. Cela m'avait permis de connaître des centaines de personnes, et voilà que le téléphone arabe fonctionnait à merveille.

Je fis le tour de la salle du regard : aucun des autres enfants n'avait autant de cartes.

— Craig, dis-je gentiment quand Ernie eut fini de placer le dernier autocollant, je ne crois pas que je vais accrocher les cartes d'aujourd'hui au mur.

Ça pourrait faire un peu étalage, aux yeux des autres enfants, tu ne crois pas ?

— D'accord, m'man, fit Craig en reposant la tête sur l'oreiller et en fermant les yeux, mais il garda le sourire aux lèvres.

Ce mardi fut merveilleux. Ernie et moi savions que la véritable épreuve, la grosse opération, était à venir. Pour l'heure, nous nous réjouissions seulement qu'il ait si bien franchi le premier obstacle.

Nos visiteurs partageaient notre soulagement. Steven travaillait sur un chantier du bâtiment juste en bas de la route de Shell House, et il fit un saut à l'hôpital pendant la pause de midi pour apporter des fruits à Craig. C'était le cinquième paquet de fruits qu'on apportait à Craig ce jour-là. Son lit ? Un véritable étal du marché de Covent Garden — sans compter les dizaines de paquets de bonbons et de chocolats !

Craig ne pouvait pas beaucoup bouger la tête, mais c'était la première fois ce jour-là qu'il était en mesure de voir normalement les autres enfants. Quand ceux-ci virent qu'on déballait les bonbons, ceux qui pouvaient marcher s'approchèrent timidement du lit et se présentèrent. Il y avait le petit Danny qui poussait des cris dès qu'il voyait un médecin ; Caroline, qui paraissait normale mais n'arrêtait pas de chanter comme un disque rayé : *T'en fais pas, sois heureux !* et Simon que j'avais rencontré le premier jour et qui n'allait pas tarder à rentrer chez lui. Certains enfants ne pouvaient pas quitter leur lit.

Le vendredi matin, une amie proche, Jan, qui s'était occupée de Craig pendant que je travaillais, fit son entrée avec deux grands sacs remplis de cartes à ras bord.

— Ça vient des gosses de l'école de Craig, dit-elle. Ils les ont toutes confectionnées eux-mêmes.

J'en pris une : *Tiens bon, vieux. Tu vas y arriver !*

— Il faut faire de la place sur le mur pour celle-là, dis-je en la collant illico au-dessus du poster de son idole, le chanteur Kylie Minogue.

Jan déposa un petit paquet rouge sur le lit de Craig :

— L'association des parents d'élèves et des professeurs m'a donné cinq livres pour toi, Craig, et je t'ai acheté un enregistrement de Kylie Minogue.

— Sensass ! fit Craig. Je l'écouterai dès que je n'aurai plus mal aux oreilles.

Je regardai Ernie. Craig ne nous avait pas dit que son mal d'oreilles était revenu. Cependant nous avions remarqué qu'il n'allait pas aussi bien ce matin-là. Il était redevenu pâle et il nous avait paru un peu apathique. Il s'anima à onze heures quand un nouveau paquet de cartes de vœux arriva par le courrier. Il mit encore plus de temps à les ouvrir que la veille mais il tint à le faire lui-même.

Le docteur Hayward arriva dans la salle tôt dans l'après-midi. Il ne dérangea pas Craig qui dormait. Il avait l'air inquiet.

— Je viens d'examiner le dernier scanner, dit-il. On peut voir que la tumeur grossit très vite, ce qui veut dire qu'il va falloir opérer le plus tôt possible. On ne peut pas attendre qu'une salle d'opération soit libre ici. C'est pourquoi, si vous êtes d'accord, nous allons l'opérer à l'Hôpital national dès lundi prochain. L'anesthésiste passera vous voir un peu plus tard aujourd'hui.

Mon cœur fit un bond. Je voulus prendre les mains du docteur Hayward qui cette fois me les tendit lui-même comme s'il avait deviné mon intention. Je les lui serrai fort, voulant lui communiquer toute ma force. Ce fut au moment de quitter la salle qu'il remarqua l'énorme tas de cartes de vœux sur la table de nuit et me conseilla fermement de les afficher afin que Craig puisse bénéficier de ce qu'on pourrait appeler une « stimulation psychologique ». Les infirmières trouvèrent l'idée formidable et nous passâmes le reste de l'après-midi à les disposer sur les murs du dortoir. Cette diversion ne m'empêcha pas de voir que Craig allait nettement plus mal.

Janet, une animatrice qui faisait jouer les enfants, était dans le service ce jour-là. À la vue des cartes de vœux elle eut l'idée d'en faire faire pour Craig aux enfants du service. J'étais vraiment soulagée à l'idée que les autres gosses n'étaient pas jaloux. Janet avait d'ailleurs tiré parti de la situation en en faisant un projet auquel tout le monde allait participer. Désormais, l'objectif était de couvrir tous les murs du dortoir avec des cartes destinées à Craig.

Malheureusement, Craig n'était pas en état de tirer profit de l'enthousiasme des enfants. Janet avait confectionné un badge en son honneur, mais il ne manifesta aucune réaction quand elle le lui apporta. Le bruit commençait à l'incommoder sérieusement. Il y avait des travaux dans la rue et on entendait les marteaux-piqueurs. Comme si cela ne suffisait pas, Caroline, la fillette du petit lit en face du sien, serinait inlassablement la rengaine *T'en fais pas, sois heureux.*

— M'man, s'il te plaît, dis-lui d'arrêter, chuchota Craig. Elle me rend fou.

Mon sang s'échauffa.

— Ils savent bien, tout de même, que Craig a mal aux oreilles. Mais à quoi ont-ils pensé, en le mettant dans ce dortoir, avec ce boucan ? Ernie, tu ne crois pas que tu devrais appeler une infirmière ?

Ernie sortit et revint avec une jeune infirmière sur les talons.

— Que se passe-t-il ? demanda-t-elle.

— Pouvez-vous lui donner un calmant, suppliai-je, je vous en prie, je ne supporte plus de le voir dans cet état.

Elle secoua la tête :

— Je suis désolée, madame. Il me faut une autorisation. Je vais la demander et je lui donne quelque chose dès que j'ai le feu vert.

Une heure passa. Elle ne revenait pas. Craig ne tentait même plus de parler et gémissait comme un chiot blessé. Je coinçai l'infirmière dans son bureau.

— Vous ne supporteriez pas de voir un animal souffrir comme ça, lui dis-je. Pour l'amour de Dieu, donnez-lui quelque chose. J'en prends la responsabilité.

— Je regrette, je regrette vraiment, dit-elle avec un geste d'impuissance, mais je n'ai pas le droit.

Je me précipitai dans la salle.

— Très bien, dis-je, Ernie, passe-moi un verre d'eau.

Je farfouillai dans mon sac et au retour d'Ernie je fis avaler à Craig deux comprimés de paracétamol que j'y avais trouvés.

— Je suis pas sûr que tu aies raison, Mal, dit Ernie.

Moi non plus, je n'étais pas sûre d'avoir raison, mais je ne pouvais voir mon fils souffrir un instant de plus en sachant que j'avais ces comprimés blancs dans mon sac.

Cela soulagea un peu la douleur, de quoi attendre deux heures de plus avant que l'infirmière ne revienne avec l'autorisation voulue. Je lui avouai avoir donné à Craig du paracétamol. Elle ne me félicita pas, mais enfin, cela ne l'empêcha pas de lui donner des comprimés à base de codéine. La combinaison des deux dut l'assommer. Toujours est-il qu'il s'endormit en quelques minutes.

La jeune anesthésiste de l'Hôpital national arriva assez tard. Elle nous posa toutes les questions traditionnelles au sujet des allergies et maladies d'enfant de Craig. Elle ne le réveilla pas mais je vis à son expression que son aspect la contrariait. Son regard rencontra le mien.

— Je suis désolée, dit-elle.

Son ton apitoyé me donna des frissons.

Tout le reste de la journée Craig continua de dormir, à moins qu'il n'eût perdu conscience — comment savoir ? Il commençait à avoir de la fièvre et les infirmières apportèrent un ventilateur pour faire baisser la température. Cela ne l'empêcha pas de frissonner et de remonter la couette en disant qu'il avait froid. Le délire le prit rapidement. Des médecins arrivèrent et firent de nouveaux examens.

— Je ne crois pas qu'il soit en train de rejeter le drain, dit l'un d'eux. Ce doit être une infection.

En fait, je le voyais bien, ils n'en savaient rien.

J'étais terrifiée. L'infirmière qu'on appelait Jo vint à son chevet et m'étreignit à nouveau :

— N'ayez pas peur. Il faut parfois que leur état empire avant que les choses aillent mieux.

J'essayais de la croire. Il n'empêche, j'étais au bord de la crise d'hystérie. Je ressentis la même pulsion que la première nuit, quand j'avais été sur le point d'envelopper Craig dans une couverture et de m'enfuir avec lui. Je voulais le protéger de cette maison de fous où l'on n'entendait que des téléviseurs, des radios et des marteaux-piqueurs !

Il ne reprit conscience qu'une seule fois ce jour-là, juste pour me regarder droit dans les yeux et me chuchoter quelque chose. Je m'approchai tout près pour entendre :

— M'man ?

— Oui, mon chéri. Qu'y a-t-il ?

— Je suis content que ce soit moi qui sois malade et pas toi.

Ma gorge se serra.

— Mais pourquoi, Craig ?

Il me regarda de ses magnifiques grands yeux.

— Je t'aime trop, m'man. Tu n'aurais pas supporté toute cette souffrance.

Toutes mes bonnes résolutions s'envolèrent, et je l'étreignis en sanglotant.

6

Les infirmières réussirent à nous persuader de quitter le chevet de Craig à trois heures du matin. Ernie et moi « fîmes nos lits » dans la salle d'attente sans quasiment prononcer un mot. J'étais sûre qu'Ernie pensait la même chose que moi. On était mardi : si nous ne l'avions pas fait transférer ici, Craig, à l'heure qu'il était, ne serait plus en vie, avait dit le docteur Hayward.

Vers six heures, nous étions de retour dans le dortoir. L'infirmière de jour s'approcha de nous.

— Il a mal dormi, dit-elle.

— Mais vous n'êtes pas venue nous chercher, pourquoi ? demandai-je, en colère.

Elle haussa les épaules :

— J'ai bien essayé, mais pas moyen de vous trouver.

— Je ne la crois pas, dis-je à Ernie en sortant de la salle. Craig, elle s'en fiche. À mon avis, c'est pareil pour les autres infirmières. Elles font leur boulot, c'est tout.

J'étais injuste. Je réagissais de façon exagérée, et je savais pourquoi. La veille, j'avais saisi au vol les propos d'une infirmière intérimaire qui se plaignait qu'il n'y ait ni piscine ni court de tennis dans l'hôpital. Elle avait ajouté qu'elle s'en accommodait uniquement parce que c'était bien payé. Depuis, j'avais ruminé ce que j'avais entendu.

— Allons, Mal, dit Ernie en me tapotant l'épaule, elles ne sont pas toutes comme ça. Ne te mets pas dans tous tes états.

J'étais furieuse qu'on ne m'ait pas appelée. Il fallait que je me défoule sur quelqu'un, et les infirmières étaient les cibles toutes trouvées. J'oubliais Jo, qui m'avait embrassée et réconfortée. J'oubliais Sal, qui m'avait expliqué si patiemment le fonctionnement du drain. Qu'importe, je les mettais toutes dans le même sac !

Craig était apathique et lointain ce matin-là. Du moins était-il éveillé et sa température avait-elle chuté. Les calmants avaient l'air plus efficaces. Le courrier arriva tôt : deux douzaines de cartes supplémentaires pour Craig. Il n'était plus en état de les ouvrir et je le fis à sa place, les collant à côté de celles que les enfants du dortoir avaient confectionnées la veille.

Alison, une nouvelle amie dont j'avais fait la connaissance trois mois auparavant à Benidorm, arriva à onze heures. Elle m'étreignit sans dire un mot et prit place près de moi pendant qu'Ernie allait faire un tour pour se détendre. La visite fut pénible. Le premier mari d'Alison était mort d'une tumeur au cerveau et nous avions toutes les deux bien du mal à trouver les mots justes. Je fus presque soulagée à l'arrivée du docteur Hayward. Je le fus plus encore quand il se mit à commenter les cartes de Craig et à plaisanter sur le *Livre Guinness des records*. Cela détendit l'atmosphère.

J'aurais dû deviner qu'Alison allait sauter sur cette idée-là. C'était une organisatrice-née, et elle était tout à son affaire dans ce genre d'entreprise. En tant que secrétaire d'un des directeurs de la société Gilbey Gin, elle entretenait de nombreux contacts dans le milieu des affaires. Au moment de partir, elle avait déjà son plan d'action.

— Je vais faire passer l'idée dans toutes les boîtes avec lesquelles nous traitons, promit-elle. Je vais me débrouiller pour qu'ils demandent à leurs employés d'envoyer une carte. Cela fera des centaines de cartes, peut-être des milliers.

Alison partie, cette histoire de *Livre Guinness des records* me sortit immédiatement de la tête. J'avais mieux à faire que de battre un quelconque record. Craig allait de mal en pis. S'il s'agissait bien d'une infection, comme les médecins le pensaient, elle résistait sacrément aux antibiotiques. Je m'assis près du lit de Craig, et me mis à parler sans interruption à mon fils en m'efforçant de maintenir son attention. Je ne considérais plus le sommeil de Craig comme un bienfait, mais comme un danger supplémentaire. J'avais peur que la tumeur ne profite de son sommeil pour accroître son empire. J'avais la conviction qu'il lui fallait rester conscient pour la combattre.

Je passai l'après-midi à lui tenir la main à travers les barreaux de son lit et à lui parler, à lui dire combien je l'aimais, à lui lire des histoires, à chanter pour lui. Dès qu'il fermait les yeux, je me penchais en lui disant fermement :

— Écoute ce que dit maman.

Je lui racontai tout ce qui me passait par la tête. J'évoquai les souvenirs de vacances, la fois où, à trois ans, il avait été nommé prince de la semaine au camp des Sables d'Or ; plus près, je lui rappelai comment il avait tiré en plein dans la cible à un stand de tir à Benidorm, en novembre dernier.

Je lui racontai des histoires du temps de ma jeunesse, quand nous jouions dans des sites qui avaient été bombardés, ou quand nous chassions des rats gros comme des chats derrière l'usine du coin. Je lui parlai de l'oncle George, l'homme riche.

Ah ! ce fameux jour, quand nous avions desserré le frein à main de sa voiture de luxe et qu'elle était allée s'écraser contre un pilier en pierre ! Quel spectacle ! Toute la famille était sortie précipitamment du bar en criant au meurtre ! Craig adorait m'entendre bavarder ainsi. L'idée que j'avais pu faire les quatre cents coups, tout comme lui, le réjouissait toujours.

Je commençai à ouvrir ses cadeaux. Il y avait un petit lapin qui me rappela un cadeau d'anniversaire que m'avait offert ma tante Nell quand j'avais sept ans. Je racontai à Craig comment j'avais déchiré précipitamment l'emballage du paquet en espérant découvrir une poupée, et les cris, à faire trembler la maison, que j'avais poussés quand je vis un lapin blanc, un vrai, bel et bien mort, affublé d'une barrette à cheveux pour fillette sur chacune de ses oreilles.

— Les barrettes, c'était pour moi, mais le lapin était destiné à ta grand-mère qui devait en faire du pâté... Voilà pourquoi je n'ai plus jamais mangé de lapin depuis !

Craig concéda un sourire mais le cœur n'y était plus. L'effort l'avait épuisé. Je déballai les derniers cadeaux. Il y avait bien désormais une douzaine d'animaux en peluche au pied de son lit. Je les disposai de façon qu'ils se tiennent droits, comme s'ils écoutaient eux aussi. Peine perdue : Craig était endormi quand je levai les yeux sur lui. Je partis chercher Ernie dans la salle d'attente pour qu'il prenne le relais auprès de Craig, et je traversai la cour sombre et humide qui menait à la chapelle. Depuis une semaine, c'était devenu mon second foyer.

Ce jour-là, pour la première fois, je ne m'y trouvais pas seule. Je vis deux silhouettes sombres sur l'un des bancs. Cela me contraria. N'était-ce pas *ma* chapelle ? En attendant que les intrus partent, je m'attardai sur les messages du livre d'or. Il y en avait un tout récent ce soir-là : *Mon Dieu, aide le petit Craig Shergold de la salle des Marionnettes à guérir, et viens en aide à sa maman et à son papa. Une infirmière qui pense à lui.*

Mes larmes jaillirent. Comment, ce matin, avais-je pu être si odieuse à l'égard de l'infirmière ? Comment avais-je osé dire à Ernie que les infirmières n'avaient pas de cœur ? Le couple, à l'autre bout, se leva pour sortir et me sourit en passant devant moi. Je m'agenouillai à la lumière des bougies et suppliai Dieu de me pardonner.

De retour au dortoir, je découvris un Craig bien éveillé qui me décocha un large sourire :

— Bonjour, m'man. J'ai été aux toilettes et je me sens beaucoup mieux.

Puis il fronça les sourcils :

— T'as pas pleuré, au moins ?

— Mais non, fis-je en blaguant. J'ai juste pris la pluie sur la figure.

Ernie m'expliqua qu'on avait administré à Craig un lavement. Enfin ! Craig n'avait pas vidé ses intestins depuis le début de sa maladie et cela faisait des jours que je les tannais pour qu'ils fassent quelque chose. Une heure plus tard je regrettais mes récriminations : il fut pris d'une crise de diarrhée et de vomissements. Presque aussitôt les sueurs chaudes et froides le reprirent. Je lui tins la main en retenant mes larmes. Pourquoi fallait-il que mon pauvre bébé souffre autant ? Les infirmières, merveilleuses d'abnégation, lui changèrent ses draps toutes les demi-heures sans émettre une plainte. Je me sentais totalement inutile. Les tâches ingrates de garde-malade, laver, nettoyer les souillures, ça n'avait jamais été mon fort. C'était quelque chose que je supportais difficilement. Dès que

Craig avait un haut-le-cœur, je l'avais aussi. Jo, l'infirmière, en plaisantait, tout en remerciant probablement le ciel d'avoir Ernie sous la main qui, quant à lui, ne rechignait pas à aller porter les draps souillés à la laverie, sans broncher d'un cil. Il méritait la palme du meilleur père, pas de doute.

Quand enfin la crise fut finie, Craig plongea à nouveau dans un profond sommeil. J'étais à bout de forces. Nous sortîmes pour dire à tous ceux qui attendaient patiemment leur tour que la visite était impossible ce soir-là. Tous nos fidèles étaient présents : mon fils Steven et Sharon, John et Sandra, et Carol bien sûr. Quelques copains de boulot d'Ernie étaient venus, avertis par John qui travaillait aussi à l'Électricité de Londres. John nous informa qu'il avait fait le nécessaire pour le congé de convenance personnelle d'Ernie, ce qui nous était complètement sorti de la tête dans la confusion des derniers jours. Heureusement que nous avions des amis pareils !

Après leur départ, nous nous installâmes pour la nuit.

Jusque-là, les infirmières nous avaient fait quitter le dortoir pendant le service de nuit, et je n'espérais guère une réponse positive. À ma surprise elles acceptèrent qu'Ernie reste. Son dévouement de l'après-midi, avec ses allers et retours à la laverie, méritait sans doute une récompense.

Ernie me réveilla à six heures pour m'annoncer que ça avait été une « sale » nuit.

— Cette Caroline n'a pas cessé de chanter ou de pleurer. Elle a empêché Craig de dormir. Il vient seulement de s'endormir.

— Bon, déclarai-je. C'en est trop.

Je partis dans le bureau de la surveillante, bien décidée à lui dire son fait :

— Pourquoi faut-il que vous placiez une enfant

comme Caroline près de Craig alors qu'il est si malade ? tempêtai-je.

Elle secoua la tête désespérément :

— C'est à cause des travaux. L'autre salle, à l'étage, est fermée pour rénovation. Voilà pourquoi celle-ci est si bondée. Pour l'instant on ne sait pas où mettre Caroline. Cela ira mieux quand les autres salles vont rouvrir.

— Oui, mais pour mon Craig, ce sera un peu tard, vous ne croyez pas ? Pour lui, c'est une maison de fous, ici. Comment voulez-vous qu'il aille mieux avec tout ce chambard ? Ce n'est tout de même pas une petite grippe, sa maladie ?

Elle leva les mains d'impuissance :

— Madame Shergold, j'en suis moi-même malade. Je comprends que tout cela vous mette en colère. Mais vraiment, nous faisons notre possible dans des conditions infernales.

Ma colère tomba d'un coup. Qu'est-ce qui me prenait ? Ce n'était tout de même pas sa faute ! Elle faisait son travail, elle. Craig n'avait pas eu de chance de tomber malade au moment où ils rénovaient l'hôpital, voilà tout. Ce n'était pas en faisant tout un foin que j'allais arranger les choses. Je retournai dans la salle, toute penaude et déprimée.

Son état avait empiré pendant la nuit. Je n'avais pas besoin de médecin pour me l'apprendre. Le docteur Hayward arriva tôt et se dirigea directement vers le lit de Craig. Il l'examina, jeta un coup d'œil à sa feuille de température, puis se tourna vers moi :

— Puis-je vous voir un instant dehors, madame, avec votre mari ?

Il nous fit face dans le couloir :

— J'ai bien peur que votre petit soit dans une mauvaise passe. À moins qu'il ne récupère rapidement, nous n'allons pas pouvoir l'opérer lundi.

C'est une longue opération à laquelle il ne pourrait survivre dans l'état où il est.

J'étais atterrée. Le bon sens me disait qu'il avait raison. Craig était trop malade pour subir une grosse opération. Mais la tumeur, elle, n'allait pas cesser de grandir. Il *fallait* l'extirper. Nous ne pouvions nous offrir le luxe d'un délai.

— Je suis désolé, répéta le docteur Hayward avec un sourire encourageant. Allons, madame, nous allons faire de notre mieux, non ? Je reviendrai le voir demain.

Je ne voulus pas montrer mon désarroi à Craig. Je descendis au rez-de-chaussée et sortis de l'hôpital. Dehors, je me mis à errer, dans la chapelle, autour de la cour... comme sur une autre planète. Je m'assis sur le banc de bois, tremblante de froid, et regardai la fenêtre de Craig. Des gens passèrent près de moi et me sourirent. Je les regardai misérablement, jalouse de leur bonheur. Puis les larmes montèrent et je baissai la tête. Quelques instants plus tard, je sentis quelqu'un prendre place à côté de moi et levai les yeux. Un petit garçon d'environ dix ans me regardait de ses grands yeux.

— Vous avez un enfant ici, très malade ? demanda-t-il.

Les sanglots m'étouffèrent.

Il me lança un regard inquisiteur :

— Est-il en train de mourir ?

J'en eus le souffle coupé.

— J'espère que non, dis-je en tremblant. Mais il est vraiment très malade.

À ces mots le petit garçon se pencha et ses lèvres effleurèrent ma joue.

— Il ne va pas mourir, dit-il. Les docteurs d'ici vont le sauver. Ils m'ont bien sauvé, moi.

Je ne pus prononcer un mot pendant un moment. Puis je l'étreignis contre moi. J'avais à peine remarqué la dame assise de l'autre côté, qui me mit à son tour le bras autour des épaules. Quand j'arrêtai de pleurer elle se présenta comme la mère du petit garçon. Son enfant avait subi une greffe du poumon à Great Ormond Street. Quelques mois auparavant on avait cru qu'il allait mourir, comme pour Craig. Aujourd'hui, il était sur le point de quitter l'hôpital.

— Gardez espoir, dit-elle. Votre fils guérira.

Je grimpai les escaliers à toute vitesse et me précipitai sur Ernie pour lui raconter l'histoire du courageux petit garçon et de sa mère, me sentant à nouveau pleine d'espérance. Je repensai aux paroles de Joan, « Dieu t'aidera », et me rendis compte avec étonnement qu'elles disaient vrai. À chaque fois que j'étais sur le point de renoncer, n'en pouvant plus, quelque chose venait m'apporter la force de tenir. Ç'avait été d'abord le sentiment de paix que m'avait inspiré la photo du docteur Hayward, puis le message de l'infirmière écrit dans le livre d'or, et enfin ce merveilleux petit garçon. Dans le couloir, je m'arrêtai devant la photographie du docteur Hayward et cognai de l'index deux petits coups sur le cadre :

— Craig va aller mieux, dis-je à la photo.

L'opération fut donc repoussée d'une semaine, le docteur Hayward en prit la décision le lendemain. Mais je ne ressentais plus le même désespoir qu'au moment où il en avait émis l'idée la première fois. Dieu veillait sur nous, je le savais. Ernie commençait à partager ma confiance. Une ou deux fois les jours suivants, il alla faire un tour à la chapelle, en catimini.

Le dortoir se fit plus silencieux, comme si nos prières avaient été entendues. Les travaux cessèrent pendant le week-end et, au soulagement de tous, Caroline quitta l'hôpital. Pure coïncidence ? Toujours est-il que, quelques heures après son départ, Craig recommença à manger — une bouchée de porridge et une gorgée de thé : c'était la première nourriture solide qu'il avalait depuis une semaine. L'horizon s'éclaircissait. Et c'est Carol qui apporta la touche finale. Elle réussit à savoir que l'opération était programmée pour le 6 février, or le six, c'est mon chiffre porte-bonheur !

Craig donnait vraiment l'impression d'avoir pris un nouveau tournant. Sa température redevint normale quelques jours plus tard, ses réponses aux tests de coordination furent meilleures, et, mieux que tout, il retrouva son sens de l'humour. Quel bonheur de le voir rire et sourire à nouveau ! Alison vint le voir un jour avec son mari Norman et lui donna une énorme paire de chaussons en forme de pattes d'ours aux ongles énormes. Craig jubilait et, bien qu'il fût incapable de sortir du lit, nous relevâmes le drap et lui enfilâmes les chaussons. Il me fit un clin d'œil et se mit soudain à hurler :

— Madame l'infirmière, madame l'infirmière ! Venez voir ce que les médicaments m'ont fait aux pieds ! Mes ongles sont en train de pousser...

L'une des infirmières se précipita, vit les chaussons et éclata de rire.

Le lendemain, Steven sembla comploter quelque chose avec Craig. Ils nous envoyèrent, Ernie et moi, à la cafétéria en disant qu'ils avaient des choses personnelles à se dire. À notre retour Craig souriait :

— Tu ferais bien d'écouter radio GOSH à quatre heures moins cinq, m'man. Il y aura une surprise.

Nous dûmes aller écouter la radio dans la cuisine car il y avait trop de bruit dans le dortoir. À quatre heures moins cinq on entendit la voix de Craig, forte et claire :

— M'man, je t'aime, et toi aussi, papa. Désolé d'être malade, mais je vais guérir, je vous le promets. Ne vous inquiétez pas. Je serai au mariage de mon frère. Je vous ai choisi une chanson. C'est *J'appelle juste pour te dire que je t'aime.*

La jolie chanson de Stevie Wonder se fit entendre, et il n'y eut plus un œil de sec dans la cuisine. De retour dans le dortoir, Craig regarda mon visage ruisselant de larmes d'un air désapprobateur :

— Et voilà ! J'étais sûr que t'allais pleurer, m'man. Mais je t'aime et je guérirai. On a arrangé ça, Vilain et moi, pendant que vous étiez partis prendre un thé. Pas mal, hein ?

Alison, quant à elle, n'avait pas chômé et avait passé la consigne à propos des cartes de vœux. Nous vîmes le résultat de ses efforts dans la semaine. Des cartes arrivaient tous les jours, timbrées d'Écosse ou du pays de Galles, de la part de gens dont nous n'avions jamais entendu parler. Les infirmières avaient informé tout le monde que Craig voulait battre le record du monde, et tous les enfants de Great Ormond Street se mirent bientôt de la partie. Des cartes arrivaient de tous les services de l'hôpital, et les autres mamans m'aidaient à les décacheter. C'était devenu autant l'affaire de tous les gosses des Marionnettes que celle de Craig. Chaque jour, à l'arrivée du courrier, c'étaient des cris de plaisir et les cartes passaient de main en main avant qu'on les accroche au mur. Il n'y eut bientôt plus un pouce de libre.

Maintenant que Craig avait repris goût à la nourriture, il n'y avait plus moyen de l'arrêter de manger. Heureusement les vivres ne manquaient pas. J'étais ravie de voir Craig enfourner tout cela. Je crus que c'était le signe que la pression sur le cerveau s'était relâchée. La surveillante du service me détrompa en m'expliquant que c'était un des effets secondaires des stéroïdes qu'on lui avait prescrits. Cela me contraria un peu. Je ne savais même pas qu'on lui en administrait mais je n'avais à m'en prendre qu'à moi-même. Je ne posais pratiquement jamais de questions aux médecins et aux infirmières. J'avais trop peur des réponses.

Les stéroïdes devaient, nous dit-on, resserrer les tissus autour de la tumeur avant qu'on l'enlève. D'après la surveillante, c'étaient eux qui lui donnaient cet air boursouflé.

— Dès qu'on les arrêtera, il reprendra meilleure figure, promit-elle.

Je me demandais ce qu'il nous faudrait, à Ernie et moi, pour avoir meilleur air. Nous n'étions pas rentrés à la maison depuis le matin où nous avions débarqué à l'hôpital, et nous avions vécu comme des clochards toute la semaine, sans lit pour dormir, sans endroit pour se laver, mis à part la cuvette en plastique de la salle d'attente. Nous n'avions mangé aucun vrai repas et ne tenions qu'à coups de barres de chocolat et de tasses de thé qu'on se procurait au distributeur du couloir.

Un jour, Lindy, la surveillante, nous annonça :

— Il y a des places libres à la Maison de l'Arc-en-ciel. Cela vous dirait de vous y installer pour une quinzaine de jours ?

L'Arc-en-ciel était une maison d'accueil pour les parents des enfants très malades, juste au coin de la rue de l'hôpital. Nous allâmes voir. Le contraste avec notre salle d'attente miteuse était spectaculaire. C'était magnifiquement équipé de tapis et de rideaux pimpants, et il y avait de vraies chambres avec des lits jumeaux, une armoire et une coiffeuse. Au fond de l'entrée il y avait une salle de bains commune et une cuisine. Je jubilais à la seule idée de dormir à nouveau dans un vrai lit, de prendre une douche et de me débarrasser de l'odeur de l'hôpital.

Craig fut enchanté de la nouvelle.

— Vas-y, m'man. Tu as besoin d'un bain, me taquina-t-il, et aussi de repos.

J'eus l'impression qu'on me tendait une échelle

de sauvetage. C'est au moment où ma tête toucha l'oreiller, cette première nuit, que je me rendis compte à quel point j'étais épuisée.

Le lendemain matin je remarquai une plaque dans le salon de la Maison indiquant que l'acteur Michael Crawford avait contribué à réunir des fonds pour la construire et que les magasins Marks & Spencer[1] avaient offert tout l'ameublement. Je me promis de ne plus râler sur les prix pratiqués par Marks & Spencer à l'avenir.

Vers la fin de la semaine je me mis à redouter l'opération. Je n'y voyais plus la meilleure façon de sauver Craig, mais un gros nuage noir menaçant. Je finis même par souhaiter un nouveau report. J'avais l'impression que les infirmières étaient inquiètes elles aussi.

Le matin du lundi 6 février, je me réveillai avec une idée fixe : il fallait que j'aille absolument acheter un éléphant porte-bonheur à Craig. La pulsion était irrépressible. J'étais sûre que c'était ma mère qui m'envoyait ce message.

Craig somnolait à notre arrivée et n'avait pas envie de parler. Ernie et moi restâmes à son chevet jusqu'à dix heures et demie, et je me rappelai soudain que la boutique de porte-bonheur de l'entrée de l'hôpital devait être ouverte à cette heure. J'y courus :

— Mon petit garçon va être opéré aujourd'hui, il me faut un éléphant, dis-je à la femme qui était derrière le comptoir.

— Je n'ai pas d'éléphants, dit-elle. Un hibou, cela vous irait ?

Consternation. J'étais si sûre qu'un éléphant m'attendait ici. Maman me laisserait-elle tomber ? Puis je me rappelai que la marraine de Craig, San-

1. Chaîne de magasins populaires type « Prisunic » en Grande-Bretagne.

dra, collectionnait les hiboux. Après tout, c'était peut-être un signe. Ce n'était pas le jour à dédaigner la moindre occasion de solliciter la chance en faveur de Craig. Je fouillai dans mon porte-monnaie, mais l'employée du magasin m'arrêta d'un geste :

— Non. Vous lui donnerez de ma part.

Elle montra l'enseigne de la boutique et sourit :

— Dites-lui que je lui souhaite de guérir.

Il était onze heures moins le quart à l'horloge du hall de la réception. Ma montre retardait. Prise de panique, je gravis à toute vitesse les escaliers, terrifiée à l'idée qu'ils avaient pu déjà emmener Craig. À mon soulagement, je vis celui-ci allongé sur le chariot en train de bavarder avec Ernie tout en serrant contre lui l'ours en peluche que son cousin Kerry lui avait donné. Je posai le hibou sur le chariot. C'était mieux que rien, et je regrettai tout de même de ne pas lui avoir trouvé un éléphant. Mauvais présage. Si Dieu avait voulu sauver la vie de Craig, il m'aurait certainement fait un signe et se serait débrouillé pour qu'il y ait un éléphant dans le magasin...

Je racontais à Craig comment la dame de la boutique de porte-bonheur m'avait donné si gentiment le hibou, quand un groupe de mamans arriva de l'autre côté de la salle pour lui souhaiter bonne chance.

— Voilà ce que nous avons apporté à Craig, dit l'une d'elles.

Elle me tendit un éléphant gris en peluche. J'étais sans voix. Qui leur avait dit ? Avant d'avoir le temps de dire merci, les brancardiers poussaient déjà Craig hors du dortoir. J'étais à peine arrivée à la porte que Janet, l'animatrice, me lança :

— Marion, n'oubliez pas le cadeau de Craig !

Elle tenait l'éléphant vert de l'étagère qui surplomblait le lit de Craig depuis que nous étions arrivés.

— Ce n'est pas celui de Craig, lui dis-je. Il appartient à l'hôpital.

Janet secoua la tête :

— Mais non. C'est le cadeau d'admission de Craig. Tous les enfants ont un jouet quand ils arrivent ici. Personne ne vous l'a dit ?

J'étais aux anges. Comment douter désormais que ma mère veillait sur nous ? Serrant les deux éléphants contre moi, je suivis le chariot.

Je crus qu'on allait faire le voyage en ambulance. Erreur :

— Nous allons au National à pied, me dit le brancardier en sortant de l'ascenseur. Cela lui fera moins de secousses.

Tout en poussant le chariot de Craig vers l'aile ancienne de l'hôpital, celle de la chapelle, il m'expliqua que les différents hôpitaux du quartier — Great Ormond Street, le National et l'Hôpital universitaire — étaient reliés par des souterrains construits pendant la guerre. On les utilisait encore pour transférer de l'un à l'autre les patients très malades.

Je caressais la tête de Craig en attendant devant l'entrée du souterrain. Le drap qui le recouvrait glissa et je vis que son corps était entouré de pochettes de sang. Cela me fit sursauter. Il ne m'était pas venu à l'esprit que Craig pouvait avoir besoin d'être transfusé pendant l'opération. Il fallait voir la réalité en face, je n'avais pas le choix. Je replaçai rapidement le drap et posai l'éléphant vert par-dessus. Des infirmières arrivèrent avec des couvertures pour qu'il soit bien au chaud, et nous passâmes les grandes portes en caoutchouc qui donnaient sur le tunnel.

J'avais froid et tout paraissait un peu étrange, comme dans une station de métro où les rames se seraient arrêtées de rouler. On entendait autour de nous l'écho de nos pas et des roues du chariot. Les murs de brique étaient passés à la chaux et parsemés de petites lumières. Il nous fallait de temps à autre franchir des portes vertes ouvrant sur des passages latéraux, et des escaliers en fer disparaissant dans le noir. Le brancardier était un costaud et nous avions du mal à le suivre. Je courais, agrippée à la barre du chariot, en gardant les yeux fixés sur Craig. Finalement une pente nous guida vers la surface et nous émergeâmes au jour, juste devant l'entrée principale de l'Hôpital national.

Comparé à Great Ormond Street, le National avait l'air très moderne. Le brancardier fit passer le chariot de Craig à travers des portes automatiques rutilantes, et nous pénétrâmes dans un ascenseur moderne. Nous descendîmes à l'étage du bloc opératoire. Richard Hayward nous attendait.

Les membres de l'équipe opératoire vinrent nous accueillir, déjà revêtus de leurs tenues vertes. Mon estomac se contracta. Que devait penser Craig en les voyant ? J'aurais voulu qu'il dorme déjà, mais l'anesthésiste m'avait expliqué qu'on ne donnait pas de prémédication pour les opérations du cerveau et qu'on n'injectait les anesthésiques que sur la table d'opération. Craig me regardait, un peu inquiet.

— Tu vas rester avec moi, hein, m'man ?

Je savais qu'il n'était pas question que je reste. Je réfléchis vite :

— Oui. Je ne vais pas te laisser, mon chéri. Je resterai là, juste de l'autre côté de la porte, lui promis-je.

— Non, madame, il vous faudra partir, lança une surveillante, et je vis les yeux effrayés de Craig se détourner.

Je la tançai du regard, la défiant de rajouter un mot :

— Je ne quitterai jamais mon fils, dis-je.

Et je serrai la main de Craig. Elle regarda le docteur Hayward, quêtant son approbation, mais il la dissuada d'un geste : elle ne risqua plus une parole.

Un grand type corpulent fit son entrée :

— Hé, Craig, tu sais quoi ? On va baptiser les animaux en peluche, d'accord ?

Il accrocha une étiquette avec un nom sur chacun des deux éléphants, sur l'ours, le hibou, et enfin sur le poignet de Craig.

Ernie tenait l'une des mains de Craig et moi l'autre en attendant que le gars ait fini. Pendant toute l'enfance de Craig nous avions pris l'habitude de chanter ensemble avec lui et cela me semblait tout naturel de faire pareil en cet instant. Après le message que Craig m'avait lancé à la radio de l'hôpital, une seule chanson s'imposait, que je lui chantai doucement : *Je t'ai appelé juste pour te dire que je t'aime. Je t'ai appelé juste pour te dire combien je prendrai soin de toi...*

Se battant pour chaque mot, Craig chanta les deux vers suivants après moi : *Je t'ai juste appelé pour te dire que je t'aime. Et je te le dis du fond de mon cœur...*

— Nous sommes prêts, madame Shergold, dit l'une des infirmières.

Ernie et moi restâmes en arrière et le chariot s'ébranla lentement vers la salle d'opération. Les yeux de Craig, grands ouverts et effrayés, restèrent fixés sur moi.

Le téléphone sonna à dix heures. J'arrachai le combiné. C'était Lindy, la surveillante :

— Craig vient juste de sortir de la salle d'opération, dit-elle. Il a très froid et nous l'avons enveloppé d'une feuille métallique pour le réchauffer, mais vous allez pouvoir le voir très bientôt.

— Quand ?

— À dix heures et demie environ. Il est sous

assistance respiratoire avec toutes sortes de machines. Ne vous inquiétez pas quand vous le verrez.

Je reposai le combiné. Ernie me regarda avec anxiété. Derrière lui, une douzaine de visages attendaient les nouvelles :

— Il est sorti. Bon, on va y aller. Je vais d'abord faire un tour à la chapelle.

Vingt minutes plus tard Ernie et moi reprenions le chemin de la salle des Marionnettes. On avait transporté Craig dans la petite unité de soins intensifs, près du bureau de la surveillante. Nous entrâmes nerveusement, Kate et Steve sur nos talons, les autres restant dans le couloir. Trois infirmières étaient affairées autour du lit de Craig. Je reconnus Jo parmi elles. Je m'avançai sur la pointe des pieds vers le lit en tenant Ernie par la main. On m'avait avertie de ne pas m'effrayer de tout l'attirail mécanique, mais je ne le remarquai même pas. Je ne vis que Craig. Il était enveloppé d'une pellicule métallique très brillante, et un épais bandage blanc lui couvrait la tête. Ses lèvres étaient gonflées et maintenues ouvertes par l'embouchure d'un ventilateur qui lui pompait l'air dans la poitrine. Il avait les yeux fermés, ses longs cils étalés sur les joues. Le temps semblait avoir fait machine arrière : il ressemblait au bébé de jadis. Jo me mit le bras autour de la taille :

— Vous pouvez lui parler, si vous voulez, dit-elle.

Je me penchai et commençai à chanter doucement, mon visage près du sien :

— *Je t'ai appelé juste pour te dire que je t'aime...*

Je lui chantai toute la chanson. Il ne bougea pas. Ses yeux restaient fermés. On n'entendait que le bruit de la pompe respiratoire. J'étais sûre qu'il ne pouvait m'entendre. Les paroles du docteur Hayward me revinrent : « Il peut rester à l'état végétatif, comme un légume... Peut-être ne pourra-t-il plus parler... ni reprendre conscience... »

Je sentis la main d'Ernie étroitement serrée autour de la mienne. Je repris profondément ma respiration et recommençai la chanson.

— *Je t'ai appelé juste pour te dire que je t'aime...*

Je m'y donnai tout entière, comme si sa vie en dépendait.

— *Et ce que je te dis vient du plus profond de mon cœur.*

À chaque fois que j'arrivais à la fin, je lui embrassais le visage et recommençais. Puis, soudain, alors que mes lèvres lui touchaient la joue, je sentis battre ses cils. Je me redressai et son bras glissa en tremblant vers moi. Ses lèvres remuèrent autour du tube :

— Je... t'ai... me, chuchota-t-il.

J'entendis un doux soupir derrière moi, et en me retournant je vis que tout le monde pleurait dans la pièce. Je pleurai aussi, complètement bouleversée. J'embrassai les infirmières. Je cherchais quelqu'un d'autre à embrasser quand je vis Richard Hayward dans le couloir, avec son assistant. Je sortis et il me tendit ses mains que je saisis :

— Je vous l'avais dit, que Dieu vous bénirait, pas vrai ?

Il sourit et acquiesça.

— Oui, c'est vrai.

Il semblait épuisé. Pas étonnant. Il avait opéré pendant dix heures d'affilée.

— Vous devez être éreinté, lui dis-je. Que Dieu vous bénisse. Je vous remercie du fond de mon cœur.

Et je l'étreignis rapidement. C'était plus fort que moi.

Il sourit :

— Venez me voir tous les deux dans mon bureau ce matin, nous aurons un entretien, dit-il. N'oubliez pas qu'il y a encore un long chemin à faire. Nous avons franchi un moment critique ces dernières vingt-quatre heures, mais nous ne sommes pas encore sortis du bois.

L'écho affaibli d'un signal d'alarme résonnait dans ma tête. Mais pas question d'en tenir compte. Craig vivait : il voyait, il parlait. En cet instant, rien d'autre ne comptait.

7

Le lendemain, le docteur Hayward nous fit venir dans le bureau de l'infirmière en chef. C'était presque l'heure du déjeuner. Craig avait dormi toute la matinée : on lui avait administré de la morphine.

— Pour le moment, l'important est qu'il puisse dormir, avait expliqué l'infirmière d'origine indienne qui s'occupait de lui. Il ne vous parlera pas, mais il sait que vous êtes là. C'est l'essentiel.

Le docteur Hayward semblait moins exténué ce matin-là. Ernie et moi prîmes place en face de lui. Une grande reproduction en couleurs du cerveau était affichée dans le bureau. Je ne voulais pas la regarder. Cela me donnait la nausée. Mais mes yeux s'y portaient malgré moi. Le docteur Hayward entreprit de nous expliquer ce qu'il avait fait pendant l'opération. Il n'était pas aussi satisfait que je l'avais cru et considérait qu'il n'avait réussi qu'à sauver la vie de Craig.

— Nous avons pu enlever près des trois quarts de la tumeur, dit-il. Comme vous le savez, elle se développait au cœur du cerveau de Craig, tout près du tronc cérébral, une zone qui contrôle la respiration, le rythme cardiaque et la pression sanguine. Il nous a fallu avancer très prudemment, et nous avons été obligés d'en laisser une partie. Nous aurions mis la vie de Craig en danger en excisant plus loin.

Je me sentis défaillir. Je m'étais imaginé qu'ils avaient enlevé toute la tumeur. Pour moi, cela allait de soi.

— Ce qui reste ne va-t-il pas se remettre à grossir ? demandai-je.

— Pas forcément, répondit le docteur. J'espère que non. Nous aurons une idée plus précise au vu des résultats des examens de laboratoire. Le morceau que nous avons enlevé est en cours d'analyse et nous allons savoir si la tumeur est maligne ou pas.

Ernie me prit la main :

— Nous le saurons quand ?

— Dans une semaine environ.

Une longue semaine d'angoisse et d'espoir. Une longue semaine de prières...

— Vous ne pouvez pas vous faire une idée simplement en la regardant ? demandai-je.

— Son aspect nous laisse penser qu'il s'agit très probablement d'un tératome, répondit le docteur Hayward prudemment. C'est la première fois que je vois ce type de tumeur dans le cerveau. D'habitude, on la trouve dans l'abdomen. Il s'agit d'une tumeur congénitale, c'est-à-dire qu'elle existe à la naissance. Elle ne cause aucun dommage jusqu'à l'adolescence. Mais alors, elle grandit très rapidement. Quand ces tumeurs se développent dans les ovaires ou les testicules, il arrive qu'elles deviennent énormes.

Mon estomac se révulsa.

— Grosses comment ?

— Certaines pèsent jusqu'à six ou sept kilos. Évidemment, ça n'atteint jamais cette taille dans le cerveau. Le tératome est une tumeur très étrange — une sorte de chose vivante qui produit des poils, des ongles, parfois même des dents.

Je le regardai, glacée d'horreur. Qu'est-ce qu'il me racontait là ? Ce genre de monstre aurait squatté le cerveau de Craig ? C'était trop atroce. Comment cette saleté avait-elle osé s'installer dans la belle tête de mon fils ? Je restai sans voix. J'eus peur de vomir. Le docteur Hayward me regarda d'un air compréhensif.

— Je suis désolé, dit-il. Je ne suis pas en mesure de vous en dire plus maintenant. Tout ce que nous pouvons faire, en attendant le compte rendu des analyses, est d'attendre et d'espérer.

Craig dormit paisiblement tout l'après-midi, ou presque. L'infirmière veilla constamment près de lui.

— Essayez de lui parler, nous dit-elle à notre retour.

Elle me tendit un linge :

— Tenez, épongez-lui sa pauvre petite bouche.

J'obéis et me mis à parler à Craig de tout et n'importe quoi tout en essuyant le sang séché sur ses lèvres crevassées. Il était encore sous assistance respiratoire, étendu sur le dos, adossé aux oreillers. Il ouvrait les yeux de temps à autre, sans toutefois essayer de parler.

En sortant de chez le docteur Hayward j'étais très abattue. Mais cela ne dura pas. Je vécus la journée dans l'instant présent, bien contente que Craig fût encore en vie, ni paralysé ni aveugle. Pour l'heure, je ne voyais pas plus loin. Ni Ernie ni moi ne fîmes allusion au tératome. L'évocation de la chose m'inspirait une telle épouvante que je m'en effaçais l'idée de la tête.

L'espoir me reprit en fin de journée. Après tout, Craig ne venait-il pas de passer sans encombre les premières vingt-quatre heures, les plus critiques ?

— On a dû surmonter le pire, dis-je à Ernie. Demain, va te montrer au boulot une ou deux heures. Cela vaut mieux. Tu vas finir par te faire virer si tu n'y mets pas les formes.

C'était tenter le sort. Le matin suivant, en l'absence d'Ernie, la douleur déferla à nouveau. Ce fut épouvantable. Craig avait souffert auparavant, je le savais, mais ça n'avait rien été, comparé à ce qu'il subissait ce jour-là. Le moindre bruit l'assassinait. Je me déplaçais pieds nus autour de son lit, précautionneusement. Je renonçai même à décacheter les cartes de vœux : le bruit des enveloppes déchirées suffisait à le faire gémir. Le pire fut qu'il se mit à redouter le son de ma voix. J'ai toujours parlé un peu fort, et cela ne s'est pas arrangé depuis que mon père est devenu sourd. Et voilà que Craig me suppliait de me taire, même quand je croyais chuchoter.

Le vendredi il était encore sous perfusion mais libéré du respirateur. On put le retirer du service de réanimation et l'installer dans un sas. Seulement, il ne montrait aucun signe d'amélioration. En fait, il allait plus mal. Ernie n'osa pas retourner au travail. Dans la soirée de vendredi, la douleur devint si intense qu'on dut augmenter la dose de morphine. Craig finit par s'endormir à dix heures du soir. Enfin. Je refusai tout net de le quitter dans cet état. Les infirmières allèrent chercher un lit de camp qu'on installa pour la nuit à l'intérieur du box, à côté du lit de mon fils.

Nous restâmes à son chevet toute la journée suivante, Ernie et moi.

Personne ne nous expliquait pourquoi notre fils n'allait pas bien. Depuis l'opération, un brancardier le hissait sur un chariot tous les matins et le conduisait à travers les couloirs vers le scanner ou une salle d'examen. On ne nous disait jamais rien des résultats. Je demandai à voir le docteur Hayward, qui était absent de l'hôpital nous dit-on. Je suis sans doute injuste envers l'équipe médicale, mais j'eus alors le sentiment qu'on nous laissait délibérément dans le noir. Le jeudi matin, quand Craig se mit à gémir de douleur comme jamais, je piquai une colère et exigeai de voir quelqu'un. L'une des infirmières disparut et revint avec un jeune médecin. C'était évident à son air, il avait mieux à faire que venir me parler.

— Je vous remercie d'être venu me voir, commençai-je. Je veux seulement savoir ce qui ne va pas. Pourquoi Craig souffre-t-il autant ?

Le docteur, les yeux au plancher, dit d'une voix blasée :

— Ce sont les caillots de sang.

Son attitude fit déborder le vase.

— Mais regardez-moi quand vous me parlez ! explosai-je.

Il tressaillit en levant les yeux et je plongeai mon regard dans le sien :

— Je ne suis qu'une mère, une simple serveuse. Je ne comprends pas. Ça veut dire quoi : « Ce sont les caillots de sang » ?

Il hésita et haussa les épaules :

— Bon. Je peux vous montrer le résultat du scanner si vous voulez.

Il entra dans le bureau de la surveillante, revint quelques instants plus tard avec un cliché qu'il brandit devant la lumière.

— Regardez, dit-il, toutes ces zones sombres, là, montrent qu'il y a un caillot.

Je ne pouvais croire à ce que je voyais. Le cerveau entier de Craig n'était qu'un amas de caillots. Pourquoi personne ne nous avait-il parlé de cela auparavant ?

— Que va-t-il arriver ? Qu'est-ce que vous allez *faire ?*

Je m'étais mise à crier. Impossible de capter son regard.

— Nous espérons qu'ils vont se dissoudre, dit-il.

Le ton détaché avec lequel il s'exprimait me donnait envie de lui taper dessus. Je rentrai en titubant dans le box et commençai à expliquer à Ernie cette histoire de caillots. Je tremblais encore d'émotion et de colère quand la porte s'ouvrit sur Bobby Campbell, l'entraîneur de l'équipe de football de Chelsea. Il tombait bien ! Il avait apporté une photographie de l'équipe signée de tous les joueurs. Je connaissais assez bien Bobby Campbell. La dernière fois que je l'avais rencontré, je servais un dîner de Noël pour les dirigeants du club à Stamford Bridge. C'était un homme grand et fort, toujours maître de lui-même, mais son visage se décomposa à la vue de Craig.

— Oh, Marion, dit-il, pardonnez-moi. Je ne savais pas qu'il était aussi malade.

Je hochai la tête, sans pouvoir émettre un son.

— Qu'est-ce qui se passe ? On m'avait dit qu'il allait mieux ?

Je lui parlai des caillots et j'eus l'impression qu'il se sentait de plus en plus mal. Il venait lui-même d'avoir un petit-fils. Cela avait-il un rapport ? Visiblement, il était sur le point de défaillir. Il s'excusa et sortit quelques minutes. Quand il revint il avait repris ses esprits. Il me glissa un mot dans la main.

— Lisez ceci. Nous faisons tous des vœux pour vous.

Un photographe du journal local apparut à son tour. Bobby mit son bras autour de l'oreiller où reposait Craig et se força à sourire. Craig regardait l'objectif d'un regard vide.

J'ouvris le mot de Bobby après leur départ. « Écoutez Radio Première ce soir à six heures moins cinq, y était-il écrit. Tenez bon. »

À six heures moins dix on entendit la voix du disk-jockey.

— Écoutez bien. Voici un message très exceptionnel pour un grand supporter du Chelsea Club, Craig Shergold, un petit gars de neuf ans.

Craig, qui jusque-là avait gardé les yeux clos, les ouvrit tout grands.

— Craig est à l'hôpital de Great Ormond Street avec une tumeur au cerveau, continua le disc-jockey. Salut, Craig ! Est-ce que tu m'entends ? Voici un message de tous tes amis, les joueurs du club de foot de Chelsea : « Nous savons que tu es un petit garçon très malade en ce moment, mais nous savons aussi que tu vas très bien te remettre. Tu nous manques, ici, à Bridge. »

Puis on entendit les premières notes de la chanson du club : « Notre couleur est le bleu, et c'est le foot le jeu. » Le visage de Craig s'illumina d'un large sourire. À la fin du disque, le présentateur continua :

— Si votre bus a du retard ce soir et si vous avez envie de râler, rappelez-vous ce petit garçon. Pensez à lui et accordez-lui une prière.

Craig était aux anges. Sacré bon vieux Bobby ! Voilà exactement ce qu'il fallait à mon petit gars.

Lors de sa visite, Bobby Campbell avait commenté toutes les cartes de vœux disposées autour du lit de Craig. Il avait certainement parlé aux joueurs du projet de battre un record, car le lendemain une carte arriva avec un message personnel de chacun des joueurs : « Remets-toi vite, Craig », « Dépêche-toi de revenir à Stamford Bridge. Nous t'aimons tous et tu nous manques. »

À la façon dont Craig réagit, on aurait pu croire que l'enveloppe contenait un chèque d'un million de livres.

L'embellie ne dura pas. La douleur empira dès le vendredi soir. À tel point que le samedi nous dûmes nous y mettre à trois, Ernie, moi et l'infirmière, pour maintenir Craig sur son lit. C'était effrayant de le voir souffrir ainsi. Je téléphonai à mon amie

Carol pour lui demander de dissuader les gens de venir le voir à l'hôpital ce jour-là.

Je restai près de son lit toute la journée, en lui frottant les mains pour tenter de les réchauffer — il avait les mains et les pieds glacés depuis l'opération. Je lui parlais sans arrêt :

— Allons, Craig. Tu vas y arriver. Bats-toi. Vas-y, tu peux gagner...

J'étais désespérée.

Enfin, tard dans la soirée de samedi, Craig se mit à dormir un peu. J'osais à peine bouger, de peur de rompre le charme. À neuf heures du soir il fit un mouvement. Ses yeux papillotèrent et il me contempla d'un air interrogatif.

— Bonjour, manman, dit-il. J'ai eu des visites ?

La douleur avait complètement cessé. Il semblait revenir d'un autre monde.

Le lendemain, alors que j'étais assise près de son lit à le contempler enfin tranquille, remerciant Dieu pour ce répit, Craig tourna la tête vers moi :

— M'man, dit-il lentement, j'ai fait une drôle d'expérience.

— Vraiment, mon chéri ? Qu'est-ce qui s'est passé ?

— Tu étais là, m'man. Mammy aussi.

Il s'arrêta.

— Oui ?

— Et il y avait aussi quelqu'un d'autre. Mais je ne sais pas qui c'était.

Il fronça les sourcils en essayant de se le rappeler.

— C'était comme si j'étais deux personnes.

Il hésita.

— Comme si j'étais deux personnalités, dit-il enfin, en trébuchant sur ce long mot.

— Oui ?

Il agita les mains, tenant à ce que je comprenne.

— C'était comme ça, dit-il : j'étais couché, mais

je pouvais aussi me voir moi-même allongé sur le lit. Et mammy était là... Mais tu m'as appelé, m'man. Tu continuais de m'appeler. Tu ne voulais pas que je m'en aille.

Les mots me vinrent difficilement.

— C'était agréable, là où tu étais ? finis-je par lui demander.

— Ça brillait de partout, dit-il en souriant. Tu sais, c'était vraiment joli.

Il ferma les yeux et s'endormit.

Plus tard, quand Ernie revint, je montai à la salle d'attente. J'y trouvai une charmante vieille dame que j'avais rencontrée plusieurs fois dans la semaine. Sa petite-fille avait une leucémie et elle était venue à l'hôpital afin de relayer sa fille auprès de l'enfant. Un après-midi, tandis que nous prenions le café, elle me confia qu'elle avait été très pieuse dans le passé, mais qu'elle avait perdu la foi après la mort de son fils et la maladie de sa petite-fille.

Je m'assis, allumai une cigarette et lui racontai ce que Craig venait de me dire. Elle me jeta un regard pénétrant.

— Vous avez compris ce qui est arrivé à Craig, hein ?

— Je crois. Je ne suis pas bien sûre. Il a eu une sorte d'expérience spirituelle ?

— Il est passé de l'autre côté, dit-elle.

Puis, au cas où je n'aurais pas compris, elle poursuivit lentement :

— Il est mort...

— Oui, dis-je aussi lentement. C'est bien à cela que j'ai pensé.

— ... et vous avez eu la faculté de le rappeler.

Elle me regarda intensément :

— Lui avez-vous parlé pendant qu'il était inconscient ?

Je réfléchis. Oui, je lui avais parlé, je l'avais appelé toute la journée.

— C'est donc bien cela, dit-elle simplement. Ce sont vos appels qui ont tout fait.

L'infirmière de Craig était présente quand il m'avait parlé et elle avait rapporté ses propos au jeune médecin. À ma surprise, cela l'intéressa beaucoup lui aussi et il vint en discuter avec moi.

— J'aimerais faire venir un psychologue pour parler à Craig, si vous êtes d'accord, dit-il.

Mais je n'étais pas d'accord. Certainement pas. Je ne voulais pas qu'on vienne m'expliquer que mon garçon était cinglé, ni que quiconque vienne étudier le phénomène.

— Non merci, lui répondis-je en souriant aimablement. Je crois savoir ce qui s'est passé. Je ne pense pas qu'il ait besoin d'un psychologue...

Le reste de la journée du dimanche se déroula merveilleusement. Les visites étaient de nouveau autorisées, et une foule d'amis défilèrent avec des cadeaux et des cartes de vœux. Craig vit arriver Sue, sa cousine préférée, ployant sous le plus gigantesque ours en peluche que j'aie jamais vu. Cela avait dû lui coûter au moins une semaine de salaire. La douleur avait complètement disparu, mais Craig avait encore du mal à voir nettement. En fin d'après-midi la porte s'ouvrit sur un homme très avenant. Je marquai un temps d'arrêt en le reconnaissant. C'était « Georgie » Best. Best, le plus célèbre joueur de football anglais, la star préférée d'Ernie ! Celui-ci, assis près du lit de Craig, faillit tomber de saisissement.

Georgie arborait un large sourire :

— Salut, Craig, dit-il. Mon ami Bobby Campbell m'a demandé de venir te voir.

Craig loucha vers lui d'un air perplexe :

— Qui êtes-vous ?

Sentant qu'Ernie allait mourir d'embarras je lançai :

— Je parie que c'est la première fois qu'on vous pose la question, non ?

Il souriait toujours.

— C'est un peu ça.

Ernie était tout excité, comme un gosse, aurait dit ma vieille mère. Il savait à peine ce qu'il faisait. Il se casa entre le lit et la cloison pour pouvoir regarder Georgie de face tout à son aise.

— Craig, dit-il la gorge serrée, tu vois cet homme ? Il a été mon idole. C'était le meilleur.

Georgie riait. Il resta un long moment auprès de Craig. Ils parlèrent de foot, des équipes, des joueurs, des gardiens de but célèbres. Bref, des propos d'hommes. Georgie fut parfait. Il apposa sa signature sur le ballon de foot que Bobby Campbell avait apporté, admira toutes les cartes de vœux et examina les photos. Il taquina Craig :

— Dis donc, Craig, Chelsea n'a pas besoin d'autres supporters quand tu es dans les parages, hein ?

Ils riaient tous les deux.

Craig était euphorique. À l'issue de la visite de Georgie il était toujours faible, incapable de s'asseoir seul, et il fallait l'adosser à cinq ou six oreillers, mais il semblait aller beaucoup mieux et se mit à lire les cartes et à bavarder avec les visiteurs. Il recommença même à manger. Il faut dire qu'il avait beaucoup à rattraper. Il avait une faim de loup. Ernie alla tous les jours à son travail cette semaine-là. L'Électricité de Londres l'autorisa à faire des journées plus courtes, pour convenance personnelle, et dès qu'il était libéré il fonçait chez Sainsbury [1] chercher des pâtés spéciaux en promotion, ou dans la rue Woolworth près de la station de métro Elephant and Castle, pour se procurer

1. Supermarché londonien. *(N. d. T.)*

une tourte fourrée à la liqueur, le plat cockney favori de Craig. Aucune des infirmières du service de pédiatrie n'en avait jamais goûté, mais Ernie les convainquit bientôt de venir se régaler. Il attendit qu'elles aient fini pour leur révéler que la sauce « parfumée » qu'elles avaient trouvée si délicieuse était confectionnée à partir d'un ragoût d'anguilles... Il fallait voir leurs têtes ! Je riais de bon cœur. Cela faisait deux semaines que j'avais oublié qu'on pouvait rire.

Le 13 février, la veille de la Saint-Valentin, tout le service était très affairé. Janet, l'animatrice, aidait les jeunes malades à confectionner des cartes de vœux dans la salle de jeux. Craig s'était endormi et j'avais laissé Ernie avec lui pour aller aider les enfants à découper et coller leurs œuvres. Une voix lança soudain :

— Madame Shergold, où donc est votre mari ?

Je levai les yeux. Lindy, la surveillante, sur le seuil, le cherchait des yeux.

— Il est auprès de Craig, répondis-je.

— Pourriez-vous aller le chercher et venir avec lui au bureau, s'il vous plaît ?

Je me levai lentement, l'estomac noué. Je savais ce que signifiait l'invitation : le résultat des analyses était arrivé...

La surveillante me sourit avec sollicitude quand nous entrâmes dans son bureau.

— Prendrez-vous un thé ? demanda-t-elle.

J'avais donc raison. C'était bien cela. Le jour redouté était arrivé.

L'assistant du docteur Hayward se tenait derrière le bureau de Lindy.

— Je vous en prie, asseyez-vous, dit-il.

Je me sentis trembler et m'agrippai aux accoudoirs de la chaise. Ô Dieu, me mis-je à prier, faites que la tumeur soit bénigne. S'il vous plaît.

Mais je savais de quoi il retournait. Je le savais avant que l'assistant ait ouvert la bouche. Son visage le trahissait. Il ne parvenait pas à nous regarder, Ernie et moi. Il fixait le bureau, le coin de la pièce, la surveillante, mais il ne portait jamais les yeux sur nous.

— Je suis navré de devoir vous dire ceci...

Il s'éclaircit la voix et continua :

— Je crains qu'il ne s'agisse d'un cancer, une forme très agressive. Cela se voit déjà à l'examen de l'eau qu'on a ponctionnée du crâne de Craig. Il nous faut démarrer le traitement immédiatement.

Je sentis Ernie se crisper à côté de moi.

— Quelle sorte de traitement ? demanda-t-il.

— La radiothérapie au début, la chimiothérapie ensuite.

— Ah non ! On ne va pas recommencer ! m'écriai-je.

Je sentis les larmes sur mon visage.

— Nous ne pouvons pas faire ce traitement ici, j'en ai peur, continua l'assistant. Il y a deux possibilités. L'une est l'hôpital Royal Marsden, qui a l'avantage d'être situé assez près de chez vous.

— Non ! fis-je de la tête.

— Madame Shergold, dit-il avec douceur, nous savons bien ce qui est arrivé à votre mère. Nous savons qu'elle était au Royal Marsden l'année dernière, et nous comprenons très bien que vous ne vouliez pas que Craig soit soigné là. Si vous préférez, on pourrait aussi le traiter à l'hôpital de l'University College.

Cette fois nous pleurions tous les deux, Ernie et moi. Je le sentais sangloter silencieusement à côté de moi. Je m'adressai à l'infirmière en chef, Lindy, assise dans le coin.

— C'est si grave que ça ?

Elle hocha tristement la tête :

— J'en ai peur, dit-elle.

Cela faisait vingt ans qu'elle était dans ce service et elle devait en avoir vu d'autres. Il n'empêche. Elle retenait mal ses larmes.

— Vous croyez que le traitement va marcher ? lui demandai-je. S'il vous plaît, dites-moi la vérité, madame Lindy. Si c'était pour moi, je refuserais le traitement. J'ai vu comment cela s'est passé pour ma mère. Si ça ne sert à rien, je ne veux pas que mon enfant souffre comme elle a souffert.

— Vous *devez* lui laisser sa chance, non ? dit-elle avec beaucoup de bienveillance.

Mes idées s'embrouillaient. Je repensais aux douze mois précédents. Je me revoyais au chevet de maman, à Marsden. Je l'avais trouvée tordue de douleur à la suite du choc fulgurant de la dernière séance de chimiothérapie. Je me rappelais son médecin qui lui avait dit : « Katie, nous allons vous administrer encore un peu de chimio. » Et je me souvenais de la façon dont elle lui avait souri :

— Cher monsieur, avait-elle dit, gardez toute cette médecine pour les plus jeunes. Quant à moi, je préfère m'envoler.

— Vous envoler ? avait-il demandé stupidement. Que voulez-vous dire ?

Elle avait eu un petit rire :

— Là-haut, fit-elle en levant les yeux. Avec les anges. Ma vie est derrière moi. Gardez cette chimio pour les petits enfants.

Était-il possible qu'elle sût ce qui allait arriver à Craig au moment où elle prononça ces paroles ?

— Nous allons vous laisser ensemble un petit moment, dit la surveillante. Je vais vous chercher du thé.

Elle disparut et nous restâmes assis dans le petit bureau sans pouvoir prononcer une parole. Ce n'était pas juste. C'était tout bonnement *injuste* ! Je me tamponnai les yeux à l'aide de mon mouchoir déjà trempé, ce qui ne réussit qu'à redoubler les larmes. Je voulais faire preuve de courage, mais j'en étais incapable. Pauvre Ernie ! Il était aussi bouleversé que moi mais essayait de me consoler.

Quand Lindy revint avec le plateau de thé, mon état n'était guère brillant.

— Je vais vous chercher quelque chose de plus fort ? proposa-t-elle.

Je secouai la tête. Je bus le thé qu'elle m'avait versé, en plein désarroi.

— Voulez-vous retourner dans sa chambre ?

— Non. Pas dans cet état.

La pluie tambourinait contre la fenêtre du bureau.

— À chaque fois qu'il arrive quelque chose il faut qu'il fasse ce sale temps, sanglotai-je.

— Emmenez-la prendre un verre quelque part, dit Lindy à Ernie. Craig est endormi. Allez prendre l'air tous les deux, allez boire quelque chose.

Je le laissai me guider dans l'escalier puis dans la rue, mais je ne consentis pas à entrer dans un bar. Pour moi, boire évoquait le bonheur, la fête. L'idée de prendre un verre pour me remonter ne me disait rien du tout. Et ce jour-là il aurait fallu me saouler à mort pour que j'oublie ma détresse.

Nous avons erré sans but dans la rue Emerald, puis dans la rue Théobald. La pluie se mêlait à nos larmes.

Il fallait retourner auprès de Craig. Il pleuvait toujours des cordes et nous arrivâmes trempés jusqu'aux os dans sa chambrette.

À l'entrée du box, je vis qu'il était parfaitement éveillé. Je reniflai comme si j'avais attrapé un rhume.

— On a été faire des courses. Atchoum... j'en ai les yeux qui pleurent.

Il m'examina, un peu perplexe. C'est la seule fois que je me félicitai de sa vision défaillante.

— Tiens, dit-il en me tendant une feuille à en-tête de l'hôpital pliée en deux. J'ai fait ça pour toi.

Je l'ouvris. Il avait écrit au crayon feutre vert, d'un trait tremblé : « Joyeuse fête de la Saint-Valentin, maman. Je t'aime énormément. Je t'embrasse, Craig. » Il avait ajouté un grand cœur vert et une longue rangée de petites croix figurant des baisers, au dessin mal assuré.

— Oh ! bégayai-je. Je ne vois pas bien, je dois avoir encore de la pluie dans les yeux.

— Dépêche-toi de les essuyer, fit-il, tout débordant d'excitation. Parce qu'il y a deux footballeurs du Chelsea Club qui vont venir me voir.

Quelques instants plus tard, en effet, Steve Clarke et Gordon Durie entrèrent. Je n'eus plus besoin de prétexter un rhume. Craig ne pensa plus qu'au football tout le reste de l'après-midi.

Les deux joueurs s'installèrent à côté de lui pendant au moins une heure en lui racontant toutes les nouvelles du Chelsea ; et qu'il allait devenir la mascotte du club, et que les petits déjeuners étaient sinistres depuis que sa mère ne travaillait plus au club. Tout cela dit en plaisantant. Un photographe de presse arriva. Ils prirent la pose, le bras placé affectueusement derrière lui. Craig était au septième ciel. Je n'ai jamais eu l'occasion de remercier vraiment ces garçons. C'est grâce à eux que Craig ne s'est jamais douté que son papa et sa maman avaient eu le cœur brisé ce jour-là, en pensant à lui sous la pluie.

Après le départ des joueurs, Craig s'endormit et nous le contemplâmes plus sereinement, Ernie et moi. Je me sentais tout engourdie. Mes larmes s'étaient taries. Ernie mit son bras autour de mes épaules.

— Allons, Mal, dit-il. Il ne faut pas renoncer.

Regarde comment Craig s'est amusé avec ces gars-là. Il s'acharne, lui. Il se bat pour chaque pouce de terrain. Et puis, il a déjà surmonté le pire puisqu'ils lui ont enlevé la majeure partie de la tumeur. Si on accepte qu'ils lui fassent la chimiothérapie, ils vont le débarrasser du reste. Il faut qu'il puisse suivre ce traitement. Il est parvenu jusque-là, nous devons lui permettre d'aller plus loin.

Ce n'était pas la première fois que je rendais grâce au ciel de m'avoir donné Ernie. C'est quelqu'un de silencieux et de timide, mais quand j'ai besoin de lui il est toujours là, solide comme un roc. Je me serais effondrée s'il ne m'avait pas soutenue les quatre semaines passées. Pas étonnant que ma mère n'ait juré que par lui. Je l'étreignis, sachant qu'il avait raison pour ce qui était de la chimiothérapie. Sois optimiste, me dis-je. Craig a trompé la mort une fois, il doit pouvoir la tromper une deuxième.

8

Finalement, nous nous fîmes une raison et acceptâmes que Craig suive son traitement anticancéreux au Royal Marsden Hospital, à Sutton.

En dépit des souvenirs qui m'assaillaient, je me laissai convaincre. Du seul point de vue pratique, cette solution était la plus raisonnable, le Royal Marsden n'étant qu'à vingt minutes en voiture de la maison.

Le docteur Hayward tenait à ce que le traitement démarre le plus tôt possible et le transfert de Craig fut programmé pour le vendredi 17 février. Comme si le sort en avait décidé autrement, il y eut une grève des ambulanciers ce jour-là et il nous fallut transporter Craig dans notre propre voiture. Nous hissâmes Craig doucement dans la voiture en faisant bien attention de ne pas lui toucher la tête. On lui avait enlevé les agrafes deux jours auparavant et une vilaine cicatrice de vingt centimètres s'étendait du sommet de son crâne chauve à la nuque.

Il n'y avait qu'une vingtaine de kilomètres à faire, mais Ernie conduisit si prudemment qu'il nous fallut deux heures et demie pour les parcourir. Je m'étais assise derrière avec Craig en prenant mon courage à deux mains pour lui expliquer les résultats de la biopsie. Cela faisait trois jours que je tergiversais. Je ne pouvais reculer plus longtemps.

— Craig, dis-je, l'hôpital où nous allons est spécial. La plupart des enfants qui y sont soignés sont très malades et ils te demanderont ce que tu as. Ils te diront probablement qu'ils ont un cancer (je butai presque sur le mot) et...

Il m'interrompit :

— Mince alors ! m'man, j'espère que ce n'est pas contagieux. J'ai déjà assez à faire avec ma tumeur au cerveau.

Mes yeux se remplirent de larmes :

— Ah, Craig, t'es drôle ! Une tumeur, c'est aussi un cancer. Ne t'inquiète pas, ils ont d'excellents traitements dans cet hôpital.

Il parut accepter la nouvelle et s'endormit, mais il allait mal. Son front était brûlant et il gémissait en dormant. Il avait subi un lavement douloureux la veille et il ne s'en était pas encore remis. Le transport dans notre petite Fiat à travers les rues au pavé inégal du sud de Londres ne devait pas arranger les choses.

À notre arrivée, il était dans un état lamentable. Il ouvrit les yeux quand nous garâmes la voiture et regarda le bâtiment :

— C'est bien là qu'était ma mamy, non ? lança-t-il à l'improviste.

Je le regardai, bouche bée. Je ne lui avais jamais dit que ma mère avait un cancer. J'avais pris soin de ne jamais mentionner le nom de Marsden tout le temps que dura sa maladie pour éviter de l'effrayer. Comment savait-il ?

Son médecin attitré, Diana Tait, l'avait attendu tout l'après-midi. Elle secoua la tête en le voyant. Il était bien trop malade pour commencer le traitement, il fallait d'abord le laisser recouvrer quelques forces.

— Le mieux serait qu'il retourne pendant une semaine à Queen Mary, nous dit-elle.

Dix minutes plus tard on le transférait dans l'une

des ambulances de Marsden qui prit le chemin de l'hôpital où la tumeur avait été diagnostiquée la première fois.

La journée avait été un cauchemar mais tout changea à notre arrivée à Queen Mary. Le personnel, très accueillant, vint à notre rencontre, et l'infirmière qui avait accompagné Craig à Great Ormond Street lui planta un gros baiser sur la joue avant de m'embrasser à mon tour.

— Nous avons téléphoné toutes les semaines pour avoir de ses nouvelles, dit-elle. Il va aller mieux, maintenant. On va s'en occuper.

On l'installa dans un box dans un coin tranquille de la salle B 2, et nous lui administrâmes les comprimés qu'on nous avait donnés et lui posâmes des compresses chaudes sur la tête. Une heure plus tard il paraissait aller mieux.

— C'est sans doute le voyage qui l'a fatigué, dit une infirmière pour nous rassurer.

Nous restâmes là dix jours. Au début, le report du traitement m'inquiéta, mais je n'eus qu'à me féliciter du séjour à Queen Mary. Enfin un endroit où l'on pouvait respirer. Tout à fait ce dont nous avions tous besoin. Non seulement cela nous fit du bien, à Ernie et moi, mais surtout, Craig s'épanouissait à vue d'œil. Le jour de notre arrivée, les infirmières lui mirent au point un programme avec des objectifs à atteindre pour la durée du séjour : se baigner tout seul, faire quelques pas, se laver lui-même les dents et ainsi de suite. Elles pensaient qu'il lui faudrait une semaine pour réussir le tout, mais dès le premier matin Craig se réveilla en pleine forme et demanda s'il pouvait aller prendre un bain. Ce n'était pas la fin des surprises. Comme je l'aidais à sortir de la baignoire, il me déclara :

— Dis-donc, m'man, et si j'allais au mariage de Janet ?

Je n'en croyais pas mes oreilles. Janet était la fille

de notre voisine Thérésa. Cela faisait des mois que nous avions été invités à ce mariage, mais je n'y avais plus pensé depuis le début de la maladie de Craig. Lui n'en démordait pas. Il voulait y aller :

— C'est l'anniversaire de Steve, ajouta-t-il, comme si cela expliquait tout.

Et ça expliquait tout, en effet. Aller au mariage, relever ce défi, c'était aussi le cadeau d'anniversaire que Craig faisait à Steve — c'était sa façon à lui de dire à son frère qu'il l'aimait.

— Arrête de te faire du mauvais sang pour moi, m'man. Je vais très bien m'en sortir. Regarde comme je vais mieux.

Après concertation, l'équipe médicale donna son accord et lui trouva un fauteuil roulant. Ernie fonça à la maison chercher mon plus beau tailleur vert, et je revêtis Craig de son survêtement du Chelsea Club.

Nous ne restâmes qu'une heure aux festivités, mais quelle heure ! Craig réussit même à se lever de son fauteuil et à faire quelques pas mal assurés dans la discothèque, sous les yeux ravis de Steve. J'étais très fière. Mes deux lascars avaient un sacré cran. Mon amie Penny avait confectionné un gâteau spécialement pour lui avec l'inscription « Porte-toi bien » en sucre glace bleu. Nous partageâmes le gâteau le soir même avec nos visiteurs dans la salle de l'hôpital.

Cela faisait près d'un mois maintenant que le flot de cartes de vœux ne tarissait plus. Cela avait été pour Craig un sacré stimulant pendant son séjour au Great Ormond, et je savais que cela lui soutiendrait le moral quand il irait à Marsden. Ce que je ne savais pas, c'est qu'une certaine carte de vœux bien particulière était déjà en route de l'autre côté de la planète.

Elle nous arriva le lundi matin. Ernie avait un jour de congé et je l'avais laissé à Queen Mary s'occuper de Craig afin de pouvoir faire un saut à la maison prendre mon carnet de chèques. Je n'avais pratiquement plus un sou. Tout l'argent nous glissait des mains à l'hôpital, en coups de téléphone, en timbres, en tasses de café, en gâteaux secs, etc. La semaine précédente, la maman de Carol, Thelma, nous avait remis à flot en nous envoyant cinquante livres qu'elle avait réunies en organisant une tombola en notre faveur au Club de loto des retraités. Mais l'argent était déjà presque épuisé. La paie de janvier d'Ernie, sans heures supplémentaires, ne pesait pas lourd, et nous avions déjà tout dépensé en essence et en remboursements d'emprunts. Il n'y avait qu'une issue : prendre sur mes économies.

Cela me fit tout drôle de tourner à nouveau la clef dans la serrure de la maison. Cela faisait un mois entier que je n'y étais pas revenue. Je sentis une résistance en ouvrant la porte et dus me glisser avec difficulté à l'intérieur. J'en compris la raison en pénétrant dans l'entrée. Il y avait un énorme amoncellement d'enveloppes sur le sol, qui coinçait la porte. La plupart étaient adressées à Craig. Je les ramassai et les emportai dans le salon où je découvris une autre énorme pile de cartes de vœux ramassées par Ernie et Steve.

Je me mis à les trier en tas pour Craig, mais la même vieille inquiétude me reprit : et si cela rendait jaloux les autres gosses ? À Queen Mary, personne ne savait que nous avions entrepris de battre un record. Dans le fond, mieux valait peut-être que je les ouvre et que je les accroche aux murs d'ici, à la maison. Mais non, ça ne collait pas. Tout le sel de l'histoire n'était-il pas de redonner le moral à Craig ? Je tournais en rond. Au bout du compte je pris le parti de les entasser dans une valise. Je pourrais toujours l'apporter à l'hôpital et la mettre sous le lit de Craig afin qu'il puisse regarder les cartes quand il voudrait, sans que les autres enfants les aient sous les yeux toute la journée.

Je mettais la bouilloire en route pour un thé quand on sonna à la porte. C'était John, le facteur. Il me sourit :

— Mais qu'est-ce qui se passe ici ? C'est pire qu'à Noël ! Voilà, c'est pour vous.

Il me tendit un gros paquet au papier d'emballage marron :

— C'était trop gros pour aller dans la boîte.

Le paquet était adressé à *Monsieur Craig Shergold,* et couvert de timbres en provenance d'Australie.

— Je crois savoir ce que c'est, John.

Le trac au ventre, j'emportai le paquet dans la cuisine et le plaçai au-dessus de la bouilloire pour décoller l'ouverture. Je ne voulais pas que Craig s'excite pour rien au cas où je me serais trompée.

Je ne m'étais pas trompée. Ah ! que Dieu te bénisse, Alison. Je recollai le paquet, m'emparai du lecteur de cassettes qui se trouvait sur la télé, sautai dans la voiture et fonçai à l'hôpital.

Je courus dans la salle, fis un clin d'œil à Ernie et posai le paquet sur le lit de Craig.

— Un cadeau pour toi, mon chéri, dis-je, l'air de rien.

Je retins ma respiration pendant qu'il ouvrait le paquet et le vidait sur son lit. Une photographie tomba, un disque et une cassette.

— Ouais ! cria-t-il. Ouais !

Il souleva le tout ensemble, clignant des yeux. La photo montrait le portrait de son idole Kylie Minogue avec un message manuscrit : *À Craig, porte-toi bien. Toute mon amitié, Kylie.*

— Lève la photo plus haut que je la voie bien, m'man, dit-il.

Il prit le disque :

— Son tout dernier ! s'exclama-t-il. *Spécialement*

pour toi, c'est le disque qu'elle vient de faire avec Jason Donovan, il n'est même pas encore mis en vente !

Je crus qu'il allait tomber du lit tellement son excitation était grande. Puis il vit la cassette.

— Je me demande bien ce qu'il y a là-dessus, dit-il en fronçant les sourcils.

Je lui passai mon lecteur de cassettes :

— Tiens, vois toi-même.

Nous écoutâmes tous la voix de Kylie qui disait :

'jour, Craig. Désolée d'apprendre que tu ne vas pas bien. Tiens bon. Tu iras mieux avant de le savoir toi-même. Garde ton sourire et j'espère bien que je te verrai un de ces jours. Toute mon amitié, Kylie Minogue.

Craig était fou de joie. Pas question de redescendre sur terre de toute la journée. La nouvelle fit le tour du service : tous les enfants et leurs visiteurs se rassemblèrent autour du lit de Craig pour voir et entendre ces trésors. Le lendemain, Andy Coulston, un journaliste du *Sun*, appela au téléphone — je n'ai jamais su comment il avait appris la nouvelle — et écrivit un papier sur Craig à la page spectacles intitulé : KYLIE ENVOIE UN MESSAGE D'ESPOIR À UN PETIT GARÇON QUI SOUFFRE D'UN CANCER. J'achetai un album où je collai l'article du *Sun* à côté des deux articles de notre journal local qui parlaient de la visite à l'hôpital de Bobby Campbell et des joueurs du Chelsea.

— Regarde-moi ça, Craig : tu vas devenir célèbre si tu continues comme ça, lui dis-je pour le taquiner.

Les cartes de vœux affluèrent cette semaine-là. C'était clair, Alison faisait militer tout le monde pour notre cause, d'un bout du pays à l'autre. Après notre départ du GOSH, elle avait donné notre adresse. Résultat : Ernie et moi allions ramasser le courrier tous les jours rue Selby — une trentaine de cartes habituellement — et les rapportions à l'hôpital.

Je ne comptais pas les cartes. Battre un record du monde n'était encore qu'une idée nébuleuse reléguée dans un coin de ma tête. L'important pour moi était qu'elles maintiennent Craig de bonne humeur. À la mort de ma mère, j'avais lu toutes sortes d'articles sur le cancer, qui insistaient sur l'importance des pensées positives. Qu'est-ce qui pouvait donner ces idées-là à Craig mieux que les cartes de vœux ?

Ce n'était pas encore assez. Je voulus revoir l'expression de bonheur qu'il avait eue en découvrant le disque de Kylie. Avant de quitter Great Ormond Street, le docteur Hayward nous avait gratifiés, Ernie et moi, d'un petit laïus plein d'allant. Lui aussi croyait aux pensées positives.

— Tous les enfants ont besoin de chérir un rêve, nous avait-il dit. Auriez-vous un rêve que vous pourriez partager avec lui ?

Je lui dis que nous nous étions toujours promis, en plaisantant, d'emmener Craig à Disneyworld, en Floride, le jour des cinquante ans d'Ernie.

— Faites-le vraiment, insista le docteur Hayward. Faites en sorte qu'il attende quelque chose. Allumez-lui une lumière au bout du tunnel.

Au début, l'idée ne m'emballait pas. Une excursion aux États-Unis aurait coûté les yeux de la tête, et nous étions à sec, nous demandant quelles nouvelles traites allaient nous tomber dessus. Puis je me mis à changer d'avis. Si, il fallait le faire. Au diable les traites ! Carol m'encouragea dans ce sens-là :

— On fera une collecte pour lui à Carshalton,

dit-elle, maman m'aidera à l'organiser. Dis à Craig qu'il ira à Disneyworld pour Noël.

Elle m'aida à dresser une carte de voyage, pareille à un jeu de Monopoly. Le point de départ était en Angleterre, le point d'arrivée à Disneyworld, et tout le territoire entre les deux faisait office de territoire étape. Cinq livres nous amenaient au pays de Galles. Dix livres en Irlande, etc. Toute la géographie y passait. Nos cartes prévoyaient ainsi un voyage en Floride plutôt tortueux, en passant par la Russie, le Groenland et le Japon, mais Craig trouvait ça formidable. Quiconque passait par là cette semaine déposait une livre ou deux dans la soucoupe Disney, et au moment du week-end nous eûmes de quoi aller en Belgique ! Il y avait encore fort à faire, mais j'étais déterminée à aller jusqu'au bout.

Le séjour à Queen Mary se déroula très vite et Craig en fut tout revigoré. Chaque jour qui passait le voyait plus solide. Il s'asseyait sur son lit désormais et pouvait même faire quelques pas tout seul. Au bout d'une semaine on lui fit un scanner MR. Jusque-là on ne lui avait fait que des scanners CT. Le scanner MR utilise les ondes radio et les ondes magnétiques, alors que les scanners CT utilisent les rayons X. Je savais qu'il ne fallait pas abuser des rayons X, mais je pris en aversion les séances de scanner MR. On attachait Craig sur un lit étroit qu'on faisait glisser dans le tunnel tout aussi étroit du scanner. On devait avoir l'impression d'être enterré vivant là-dedans, et je comprenais pourquoi on avait surnommé le scanner la « tombe magnétique ». Je me sentais claustrophobe rien qu'en le regardant.

Le scanner à peine allumé, on entendit une vibration métallique faisant penser à la roulette du dentiste, et la panique s'empara de Craig. Les radiologues lui parlèrent à l'intérieur du scanner par le truchement de deux micros jusqu'à ce qu'il se calme. Mais le tout ressembla à un cauchemar.

— Je n'irai plus, plus jamais, dis-je à Ernie un peu plus tard. Accompagne-le, toi, les prochaines fois.

Je m'en tins à cela et m'abstins d'assister à toute autre séance.

Finalement, le 25 février, les médecins jugèrent que Craig se portait assez bien pour être transféré au Royal Marsden. L'idée d'y retourner me contraria moins que prévu. Craig fut admis à la salle Princesse Chula, le service des enfants cancéreux. Comparée à la salle bondée des Marionnettes, celle-ci était immense, mais Craig fut installé dans une petite aile confortable ne comprenant que quatre lits.

Le médecin de Craig à Marsden, Diana Tait, nous demanda de venir la voir dans son bureau dès le premier jour. Jeune, très jolie, elle était assise sans façon sur son bureau, la blouse blanche déboutonnée. Craig tomba immédiatement amoureux d'elle.

— Bonjour, Craig, dit-elle.

Il la contemplait, ensorcelé :

— Bonjour, docteur Tait.

Elle sourit :

— Cela t'intéresserait de savoir un peu ce qui va se passer, pendant ton séjour ici, avec nous ?

Craig opina, béat d'admiration.

— Bien, fit Diana Tait. Aujourd'hui, tu vas aller au bloc opératoire pour ce qu'on appelle une ponction lombaire. Cela va nous aider à savoir comment ton corps lutte contre la tumeur. Puis, dans deux jours, on va commencer la chimiothérapie.

Les médecins de Great Ormond Street nous avaient dit qu'on lui ferait d'abord des séances de radiothérapie. Je ne demandai pas pourquoi on changeait de programme. Je n'étais pas sûre de comprendre la réponse.

Diana Tait nous en dit un peu plus sur la chimiothérapie, en particulier sur la manière dont les médicaments allaient affaiblir les cellules de la tumeur. Elle avertit Craig qu'il risquait d'avoir des nausées après chaque séance, avec un goût amer dans la bouche.

— Tu vas aussi sans doute perdre tes cheveux.

Elle sourit :

— Ou plutôt ce qu'il en reste. (Le crâne de Craig n'était encore recouvert que d'un fin duvet, après l'opération.)

— Bon, fit Craig en souriant et en se tapotant la tête. Cela m'évitera de me faire couper les cheveux.

Il y avait quelque chose que je ne savais pas, au sujet de la chimiothérapie. Je ne l'appris qu'un peu plus tard ce jour-là, de la part du chef de clinique, et cela me fit un grand choc.

Craig et Ernie descendirent au bloc pour la ponction lombaire pendant que le chef de clinique décrivait les différents types de traitements chimiques qui allaient être prescrits à Craig. Puis il lâcha, au détour d'une phrase :

— Vous vous rendez compte que Craig ne pourra pas avoir d'enfants après un tel traitement, n'est-ce pas ?

J'eus le sentiment de recevoir un grand coup dans la poitrine. Je n'avais jamais songé à une chose pareille. Je sortis prendre la voiture, roulai jusque chez Carol et m'effondrai en larmes quand elle me répondit à travers la porte. Carol m'installa à la table de sa cuisine et me prépara une grande tasse de thé.

— Bon. Arrête de pleurer et dis-moi de quoi il retourne, ordonna-t-elle.

— Il ne pourra jamais avoir d'enfants, Carol, sanglotai-je. C'est pas juste. Craig adore les enfants.

Carol frappa du poing sur la table.

— Marion, arrête de pleurer, à la fin !

Je me redressai, ahurie.

— Tu te rends compte de ce que ça veut dire ? fit-elle.

— Non.

— S'ils disent qu'il n'aura pas d'enfants, ça veut dire qu'ils pensent à *long terme* !

— Ah ! Ah oui, bredouillai-je, le souffle coupé. Oui, c'est vrai !

Et s'ils envisageaient l'avenir à long terme, c'est qu'ils pensaient que Craig allait vivre ! Je repris la voiture pour l'hôpital pleine d'allégresse.

Ils m'avaient prévenue que Craig aurait très mal à la tête après la ponction lombaire et pourrait vomir. Aussi réprimai-je mon sourire de soulagement en entrant dans le dortoir en essayant de prendre un air de commisération. Je n'eus pas besoin de jouer la comédie.

Craig était assis dans son lit entouré de visiteurs — mon père, oncle John, tante Mary et « petit » Joyce. Craig était en train de dévorer un énorme beignet, et un magnifique sourire illuminait son visage.

— B'jour, m'man. Regarde ce que Joyce m'a apporté. Les beignets que je préfère !

Le lendemain, Craig dut retourner à Queen Mary pour qu'on lui insère ce qu'on appelle une sonde Hickman. Cela ne nous enchantait guère qu'il ait à subir une nouvelle anesthésie générale, mais quand on nous expliqua les bénéfices de l'opération nous ne pûmes qu'être d'accord. Le docteur Tait nous expliqua prudemment qu'une sonde Hickman était un fin tuyau qu'on plaçait directement à l'intérieur d'une veine où il restait en permanence. Une fois celui-ci inséré, il permettait d'alimenter directement le corps de Craig en substances chimiques et en médicaments sans avoir besoin de lui faire continuellement des injections. Cela leur permettait aussi de faire des prélèvements de sang dès que nécessaire. C'était raisonnable. Son bras était déjà bleu de piqûres, et on avait de plus en plus de mal à trouver les veines.

L'opération se déroula sans problème et deux jours plus tard Craig commença la chimiothérapie. Il la recevait dans son lit, au dortoir, un peu comme une transfusion sanguine. Un sac en plastique rempli de produits chimiques était suspendu à une potence derrière son lit et connecté à sa sonde. Ensuite, il suffisait d'être patient. L'écoulement de chaque sac prenait des heures et des heures, mais Craig mettait moins de temps à réagir. Avant le démarrage du traitement, nous avions accepté qu'il fasse partie d'un protocole d'essai d'un nouveau médicament antinauséeux. On nous avait dit que cela pouvait réduire l'ampleur des vomissements. Deux heures après le démarrage de la chimio, je me demandai pourquoi nous avions pris tant de précautions. On ne pouvait être plus malade qu'il ne l'était. Puis ce fut le tour des diarrhées. Cela dura des heures, mais Craig ne se plaignit jamais. Il savait qu'il devait en passer par là.

Le contenu de son estomac était coloré de produits chimiques — jaune, vert ou orange. J'avais du mal à m'habituer, mais les jours suivants Craig prit la chose assez philosophiquement :

— C'était quelle couleur, aujourd'hui, m'man ? demandait-il avec curiosité à la fin des nausées.

Ce n'était guère surprenant : il ne voulait plus manger. Ernie passait à la maison après son travail et lui cuisinait des petits plats en espérant lui redonner de l'appétit — des côtes d'agneau grillées à la menthe, des pâtés à la viande, du poisson accommodé avec amour. Il revenait à l'hôpital chargé du courrier du jour — les cartes de vœux dans une main, un plat recouvert d'une feuille d'aluminium de l'autre. Mais Craig finissait rarement les plats d'Ernie. Il ne pouvait guère plus avaler que quelques bouchées.

— Désolé, p'pa, disait-il en repoussant l'assiette. J'ai vraiment pas faim.

Ernie ne renonçait pas. Le lendemain, il essayait autre chose. Il finit par réussir avec un diplomate fait maison. Pendant un temps Craig ne jura que par ce dessert et en redemandait même au petit déjeuner.

Craig aurait été placé seul dans une chambre qu'il aurait supporté bien plus difficilement les nausées et la diarrhée. Le fait que les autres gosses de la chambrée subissaient aussi la chimio nous empêchait, lui comme nous, de nous apitoyer sur nous-mêmes. Il y avait trois autres enfants dans la petite chambre du service Princesse Chula. Deux filles, Emma et Samantha, traitées pour leucémie, et un petit garçon, Kevin, souffrant d'une tumeur à la jambe. Craig sympathisa rapidement avec eux tous, tout en prenant plus particulièrement sous son aile la jolie petite Emma. Elle avait neuf ans, le même âge que lui, mais était affolée par le traitement. Elle criait de terreur quand on venait lui faire une transfusion. Je pense que Craig avait à cœur de lui donner le bon exemple en se montrant courageux, et il ne lui laissa jamais voir à quel point la chimio le mettait mal en point. Juste après les nausées, il en plaisantait avec Emma.

L'ambiance du service était formidable. Tous les parents étaient solidaires et s'intéressaient aux enfants des autres. Il leur arrivait de s'occuper de ceux qui n'avaient pas de visites en veillant à ce qu'ils ne se sentent pas délaissés. Ernie était de ce style-là. Il passait des heures à jouer aux cartes avec Kevin, dont les parents tenaient un bar et ne pouvaient venir le voir aux heures ouvrables. Certains gosses de la salle principale venaient faire un tour.

J'étais émerveillée de voir à quel point ces gosses-là savaient toujours rire.

Pendant toutes ces semaines Ernie et moi nous croisions comme deux navires dans la nuit. Quand j'arrivais à l'hôpital, dans la matinée, il était déjà parti au travail, et quand il rentrait le soir j'étais sur le point de me coucher. J'ai toujours été un oiseau de nuit — mais voilà que je piquais du nez à neuf heures du soir. J'étais toujours épuisée, même quand je me contentais de passer la journée assise près du lit de Craig. Pour couronner le tout, je me mis à prendre du poids : je fus horrifiée de voir sur la balance de la salle de bains que j'avais pris une quinzaine de kilos.

On attendait d'un jour à l'autre les résultats du myélogramme, un examen pratiqué sur le liquide recueilli lors de la ponction lombaire. Cela ne me préoccupait pas plus que cela. Craig semblait aller beaucoup mieux. J'étais persuadée que les cartes de vœux, ajoutées à « toutes les pensées positives » que je lui inculquais, l'aidaient à combattre résolument son cancer. J'étais plutôt optimiste quand Diana Tait me convoqua dans son bureau pour m'annoncer les résultats. Ernie n'était pas là. Il était tombé en déchargeant un réfrigérateur d'un camion et passait une radio du pied à l'hôpital St. Helier.

— Décidément, nous faisons marcher les affaires des hôpitaux du coin, dis-je en riant à Diana Tait.

Mais la plaisanterie ne la fit pas sourire.

— Marion, asseyez-vous.

Je restai calme :

— Pourquoi ? Qu'est-ce qui ne va pas ?

Elle poussa un petit soupir.

— J'ai de mauvaises nouvelles. Le myélogramme indique que le cancer s'est propagé à la moelle épinière. Il y a une tumeur bien définie, la principale, et probablement trois autres dans la région lombaire.

J'étais assommée. Il ne m'était jamais venu à

l'idée qu'il puisse y avoir d'autres tumeurs ! Ébahie, je lui demandai :

— Mais d'où viennent-elles ?

— La moelle épinière et le cerveau sont reliés — les cellules nerveuses cancéreuses n'ont aucune difficulté à passer de l'un à l'autre. Ce sont ce qu'on appelle des métastases — des amas pas très gros de cellules cancéreuses — et nous allons essayer de les traiter. Je me dois d'être honnête avec vous : les choses se présentent mal.

— Vous plaisantez. Je ne peux pas croire une chose pareille. Le cancer ne s'est pas étendu, c'est pas possible, il va mieux, justement. Il n'a jamais été aussi bien. Venez, venez le voir.

Diana Tait secoua la tête :

— Marion, je suis désolée, mais les examens disent autre chose.

— Non, il ne va PAS mourir, me mis-je à crier.

La colère me submergea. Je me levai en repoussant ma chaise :

— Nom de Dieu, je ne le laisserai pas mourir. Pensez ce que vous voulez, mais vous n'avez pas encore terminé le traitement. Non, il ne mourra PAS !

Je sortis en trombe du bureau. Les médecins ne connaissaient pas mon Craig comme je le connaissais.

La mère de Samantha prenait un café dans la salle de repos. C'était une femme noire opulente qui avait des tas d'ennuis : elle avait perdu son mari très jeune, et aujourd'hui sa fille souffrait d'une leucémie. À mon expression, elle me dit :

— Voulez-vous parler un peu ?

Elle s'approcha et s'assit près de moi. Je lui dis de quoi il retournait et elle me prit la main.

— Ne perdez jamais espoir, Marion.

Je la contemplai. Elle souriait.

— Il y a deux pouvoirs dans la vie : celui du mal,

celui du bien. Priez Dieu tous les jours afin de chasser le pouvoir du mal de votre vie.

Je n'étais pas très convaincue :

— Comment Dieu peut-il admettre que des enfants aient le cancer ? Et les tremblements de terre, les ouragans, les famines ? Pourquoi Dieu tolère-t-il tout cela ?

Elle sourit à nouveau.

— Tout cela arrive parce qu'il y a deux pouvoirs. Si nous ne faisons pas savoir à Dieu que nous croyons en SON pouvoir et que nous y pensons, c'est le pouvoir du mal qui prend le dessus. Plus les gens prient, plus Dieu répond à leurs prières. C'est ce qui est écrit dans la Bible.

La maman de Samantha me remettait dans le droit chemin. Elle avait raison, et c'était d'ailleurs pourquoi je m'étais égarée. Je ne m'en étais pas encore rendu compte, mais ma foi avait été sérieusement ébranlée par les dernières souffrances de Craig. Désormais, j'allais me remettre à prier à nouveau. Pas dans la chapelle de Marsden où je ne me sentais pas vraiment chez moi, mais n'importe où, là où je serais : dans la cour, la salle de repos, la voiture. C'est ce que je fis, et cela marcha comme elle l'avait prédit.

Je ne dis rien à Craig des métastases. J'étais plus convaincue que jamais qu'il fallait à tout prix le rendre joyeux.

— Tant qu'il rira, il ne succombera pas au cancer, dis-je à Ernie. Et cela, ça dépend de nous.

De toute façon, Craig avait toujours été un petit garçon très gai, et il n'avait pas changé.

Certains visiteurs savaient dissimuler leurs sentiments en sa présence, d'autres s'asseyaient en larmes sur son lit. Mon père, en particulier, prenait très mal la chose.

Craig plaisantait pour détendre l'atmosphère. Tout se passait comme s'il pensait que c'était à lui de remonter le moral aux gens.

— *Toc toc toc*, disait-il par exemple.

— Qui c'est ? répondait une voix remplie de larmes.

— C'est Jean.

— Jean qui ?

— Jean Navais... des ch'veux, et j'en ai plus !

Et il gloussait devant leur air perplexe !

Non content des objectifs que je lui proposais, Craig s'en était fixé un autre : il voulait être garçon d'honneur au mariage de Steven et de Sharon. Je me gardai de l'y encourager car, lorsqu'il avait assisté au mariage de Janet, c'était avant le début de la chimio. Certes, il avait repris des forces depuis. Les nausées et les diarrhées ne l'avaient pas affaibli. Mais je ne voulais pas qu'il tombe de haut au cas où les médecins s'y seraient opposés. Mais Craig savait ce qu'il voulait et les médecins jugèrent plus prudent de ne pas discuter. La belle-sœur de Kevin lui fit prendre les mesures d'un costume de page (un costume bleu, aux couleurs de Chelsea, évidemment) et le 18 mars, juste six semaines après son opération au cerveau, Craig remontait l'allée centrale de l'église derrière Sharon. Il avait du mal à maintenir son équilibre, et dès que Sharon prit place devant les marches de l'autel il me rejoignit près d'Ernie au niveau des premiers bancs et s'effondra dans son fauteuil roulant. Mais il avait tenu bon, et j'étais fière de lui. Tout le monde en avait la larme à l'œil dans l'église. Après la cérémonie, Brian Branche, le vicaire, s'approcha et mit la main sur sa pauvre petite tête chauve pour le bénir. Craig le regarda, n'émit aucun son mais fondit soudain en larmes, tout en me regardant à travers elles en souriant.

— Ça va aller, m'man.

Il n'allait pas bien du tout, évidemment. Il avait encore un long, long chemin à parcourir. Mais il avait pris un bon départ. Les effets secondaires de la chimiothérapie masquaient les progrès, mais je discernais néanmoins une amélioration sous-jacente, j'en étais sûre. Il marchait de mieux en mieux d'une semaine sur l'autre, et les crises de migraine s'espaçaient. Plus remarquable, sa vision s'améliorait. Il reconnaissait les gens plus rapidement désormais, il saisissait d'un coup ses cartes de vœux, et il parvenait à regarder la télévision et les jeux vidéo avec les autres gosses du dortoir.

Chaque période de chimiothérapie durait une dizaine de jours. On lui laissait quinze jours pour récupérer avant d'entamer une nouvelle période. Le premier jour de la troisième séance, Craig était à la maison sur le point de partir pour l'hôpital quand quelqu'un frappa à la porte. Un homme était sur le seuil, un gros bouquet de fleurs à la main :

— De la part du *Sun*, le quotidien, dit-il.

Quelques minutes plus tard le téléphone sonna. C'était Andy Coulston, le reporter du *Sun* qui avait écrit un article sur Craig en février.

— Kylie Minogue fera une apparition à l'émission de variétés pour enfants ce soir, dit-il. Cela plairait-il à Craig d'assister à la répétition ?

Je savais d'avance la réponse de Craig. Il me suffisait d'obtenir de l'hôpital qu'on commence la séance de chimio un peu plus tard dans la semaine. Ils acceptèrent aussi que sa petite copine, Emma, nous accompagne. Ils étaient devenus inséparables.

Nous prîmes un taxi pour le théâtre du Dominion avec Emma et sa maman, et l'on nous installa au premier rang de l'orchestre. Nous étions le seul public à assister à la répétition et les acteurs ne jouèrent que pour nous. C'était comme si nous avions commandé une représentation privée. Toutes les stars préférées de Craig étaient là : Jon Pertwee, le groupe pop Le Frère de l'Au-Delà, Philip Schofield, Sue Pollard et, bien sûr, Kylie...

Après la répétition, Kylie descendit de la scène et vint dire quelques mots à Craig et Emma, et poser pour les photographes. J'avais pris trois des belles roses jaunes du bouquet du *Sun* afin que Craig puisse les offrir à Kylie qui se confondit en remerciements. Craig et Emma étaient au comble de l'exaltation, surtout quand les autres stars descendirent à leur tour bavarder avec eux.

Un petit nuage assombrit tout de même l'après-midi. Jason Donovan devait être présent à l'émission mais n'avait pu assister à la répétition. En voyant la déception de Craig et d'Emma, les organisateurs nous invitèrent à la représentation de la soirée, mais l'hôpital nous attendait et la mère d'Emma n'était pas sûre que nous accepterions l'invitation pour Craig. Les yeux d'Emma brillaient :

— S'il te plaît, m'man, s'il te plaît, mendiait-elle.

— C'est la chance de sa vie, dis-je à Heather. Ne la privez pas de ce plaisir. J'en prends la responsabilité, promis-je.

Elle accepta.

Ce fut merveilleux. On nous installa au deuxième rang de l'orchestre, et, à la fin du duo de Jason et Kylie intitulé *Spécialement pour toi*, Jason s'avança sur la scène :

— Nous avons deux gosses pas ordinaires avec nous ce soir, dit-il en descendant de la scène pour présenter Craig et Emma au public en leur donnant un gros baiser.

Nous revînmes en taxi à l'hôpital à minuit passé. Emma posa sa petite tête dans le giron de sa mère et ferma les yeux. Elle souriait encore dans son sommeil. Craig s'appuya contre mon épaule et se blottit contre moi.

— Ça va, Craig ? demandai-je.

— Sensass, murmura-t-il.

— Qui est le maître ?

Il me regarda en souriant :

— Je suis le maître, dit-il.

9

Les ulcérations que Craig avaient dans la bouche commençaient à poser un véritable problème. Elles se répandaient à l'extérieur jusqu'au nez. La chimio provoquait aussi des saignements de nez, ce qui enflammait les ulcères et les aggravait. Toute la région de la bouche n'était qu'une plaie douloureuse. Les infirmières m'avaient donné un bâtonnet muni d'une petite éponge que je devais plonger dans un flacon de liquide brunâtre pour lui en badigeonner l'intérieur et l'extérieur de la bouche. Craig ne supportait pas le goût du liquide et essayait toujours de le recracher. Un jour d'avril, nous étions tous deux en train d'exécuter ce pénible rituel quand une voix se fit entendre derrière moi :

— Bonjour, Craig !

Je vis Diana Tait en me retournant. Craig arrondit les lèvres et essaya de siffler. C'était devenu une sorte de jeu entre eux : Diana Tait portait souvent un short sous sa blouse blanche quand il faisait chaud, et Craig avait pris l'habitude de siffler quand c'était un jour « avec short ». Mais cette fois-ci il avait les lèvres trop abîmées pour réussir à siffler. Le docteur Tait lui sourit et se tourna vers moi :

— Marion, j'aimerais vous voir pendant une minute.

Mon cœur s'accéléra. « Non, pensai-je en la suivant, non, pas encore... »

Mais cette fois-ci les nouvelles étaient bonnes. Dans le couloir, le docteur Tait avait le sourire aux lèvres :

— Marion, je crois que vous pourriez reprendre Craig à la maison un jour ou deux.

Je la regardai étonnée :

— Mais quand ?

— Aujourd'hui même, si vous le désirez. Rentrez avec lui pour la nuit. Voyez comment ça se passe. Cela lui fera du bien. Ce n'est pas la meilleure façon de guérir que d'être constamment avec d'autres enfants malades. Il a besoin d'un peu de vie de famille, maintenant.

Je l'aurais embrassée. De fait, le moral de Craig commençait à baisser. Il se sentait comme un oiseau en cage. Tous ses copains étaient partis ou allaient partir.

Je me précipitai sur le téléphone pour joindre Ernie. Il avait un jour de congé et en profitait pour nettoyer un peu la maison, et je lui claironnai la nouvelle dans le combiné :

— On peut revenir à la maison !

Craig rayonnait. Il piaffait d'impatience à l'idée de voir comment j'avais décoré le salon avec ses cartes de vœux. Ernie arriva vingt minutes après et nous montâmes tous les trois dans la voiture. Il faisait beau et chaud. En arrivant, je voulus ouvrir la porte de la voiture du côté de Craig, mais à peine avait-il passé les jambes dehors qu'il eut un haut-le-cœur. Heureusement, j'avais apporté une cuvette que je mis dans le caniveau entre ses jambes. Ce ne fut pas très grave. Les vomissements faisaient partie de la routine quotidienne désormais. Une fois la crise calmée, il se leva et nous gravîmes prudemment l'allée du jardin. La démarche de Craig n'était pas très assurée, et il me tenait le bras pour garder l'équilibre.

La dernière fois que Craig avait vu la route de Selby, les jardinets qui donnaient sur la rue étaient enneigés. Cette fois les roses étaient en boutons. Il s'arrêta, sa main sur mon bras, et regarda autour de lui :

— C'est chouette de se retrouver à la maison, m'man.

On aurait dit un soldat revenant de la guerre. Les larmes me montèrent aux yeux et je me dépêchai de mettre la clef dans la serrure. Elle ne s'ouvrit pas.

— Laisse-moi faire, dit Ernie en me prenant la clef des mains.

Il n'eut pas plus de succès que moi. En attendant, je jetai un coup d'œil par la fenêtre et vis que la boîte en cuivre où je rangeais les cassettes vidéo et les magazines était au milieu de la pièce. Je me demandai pourquoi Ernie l'avait mise là.

— Je n'y arrive pas, dit Ernie. Ça doit être verrouillé de l'intérieur. Je vais grimper par-dessus la barrière du jardin et passer par la porte de derrière.

Passé de l'autre côté, je l'entendis crier :

— Ah ! non !

— Qu'est-ce qui se passe, Ern ?

— On nous a cambriolés ! hurla-t-il. Ils ont tout pris !

J'attendis, la main de Craig dans la mienne, qu'Ernie, passé par-derrière, ouvre la porte d'entrée. Les cartes de vœux étaient toujours accrochées aux murs, telles que je les avais laissées, mais c'étaient les seules choses intactes. Tout avait été pillé. Tous les tiroirs ouverts. Plus de télé, plus de vidéo...

J'installai Craig sur le divan avec Ernie et courus à notre chambre. Le lit était sens dessus dessous et ma coiffeuse en miettes. Je me rappelai avoir laissé ma boîte à bijoux sur la coiffeuse avec mon alliance et ma bague de fiançailles. Je fouillai toute la pièce et finis par trouver la boîte ouverte sous le lit. Je la ramassai. Elle était vide.

Hébétée, j'allai voir dans la chambre de Craig. Il avait sa propre petite télévision et sa vidéo, ainsi qu'un ordinateur. Je ne fus pas surprise de ne pas les trouver. Mais je ne m'attendais pas à découvrir le papier mural aux couleurs de Chelsea en lambeaux, les posters déchirés, et des empreintes de pas boueuses sur la couette aux couleurs du club. La bibliothèque de Craig avait été dévastée. Je contemplai les dégâts avec horreur, ahurie. Mon esprit n'arrivait pas à accepter la chose. Craig ne devait pas voir ça. Il ne fallait pas qu'il voie ce que ces salauds avaient fait. C'était mon idée fixe.

En bas, Ernie était assis sur le divan, le bras autour de Craig, encore nauséeux.

— J'ai appelé la police, Mal, dit Ernie. Ils envoient quelqu'un. Ils m'ont dit de ne toucher à rien.

Je m'assis de l'autre côté de Craig en le câlinant jusqu'à l'arrivée des policiers. Ernie les introduisit dans la première pièce et ils se mirent à enregistrer les dégâts : les tiroirs et les étagères vidés, les magazines éparpillés... Leurs visages étaient de marbre. Ils devaient être blasés.

— Eh bien, dites donc, ils ont fait les choses en grand, ici !

Celui qui venait de parler se tourna vers moi, mais son expression changea quand il vit le crâne chauve de Craig barré de la grande cicatrice. Il regarda la cuvette de vomi sur le sol.

— Bon Dieu, dit-il. (Il monta voir les chambres et il redescendit avec l'air de quelqu'un qui vient de voir un spectre.)

Il regarda les cartes de vœux aux murs :

— Elles sont toutes à lui ?

J'acquiesçai.

Il regarda son collègue et secoua la tête :

— J'ai rencontré pas mal de voyous dans ma vie, mais je n'en vois aucun capable de faire ça. Le criminel le plus endurci qui serait entré ici aurait dit : « Non, c'est pas la bonne maison. »

Il n'eut pas besoin d'en dire plus. Les vannes étaient ouvertes et je me mis à pleurer. Je n'avais pas pleuré devant Craig depuis que nous avions quitté Great Ormond Street. Mais je ne pus m'en empêcher. Je ne pus me retenir.

— Qu'est-ce qu'il va encore nous arriver, Ernie ? sanglotai-je. Qu'est-ce qu'il peut bien encore nous arriver ?

Craig avait l'air inquiet. Il me mit son bras sur les épaules :

— C'est pas grave, m'man.

Il saisit le flacon de comprimés qui était sur la table et dit en souriant :

— Regarde, ils ne m'ont pas volé les médicaments !

On ne sut jamais qui avait fait le coup. L'état de la chambre de Craig et la façon dont ses gadgets de Chelsea avaient été détruits laissaient penser à la police qu'il s'agissait d'une bande locale d'adolescents qui en tenaient pour un club de football concurrent. Quoi qu'il en soit, les voyous n'avaient pu deviner quelle publicité le cambriolage allait déclencher. Nous fûmes submergés par les réactions. Le *Sutton Guardian* raconta l'histoire du cambriolage, et le lendemain des douzaines de lettres de sympathie arrivèrent avec des messages pour Craig. Le soir même, alors que Craig était retourné à l'hôpital et que je m'apprêtais à aller au lit, on frappa à la porte. J'ouvris à deux de nos voisins, Chris et Carol Pilbeam, qui apportaient une télévision. Chris était le gérant du club de football de Sutton et il m'annonça que le club venait d'organiser une collecte pour acheter une nouvelle télé à Craig. Peu après, un maçon du quartier, Len Carpenter, arrivait avec un magnétoscope de rechange pour la chambre de Craig.

Les deux gestes furent rapportés dans le journal local et l'un des reporters mentionna dans son article que Craig s'était fait une tirelire pour aller à Disneyworld. Cela provoqua un véritable engouement. Peter Pink, le propriétaire d'un club de gymnastique à Carshalton, organisa une exhibition de culturisme qui se déroulait sur plusieurs jours au bénéfice de Craig, ce qui arrondit sérieusement la somme accumulée pour le voyage à Disneyworld. Pour pimenter le tout, Peter s'arrangea pour que Monsieur Univers, Lance Dreher, vienne en personne apporter le chèque-cadeau à Craig. Thelma, la mère de Carol, avait déjà organisé de petites tombolas pour remplir la tirelire. Elle décida de tirer parti de toute cette publicité pour organiser une véritable collecte. Elle fit merveille. Dans les semaines qui suivirent, un bar au sud de Croydon rassembla mille livres ; un facteur de Battersea accepta de participer au Marathon de Londres et d'y collecter de l'argent pour le voyage de Craig ; un pompier de la caserne de Croydon fit une collecte en sa faveur.

En somme, ce fut grâce à nos cambrioleurs que le voyage à Disneyworld put être vraiment envisagé.

Le point culminant de l'émotion suscitée par le cambriolage fut atteint quand, un beau matin, je reçus un appel de la fiancée d'un célèbre gangster du sud de Londres qui purgeait une peine de prison à vie pour meurtre.

— Bonjour, m'ame Shergold. Mon jules a entendu parler du casse, chez vous. Il est furieux. Il m'a dit de vous dire qu'une saloperie pareille n'serait jamais arrivée dans un manoir. Je veux dire que, même s'il y a une chance sur dix pour que n'importe qui soit cambriolé, on ne fait pas ces choses-là chez un gosse qu'est en train de mourir d'un cancer, hein ?

Elle n'attendait pas de réponse.

— En tout cas, il aimerait que vous v'niez le voir à Broadmoor.

— Euh... bégayai-je, ça fait très loin de chez moi, vous savez...

Je ne pouvais tout de même pas lui dire que la simple idée d'aller faire un tour au quartier de haute sécurité d'un hôpital psychiatrique me faisait mourir de peur.

— Ah, la, la, vous inquiétez pas pour le trajet, madame, répondit-elle. J'ai une Rolls Royce. Je passerai vous prendre.

Je m'en sortis en expliquant que je n'avais pas le temps, que je devais m'occuper de Craig — ce qui était vrai. Son fiancé n'en prit pas ombrage, semble-t-il, puisque quelques jours plus tard une lettre arriva dans une enveloppe marron à en-tête de la prison de Sa Majesté. Je l'ouvris nerveusement. Il y avait à l'intérieur un chèque de cinq cents livres à l'ordre de monsieur Craig Shergold et une lettre : *Cher Craig, j'ai été boxeur et j'suis un dur, mais toi, t'es un vrai dur. T'es le plus courageux...*

Nous fîmes encaisser le chèque sur le compte Disney que nous avions ouvert pour Craig.

Le gangster avait dû passer le mot à ses amis en liberté, car peu après certains d'entre eux organisèrent une soirée la veille d'une course de chevaux en l'honneur de Craig. Ils m'invitèrent par téléphone à les rencontrer dans un bar du sud de Londres. Cela me rendit plutôt nerveuse — je n'avais jamais eu de relations avec ce type de gens auparavant et je n'étais pas sûre de vouloir faire leur connaissance. Mais Kate proposa de venir avec moi et je me décidai. Les hommes, exactement comme je les imaginais, portaient tous des costumes à col de velours, tandis que les femmes, superbes, étaient sapées à tomber par terre. Tous s'offrirent à m'aider :

— À Miami, on vous protégera, vous inquiétez pas. On viendra vous chercher, promit un homme qui portait des anneaux d'or à tous les doigts.

— Mince alors, murmurai-je à Kate, je ne tiens vraiment pas à ce que ces gens-là viennent me chercher là-bas. Je serais terrorisée.

En tout état de cause, la soirée eut lieu. Quelques stars célèbres de la télévision s'y montrèrent et il y eut une collecte à la fin. Quelques jours plus tard un nouveau chèque arriva par la poste au compte de Craig.

Quand les journalistes découvrirent l'initiative des truands, ils s'intéressèrent encore plus à notre histoire. Une des chaînes télévisées voulait que Craig vienne au studio dire aux téléspectateurs ce qu'il pensait de l'intérêt que les détenus et leurs amis lui portaient. L'hôpital l'avait autorisé à sortir quelques jours de plus, mais l'état de Craig n'était pas assez bon pour qu'il fasse le voyage à Londres. Néanmoins, il pouvait donner des interviews, et le *Sun* envoya à la maison une jolie jeune fille dénommée Ruki Sayid, qui travaillait comme reporter, pour recueillir ses propos. Ruki était intelligente et vive. Je la voyais regarder la place vide de notre magnétoscope, et les meubles cassés qu'Ernie avait tant bien que mal réparés. Quand elle sut que j'avais dû cesser de travailler et qu'Ernie ne pouvait faire qu'un temps partiel, elle nous demanda avec beaucoup de tact si nous serions d'accord pour que le *Sun* lance un appel à la solidarité en faveur de Craig.

— Cela vous aidera à vous occuper de lui, dit-elle. Pas seulement aujourd'hui, mais aussi plus tard.

Je dus calmer son enthousiasme. Je savais bien

qu'un appel national aurait rassemblé beaucoup plus d'argent que nos différentes petites initiatives locales pour le fonds Disney, mais je savais aussi que je ne pourrais plus regarder les voisins dans les yeux si je disais oui.

— Chaque fois que je descendrai la rue avec un nouveau pull, je me demanderai si les gens ne croient pas que je me le suis payé avec l'argent de Craig, dis-je à Ruki.

Elle accepta mon point de vue et se contenta d'écrire l'histoire sous la forme d'un simple hommage à Craig. « Notre enfant courage », titra le *Sun*.

Je ne dis pas un mot à Ruki de notre projet de battre un record de cartes de vœux. Cela ne me vint pas à l'esprit, tout bêtement. C'était stupide, mais pour moi, l'intérêt majeur des cartes de vœux consistait à maintenir le moral de Craig. Craig mettait près de deux heures à les ouvrir tous les matins et nous ne savions déjà plus où les mettre. Au jugé, pour l'heure, cela devait déjà faire quelque deux mille cartes.

La plupart provenaient d'ouvriers qui travaillaient dans les entreprises où Alison avait envoyé des lettres, comme Ladbrokes, l'Aérospatiale britannique, l'Oxygène britannique. Parfois, c'était la surprise. Une carte provenait d'une célébrité. Après celle de Kylie, Craig avait reçu des cartes de Frank Bruno, de Michael Barrymore et de Bill Owen. Les footballeurs en envoyaient aussi. En plus des cartes de tous les membres du club de Chelsea, tous les joueurs d'Arsenal en envoyèrent une, et Craig en reçut de la part d'autres équipes de première division. Je les accrochai au-dessus de son lit à côté des cartes drôles. Les nouveaux enfants qui étaient arrivés dans la chambre de Craig, Jay, Sarah et John, ne prêtaient pas du tout attention aux cartes de vœux. Je veillai à ce qu'on ne les étale pas trop, et la plupart des gosses en avaient à peu près autant que Craig derrière leur lit.

Craig continuait à revenir à la maison quelques jours entre les séances de chimio. Échapper de temps à autre à l'ambiance de l'hôpital lui fut bénéfique. Il était beaucoup plus vif ces derniers temps. Nous ne lui avions encore rien dit des métastases de la moelle épinière. Nous avions le sentiment, Ernie et moi, qu'il n'avait pas besoin de savoir. Il savait qu'il avait à lutter contre le cancer — c'était déjà pas mal. L'été venu, nous fîmes en sorte de le protéger des mauvaises nouvelles, de peur que cela n'amoindrisse sa volonté de vivre. C'était la raison pour laquelle je lui avais caché la mort d'un de ses copains, le petit Azou, puis la mort inattendue d'un autre, Philip, à l'hôpital de Great Ormond Street. J'en avais été très affectée, car j'étais devenue très proche de sa mère, et il m'était difficile de ne pas me confier à Craig. Mais c'était indispensable. Je ne voulais pas que Craig puisse penser que la mort pouvait le frapper. Tous les soirs je lui faisais répéter :

— Je suis le maître. Qu'est-ce que t'en dis, Craig ?

Il se tenait près de son lit, pliait le bras devant lui et répondait :

— Mauvais génies, partez !

En juin, Craig était arrivé au bout de la dernière période de chimiothérapie. On lui fit des examens la semaine suivante pour connaître les résultats du traitement. En attendant, nous ramenâmes Craig à la maison. La période de détente dura plus longtemps que d'habitude. Les médecins voulaient lui donner deux semaines pour récupérer avant de démarrer les rayons. Il avait beaucoup maigri et était très affaibli. Il avait souffert de graves hémorragies nasales et il avait besoin qu'on lui transfuse des cellules sanguines particulières, des « plaquettes », qui aidaient à la coagulation du sang. Cela parut lui redonner un peu d'énergie. Un soir, après être allé à l'hôpital se faire faire une transfusion de plaquettes, il ne réussit pas à s'endormir avant quatre heures du matin. Il était intarissable et n'arrêtait pas de parler.

— Je ne sais pas sur qui ils ont récupéré ces plaquettes, dis-je en plaisantant à Ernie, mais c'est le contenu d'une dizaine de chopes de bière qui a dû lui passer dans le sang !

Avant de l'autoriser à rentrer à la maison on m'avait avertie de ne pas l'emmener dans des boutiques ou des lieux publics où il pourrait attraper des infections. Les médecins craignaient particulièrement la varicelle, qui était souvent fatale aux enfants sous chimiothérapie. J'écrivis une notice en gros caractères au stylo feutre, que j'accrochai à notre porte d'entrée :

PRIÈRE DE NE PAS ENTRER DANS CETTE MAISON SI VOUS AVEZ, OU SI VOTRE ENFANT A LA VARICELLE OU TOUTE AUTRE MALADIE INFECTIEUSE. CRAIG N'A PLUS DE SYSTÈME IMMUNITAIRE ET JE SUIS SÛRE QUE VOUS COMPRENDREZ QU'IL EN A DÉJÀ ASSEZ SUBI COMME CELA ! ! !

Craig se fatiguait vite et passait le plus clair de son temps dans sa chambre, mais il était très content de se retrouver à la maison. Beaucoup de copains venaient le voir et le faisaient rire. Lee, celui qui lui avait envoyé la lotion after-shave, venait tous les jours — une vraie perle. Maxime, qui avait envoyé des cartes ou des lettres à Craig pratiquement tous les jours depuis sa maladie, venait le voir aussi régulièrement. Craig eut dix ans le 24 juin et nous organisâmes une petite fête d'anniversaire. Ensuite nous apportâmes un gâteau d'anniversaire dans le service Princesse Chula pour le partager entre les enfants qui étaient encore là. À la joie de Craig, nous découvrîmes son amie Emma dans la salle stérile. On l'avait ramenée à l'hôpital pour une transplantation de moelle osseuse. Ils bavardèrent tous les deux pendant une heure en grignotant le gâteau.

Le 29 juin, juste avant le démarrage de la radiothérapie, naquit la petite fille de Sharon et de Steve qu'ils appelèrent Kylie, selon la promesse qu'ils avaient faite à Craig. Craig put leur rendre visite à l'hôpital, ce qui lui mit le moral au beau fixe. La même semaine je le conduisis à Marsden, car Diana Tait voulait lui faire faire un scanner CT avant de démarrer les rayons. En attendant qu'elle prenne rendez-vous pour le scanner, Ernie et moi emmenâmes Craig à Great Ormond Street voir le docteur Hayward. Il était enchanté des progrès réalisés par Craig depuis le mois de février. Craig pouvait désormais se tenir sur une jambe et compter jusqu'à cinquante. Nous nous en retournâmes pleins d'optimisme.

Nous n'étions pas du tout préparés à ce qui nous attendait. Le mardi suivant nous avions un rendez-vous de routine avec Diana Tait. Craig, très gai, exécuta brillamment les tests habituels. Dix minutes plus tard, le docteur Tait lui dit :

— Craig, j'aimerais que tu ailles avec l'infirmière mesurer ta taille. Ton papa et ta maman vont t'attendre ici.

L'infirmière emmena Craig et elle nous désigna deux chaises :

— Marion, Ernie, asseyez-vous une minute.

Nous nous assîmes docilement.

— Je suis désolée, dit-elle. La chimiothérapie n'a pas eu beaucoup d'effet. Il y a une petite amélioration du côté de la moelle épinière, mais rien n'a bougé du côté de la tumeur au cerveau.

Elle soupira :

— On pourrait lui infliger des séances de radiothérapie, mais ce n'est pas très agréable — il faudrait que ce soit une radiothérapie très profonde — et le résultat risque de n'être pas meilleur.

J'étais folle furieuse. Après tout ce qu'il avait subi ? Toute cette souffrance ? Les vomissements ? Et tout cela pour quoi ? Pour quoi ?

— Je suis désolée, fit Diana, toute bouleversée.

— Va-t-il mourir ?

Elle haussa les épaules de désespoir.

— C'est possible. Écoutez, cela dépend de vous : si vous voulez qu'on tente la radiothérapie, nous pouvons le faire. Sortez un petit peu et réfléchissez.

Mon pauvre Ernie était tout commotionné et j'étais moi-même en pleine détresse en sortant du bureau. Jane et Shirley, deux infirmières, vinrent offrir leur aide.

— Venez, dit Jane, vous avez tenu le coup jusqu'ici, ce n'est pas le moment de craquer.

— Je ne peux pas croire ce qu'elle dit, répondis-je. Regardez seulement comment il est. Vous ne voyez pas qu'il va bien ?

— Oui, acquiesça Jane. C'est vrai.

— Pourquoi faut-il que ça tombe sur Craig ? demandai-je. Il est si gai, si drôle ! Tout le monde l'aime. C'est pas juste.

— Ce n'est jamais juste, répondit Jane.

Shirley mit son bras autour de moi :

— Marion, quoi qu'il arrive, la qualité de vie que vous lui avez donnée, tout ce que vous avez fait pour lui, aura servi à quelque chose...

Je la regardai sans aménité :

— Laissez tomber la qualité de vie... Je veux qu'il vive. Je ne veux pas de souvenirs. Je le veux *vivant* !

Ernie partit chercher Craig pendant que Maureen, une assistante sociale de l'hôpital, m'accompagnait dans le couloir vers la salle de repos.

Je m'effondrai en sanglots sur l'une des chaises.

— Marion, arrêtez, je vous en prie, dit Maureen.

— Je ne peux pas, hoquetai-je, je ne peux pas.

Je lui demandai de me laisser seule une minute. Quelques secondes plus tard, l'une des mères entra dans la pièce :

— Marion, nous sommes tellement désolées. Vraiment.

Emma se tenait derrière elle, l'air inquiet.

— Ça va, Marion ? demanda-t-elle.

Puis Sarah, une fillette mongolienne, entra et me tendit les bras :

— Marion ! Marion ! Marion ! criait-elle.

Je la serrai contre moi.

Les heures passaient. Quelqu'un me donna deux cigarettes et m'apporta une tasse de thé, et mon brave Ernie grimpa les escaliers à trois reprises avant que je me décide à affronter Diana Tait à nouveau. Il n'y avait pas à discuter. Il fallait le faire. Ernie et moi étions d'accord :

— Nous voulons que vous fassiez les rayons, lui dis-je.

Elle écarta les mains :

— Bon. Si c'est ce que vous voulez, d'accord. Mais je ne peux rien vous promettre, il faut vous en souvenir.

La première séance fut programmée pour la semaine suivante. Comme Diana nous en avait avertis, il s'agissait de séances de rayons très pénétrants. L'un des médecins de Marsden nous dit qu'ils n'avaient jamais été aussi loin auparavant avec un enfant. Cela signifiait que les effets secondaires risquaient d'être sévères. Ayant donné mon accord, j'essayais de penser positivement. Bill, l'un des parents du service, m'avait assuré que la radiothérapie était le seul traitement capable d'atteindre les tumeurs au cerveau. Je ne lui demandai pas comment il le savait, mais je m'accrochai à cet espoir. Après tout, il était encore trop tôt pour préjuger des résultats.

Craig pouvait subir les séances de rayons en tant que malade de jour, ce qui voulait dire que je devais l'emmener chaque jour à Marsden en voiture. Il allait subir quotidiennement des rayons dans la tête et dans le dos pendant neuf semaines.

La chimio était pratiquée sur le lit d'hôpital ordinaire, mais la radiothérapie se déroulait dans une pièce sans fenêtre aux murs épais, au sous-sol de l'hôpital. Avant le démarrage du traitement, on devait lui prendre les empreintes de la tête afin de la lui immobiliser dans un moule en plexiglas durant la séance de rayons. On faisait des marques sur le moule afin que les radiologues puissent cibler exactement le site de la tumeur. On dessinait d'autres marques sur sa tête et sa colonne vertébrale. Ernie et moi ne pouvions assister aux séances mais étions autorisés à rester près de lui pendant la préparation, à l'issue de laquelle on aurait pu le prendre pour un personnage de film d'horreur. Craig avait la tête complètement encastrée dans le plexiglas, mis à part un petit trou pour les narines, mais tout cela n'avait pas l'air de l'impressionner, pas plus que le signal jaune des rayons ou le signal rouge à l'entrée de la pièce. On avait d'ailleurs renoncé à lui donner des sédatifs :

— Je n'en ai pas besoin, avait-il dit en repoussant l'aiguille.

Nous savions qu'après les rayons Craig serait aussi malade qu'à l'issue de la chimio. Nous nous en aperçûmes rapidement. Du moins les diarrhées et les terribles hémorragies nasales cessèrent-elles. On lui redonna des stéroïdes et il reprit du poids. Mais il était encore faible et il le devint de plus en plus. Il n'y avait plus de pauses dans le traitement — aucune période de repos et de récupération comme cela avait été le cas avec la chimio. Le trajet quotidien de la maison à l'hôpital était éprouvant. Chaque matin, il me fallait hisser le fauteuil roulant dans la voiture, quasiment y porter Craig, l'attacher, puis rouler vingt-cinq minutes en pleine heure de pointe jusqu'au Royal Marsden. La séance de rayons ne durait elle-même que quelques minutes, mais il fallait faire longtemps la queue avant de passer et nous ne revenions à la maison que vers midi. J'étais épuisée, et l'on imagine ce qu'il devait en être pour Craig. À la fin du mois d'août, au bout de huit semaines de traitement, il était devenu apathique, boursouflé, et son débit s'était considérablement ralenti. En outre, il coordonnait de plus en plus mal ses mouvements. Sa main était agitée d'un vilain tremblement et il avait du mal à manger. Au demeurant, n'ayant plus d'appétit, il ne se forçait pas. Le seul signe encourageant était une certaine amélioration de sa vision.

J'étais persuadée que ces différents symptômes provenaient des séances de rayons. On devait les arrêter au début de septembre et j'espérais alors une amélioration miraculeuse. Je fus déçue. Seuls les vomissements cessèrent. Il était toujours aussi léthargique et déprimé. À la maison, il passait le plus clair de son temps au lit. Il m'arrivait de penser, en le regardant, qu'il avait cessé de lutter. Cela me terrifiait.

Quelques jours plus tard, j'amenai Craig à la consultation. J'étais assise près de lui pendant que le docteur vérifiait sa sonde. Je suspectais une infection et le médecin décida de faire réadmettre Craig à l'hôpital pour une semaine sous antibiotiques. Cela n'améliora pas mon humeur.

Les deux petites copines de Craig — dont Emma — étaient elles aussi venues pour leur consultation hebdomadaire, et leurs mères vinrent près du lit de Craig. Nous étions en train de discuter du fiasco de la veille quand Brian Sadler, le responsable de la collecte de fonds pour le compte du Royal Marsden, entra dans la salle de soins et se dirigea vers nous.

— Que voulez-vous, Brian ? Étiez-vous au film, hier soir ? C'est révoltant, ce qui s'est passé. Il faut le faire savoir aux journaux, dis-je, faisant allusion à une soirée au cours de laquelle Craig aurait dû être présenté au prince Charles et à Lady Di, ce qui ne s'était finalement pas produit.

Il secoua la tête :

— J'en ai entendu parler. C'est malheureux. Mais ça ne vaut pas le coup d'en faire une histoire. Cela ne vous mènera nulle part.

Il sourit :

— Je suis venu vous parler de quelque chose de bien plus important. C'est quoi, cette histoire du *Livre Guinness des records* ?

Le vent me souffla dans les voiles. Je ne suis pas souvent hors de moi, mais je sentis le sang me monter aux joues.

— Comment avez-vous appris la chose ? demandai-je.

Il me lança un regard amusé.

— Croyez-vous pouvoir garder un secret, ici ?

Puis il reprit :

— J'ai eu un appel téléphonique de l'entreprise ICI, dans le Cheshire, demandant à parler à Craig. Ils m'ont dit qu'une personne du nom d'Alison Ingram leur avait écrit d'envoyer des cartes de vœux à Craig parce qu'il essayait de battre un record du monde. Est-ce bien cela ?

Je dus l'admettre.

— Vous en êtes à combien de cartes, à ce jour ?

Je haussai les épaules :

— Je ne sais pas exactement. Peut-être trois mille.

Brian Sadler me regarda pensivement.

— Et si vous vous y preniez sérieusement ? En

essayant de battre un vrai record du monde, avec l'hôpital Marsden derrière vous ?

Avant que j'aie pu dire quoi que ce soit il ajouta :

— Vous ne battrez jamais un record en vous y prenant de façon confidentielle, vous savez. Avez-vous la moindre idée de ce qu'est un record du monde ?

Je hochai la tête :

— Nous allions le demander au *Livre Guinness*.

— Je le leur ai demandé, répondit Brian avec un petit sourire : il faudrait au moins un million de cartes.

J'en étais bouche bée :

— Nous n'y arriverons jamais !

— Oh, mais si. Il vous faut seulement une meilleure publicité. Marsden pourrait vous y aider. On se débrouillerait pour avertir les journaux, les gens de la télévision, toutes les stations de radio. On pourrait faire les choses en grand.

Je fronçai les sourcils :

— Mais pourquoi tout ça ?

— Parce que la publicité n'aiderait pas seulement Craig, mais aussi Marsden.

Je ne comprenais pas :

— Comment ça ?

— Bon. Vous savez que nous avons lancé un appel de fonds ? Nous avons besoin de nous rappeler au souvenir du public. Tout ce qui peut évoquer le nom de Marsden nous aidera.

— Ainsi, vous croyez que les cartes de vœux de Craig aideront à trouver de l'argent pour l'hôpital Marsden ?

— Oui. C'est bien cela. Mais ça dépend de vous. Et ce ne sera pas une mince affaire, cela vous demandera beaucoup d'énergie. Je ne veux pas vous forcer la main.

Je songeai à la proposition. Craig était désormais à la maison constamment — à part le contretemps de sa sonde — et je n'avais plus à me faire de souci au sujet de la jalousie présumée des autres enfants du service. Il n'y avait plus guère de raison de mettre une sourdine à l'appel. Après coup, je ne jurerais pas de la raison qui me décida. Peut-être le fait que Craig ait manqué Lady Di, peut-être pour nous faire penser à autre chose qu'à son cancer. Quoi qu'il en fût, je me surpris soudain à sourire à Brian Sadler :

— D'accord. Dites-nous ce qu'il faut faire.

10

Ensuite, tout se déroula très rapidement. Le bureau chargé des appels de fonds auprès du public, à Marsden, ne traîna pas. Le lendemain après-midi, Craig jouait avec Kevin, Jay et Hannah dans leur chambre, quand un reporter et un photographe du *Daily Mirror* arrivèrent. J'avais déjà apporté à Craig son courrier du jour ainsi que la valise contenant les cartes que j'avais disposées sur le mur situé derrière le lit. Les yeux du photographe étincelèrent :

— Formidable, dit-il.

Il poussa le lit de côté, fit poser Craig devant le mur et me demanda d'étaler le reste du contenu de la valise sur la petite table : Craig semblait nager dans une mer de cartes de vœux.

Un peu plus tard dans la journée, les reporters des journaux locaux vinrent recueillir des interviews. Un ou deux jours après, Ruki Sayid et Gary Stone, le photographe du *Sun,* organisèrent une nouvelle séance de pose. Deux énormes boîtes en carton étaient arrivées d'ICI, la grande multinationale installée dans le Cheshire, pleine de cartes de vœux que nous avions ajoutées à la pile pour la photo. Ruki fit mine de se fâcher :

— Marion, pourquoi ne m'avoir rien dit de ces cartes ?

Elle sourit :

— Peu importe. Nous allons rattraper le temps perdu. Au bout du compte, nous allons tout de même le lancer, cet appel en faveur de Craig. Mais ce sera un simple appel pour des cartes de vœux.

Un article parut dans le *Daily Mirror* du lundi 25 septembre intitulé : « N'oubliez pas votre carte de vœux pour Craig », accompagné d'une grande photo. L'article expliquait que Craig voulait entrer dans le *Livre Guinness des records*. Deux jours plus tard, le *Sun* lança un appel sous le titre : « Aidez notre courageux Craig à battre le record des vœux de guérison. » Ils avaient imprimé un coupon détachable avec une place pour un message, que les lecteurs pouvaient découper et nous envoyer à notre adresse à Carshalton, indiquée au bas du coupon. La sollicitude du *Sun* ne s'arrêta pas là. Ruki téléphona pour nous annoncer qu'on attendait Craig dimanche au bureau du *Sun*, à Wapping, pour qu'il soit leur « rédacteur en chef du jour ».

Les agents publicitaires de Marsden s'étaient vraiment remués. L'adresse de Craig fut retransmise à l'émission *Bonjour la Grande-Bretagne* de la BBC, et dans *Ce matin*, sur la chaîne ITV, avec Richard Madeley et Judy Finnegan. Les présentateurs de la radio firent à leur tour de la publicité pour l'appel — Gary Davies sur Radio Un, Derek Jameson sur Radio Deux, ainsi que Chris Tarrant dans son émission de variétés sur Radio Première.

La réponse du public fut spectaculaire. Craig devait sortir de l'hôpital le jour qui suivait la publication de son histoire dans le *Mirror*. À huit heures et demie du matin j'étais en train d'allumer tous les radiateurs de la maison pour qu'il y règne une chaleur agréable à son retour, quand quelqu'un frappa à la porte. J'ouvris à John, notre facteur, chargé d'une montagne de cartes de vœux qui lui montait jusqu'au menton.

— J'ai cru que c'était encore l'anniversaire de Craig, comme cet été, dit-il en fronçant les sourcils.

Je pris le tout et l'éparpillai sur le sofa. Il y en avait bien deux cents. À midi, au moment où Ernie revenait de l'hôpital avec Craig, on frappa à nouveau à la porte. C'était encore John, pas trop content. J'eus du mal à porter le gros sac qu'il me tendit.

— Entrez donc, John, dis-je.

Il s'écroula sur le divan en ouvrant de grands yeux au fur et à mesure que je lui racontais l'histoire de l'appel.

— Oh ! la, la, mon Dieu... répétait-il. Bon. Je te souhaite bonne chance, mon vieux, dit-il à Craig. J'espère que tu vas réussir. En attendant, je ferais mieux de me procurer un vélo plus costaud.

À l'heure du thé Carol vint nous voir. Nous étions tranquillement en train de boire notre tasse de thé quand un camion de la poste s'arrêta devant la maison. Nous vîmes le conducteur — un autre facteur cette fois — traîner quatre gros sacs postaux à l'intérieur. Craig, toujours étendu sur le divan, se mit à rire à s'en rendre malade.

— Ah, m'man, tu te rends compte ? C'est pas possible !

Puis ce fut le téléphone qui se mit à sonner. C'était Pauline, la réceptionniste de l'hôpital. On avait du mal à comprendre ce qu'elle disait, tellement elle riait.

— Marion, tu devrais venir voir le spectacle, ici, de mon bureau ! Les sacs postaux bloquent toute l'entrée ! Il y en a partout. Tu crois qu'Ernie peut venir les prendre ?

Ernie partit en voiture, puis aussitôt on frappa encore à la porte. J'avais presque peur de répondre. Cette fois, il s'agissait d'un homme à lunettes et moustaches, grand et agréable, qui se présenta comme Charlie King, le responsable de la distribution du courrier au bureau de poste de Wallington. Je l'invitai à entrer. Craig était assis sur une chaise dans un coin, l'air bien malade, et Charlie accusa le coup en le voyant. Je fais toujours confiance aux hommes qui n'hésitent pas à montrer leurs sentiments. Charlie me parut immédiatement sympathique.

Il s'assit sur le sofa en face de Craig :

— J'ai lu toute l'histoire dans le *Sun,* expliqua-t-il. Je voulais seulement savoir si vous saviez dans quoi vous vous étiez engagés. Êtes-vous sûrs de vouloir continuer ? Cela va vous demander beaucoup de travail.

Je savais qu'il avait de bonnes intentions mais je le pris mal :

— Bien sûr, je sais ce que je fais. Tout cela va l'aider à guérir. C'est ce que je veux. Ne vous inquiétez pas à notre propos. Nous allons nous débrouiller. Et puis, de quels problèmes parlez-vous ?

Je ne voyais pas ce qu'il voulait dire.

— Bien. L'une des difficultés est d'ordre très pratique : il va falloir compter les cartes.

Il se pencha vers nous :

— Où donc allez-vous les compter ? Qui va vous aider ? Vous n'allez pas pouvoir compter un million de cartes vous-mêmes. Cela vous prendrait des années...

Je haussai les épaules. Cela ne me paraissait pas un si gros problème.

— J'ai des tas d'amis, une famille adorable, répondis-je. Ils m'aideront. Et puis je demanderai au vicaire qu'il me prête le hall de l'église.

Charlie approuva :

— Bonne idée. Mais il va vous falloir organiser le comptage de façon très rigoureuse. Pour faire homologuer un record officiel, vous n'avez pas droit à l'erreur, sans parler de tricherie. Il va falloir s'y prendre comme pour le décompte des bulletins de vote lors d'une élection.

Je n'avais pas jusque-là envisagé le côté pratique de l'appel. Du coup, bien d'autres difficultés m'apparurent.

— Dites, Charlie, et que va-t-on faire de toutes ces cartes de vœux après les avoir comptées ?

Charlie regarda autour de lui et se mit à rire :

— Certes. Ça ne va pas être facile d'en mettre plus sur les murs !

— Je pourrais les entasser dans le garage, j'imagine.

Charlie secoua la tête.

— Il sera bientôt plein. Pour un million de cartes, il vous faudrait une douzaine de garages. Il nous faudra peut-être trouver une entreprise de recyclage de papier...

L'idée ne m'enthousiasmait pas. Ces cartes transmettaient de l'amour et de l'amitié.

— Ce ne serait pas juste de les détruire, répondis-je.

— Peut-être pas. Mais les entreprises de recyclage paient le papier qu'on leur donne, et cet argent pourra aider d'autres gens qui ont le cancer, fit-il remarquer. On pourrait aussi récupérer de l'argent à partir des timbres. Il y a des sociétés qui paient pour les timbres oblitérés — elles les classent et les vendent à des collectionneurs.

Charlie s'échauffait et s'enthousiasmait :

— Il faudra les décoller soigneusement, sans les déchirer. Je vais me renseigner pour savoir qui les vieux timbres peuvent intéresser.

Il regarda sa montre :

— Je dois partir.

Il se leva en touchant doucement l'épaule de Craig :

— Au revoir, Craig.

Il marqua une hésitation. Son émotion était manifeste.

— Ne vous inquiétez pas. Je vais vous aider.

Sur le seuil, il se retourna :

— Tout cela va durer longtemps, Marion. C'est le genre de choses difficiles à arrêter quand elles sont lancées. J'espère que vous n'allez pas le regretter.

— Certainement pas.

J'étais sûre de moi. Ce record aiderait Craig mieux que tout ce qui avait été fait jusque-là. Je le savais. Si j'avais eu quelque doute, l'expression de Craig à l'arrivée du camion, cet après-midi-là, m'aurait définitivement rassurée. Peu importaient les problèmes que nous allions devoir affronter, l'énergie que cela nous demanderait. Il nous fallait aller de l'avant.

La réponse à l'appel dépassa toutes les espérances de Brian Sadler. Il nous téléphona pour nous informer que toutes les lignes de Marsden étaient saturées et qu'ils avaient dû enregistrer un message sur un répondeur pour faire face à toutes les demandes d'informations sur Craig. En outre, selon lui, les cartes de vœux étaient en train de provoquer un petit problème administratif.

Je me rendis compte de ce qu'il voulait dire le vendredi en arrivant à Marsden avec Craig pour la consultation hebdomadaire. La pauvre secrétaire du service des appels de fonds, Jean, ne savait plus où donner de la tête. Il y avait des cartes partout, dans l'entrée, dans les couloirs... J'emportai un sac dans la salle de repos pour l'ouvrir en attendant Craig. Les autres mères trouvèrent l'idée excellente et m'aidèrent à les compter. Une demi-heure plus tard, le sol était jonché de cartes. Les bambins se roulaient dessus. Les enfants plus âgés en faisaient des maisons. Mes derniers scrupules à propos de leur jalousie supposée disparurent. Chaque jour voyait arriver son avalanche de cartes. La semaine précédente, Craig en récupérait trente ou quarante par jour. Il en arrivait désormais plus de dix mille par jour. Brian avait découvert que le record en la matière était détenu par un petit garçon du Leicestershire, Mario Morby, qui avait collecté des cartes postales. Le record à battre était de 1 000 265 cartes. Si je l'avais su quand le docteur Hayward avait évoqué le *Livre Guinness des records* pour la première fois, j'aurais vite renoncé ! Mais maintenant, en voyant le flot de sacs postaux arriver, le rêve devenait réalité.

Charlie avait raison. Il y en avait trop pour pouvoir les ouvrir nous-mêmes. Cette semaine-là, Papa, Carol, Thelma et Fred vinrent tous les soirs nous aider, et il nous fallut rester jusqu'à trois heures du matin pour ne réussir à en ouvrir que quelques milliers par jour. À la fin de la semaine nous en comptions 22 500, mais il y avait dans le garage une montagne de sacs de plus en plus imposante. Il nous fallait une aide d'une autre ampleur.

J'allai voir Bill, le vicaire de Tous-les-Saints, à Hackbridge, juste en bas de la route, qui accepta de nous prêter le hall de l'église pour le mardi suivant. À peine de retour à la maison, je pris mon carnet d'adresses et me mis à téléphoner aux gens en leur demandant s'ils pouvaient consacrer trois heures à ouvrir les enveloppes des cartes de vœux. Personne ne se défila. Les amis, les voisins, les connaissances, tous répondirent à l'invitation. Je fis appel à tous mes vieux collègues. Dans le passé, on riait de moi d'avoir tant de fers au feu, mais aujourd'hui, ça payait. Partout où j'avais travaillé, les gens acceptaient de venir : au restaurant de La Grange, au bar des Cavaliers à Wallington, au Liberty, dans Regent Street, au club de football de Chelsea, aux Péniches-Turques sur la Tamise, aux Assurances de l'Aigle royal, au Renard et aux Chiens à Carshalton... J'avais même une fois travaillé dans un club d'amaigrissement dont j'avais encore la liste des clients. L'état de ma silhouette me faisait hésiter — et puis zut, qu'ils se moquent de moi s'ils voulaient... Presque tout le monde accepta.

La campagne battait son plein. La radio locale parla de la nuit d'ouverture des enveloppes, et les journaux voulurent savoir comment nous nous en sortions. Le dimanche, comme Ruki me l'avait promis, le *Sun* envoya une grosse limousine chercher Craig. Il passa une merveilleuse journée à Wapping où il fit connaissance avec toute la rédaction et visita la salle des dépêches et les archives du journal. Il put même s'asseoir dans le fauteuil du rédacteur en chef, Kevin McKenzie. Ce dernier et Peter Cox, son assistant, le comblèrent d'attentions. Petex Cox nous donna même son numéro personnel (« Au cas où vous auriez besoin d'aide », avait-il dit). Mais la journée fut longue et Craig finit par flancher. On dut malheureusement renoncer à la réception prévue en son honneur. Mais on le prit en photo avec le gâteau où l'on voyait écrit en sucre glace : « Porte-toi bien » ainsi que le logo du *Sun*. À côté du gâteau, une reproduction de la première page du journal avec comme titre à la une : « Craig dirige la rédaction du *Sun*. »

La séance d'ouverture des enveloppes, le mardi, commençait à sept heures. Le hall de l'église était bondé quand nous arrivâmes, Craig et moi. Il y avait des douzaines de voitures garées dans la rue, au moins dix camions postaux et aussi, à ma surprise, un gros camion de la chaîne ITV. J'installai Craig dans son fauteuil roulant et nous pénétrâmes à l'intérieur. L'église avait été complètement transformée. Charlie avait fait venir toute son équipe de postiers de Wallington et ils avaient disposé avec l'aide d'Ernie de longues tables sur tréteaux tout autour du hall. Charlie, toujours très élégant dans son costume trois-pièces gris sombre agrémenté d'une cravate de soie claire, installait déjà les gens autour des tables en leur expliquant ce qu'ils auraient à faire. Il m'aperçut et s'approcha de moi, radieux :

— Nous avons trouvé une solution pour les timbres, m'annonça-t-il. La Fondation pour la recherche sur la leucémie va s'en charger.

Une centaine de personnes étaient venues, de huit à quatre-vingts ans. Beaucoup de visages familiers, de vieux amis, des gens du quartier et quelques surprises : je vis Brian Sadler au bout d'une table ainsi qu'un groupe d'infirmières du Royal Marsden. Mon amie Alison et son mari Norman étaient venus d'Harlow, de l'autre côté de Londres :

— Je ne pouvais pas manquer ça, fit-elle en riant. Pas après avoir été dans le coup dès le début.

Le comptage alla bon train pendant trois heures et demie. Charlie avait tout organisé comme une opération militaire. Les postiers déchargeaient les sacs du camion et les disposaient sur les tables ; ceux qui étaient préposés à l'ouverture devaient glisser un couteau dans les enveloppes et en vérifier le contenu pour voir s'il n'y avait pas d'argent ou de message particulier à l'intérieur. Puis on rassemblait les cartes en tas de deux cents qu'on entourait chacun d'un élastique. On replaçait les tas dans les sacs postaux qu'on transportait au bout du hall, là où John, notre facteur, les comptait en inscrivant le total en cours dans un livre de compte officiel. D'autres étaient chargés de décoller les timbres des enveloppes et de les ranger dans des boîtes placées au milieu de la table, prêts à être envoyés à la Fondation pour la recherche sur la leucémie. Les enveloppes déchirées étaient jetées dans des sacs-poubelle placés sous la table.

Je tenais à ce que les gens ne s'ennuient pas et s'amusent. J'avais apporté mes cassettes enregistrées afin qu'on puisse chanter en chœur tout en comptant. Cela fonctionna à merveille et l'ambiance était chaleureuse. Bientôt, le rythme de travail fut pris et tout le monde se mit à chanter ou à bavarder. De temps à autre quelqu'un criait : « Des cartes, encore ! » et un postier apportait un nouveau sac d'enveloppes fermées en échange des sacs-poubelle qu'il entassait dans les camions. Charlie avait installé un tableau noir au fond du hall et, toutes les demi-heures ou à peu près, il y inscrivait le nombre d'enveloppes dépouillées. À huit heures et demie on avait atteint les 21 000, à peu près autant que ce que nous avions compté toute la semaine passée.

Il y eut des murmures d'excitation quand les techniciens de la télé pénétrèrent dans le hall. C'était l'équipe de *Ce Matin,* de la chaîne ITV. Puis arriva l'équipe d'une chaîne française, TF1, et enfin celle de Sky TV — qui avait été informée de la soirée par Brian Sadler. Charlie s'était débrouillé pour que l'émission *Pat le facteur et Jess le chat* montre Craig avec des sacs de courrier : cela faisait des images télévisées splendides. Charlie profita de ce que les caméras tournaient pour lancer une requête :

— Nous espérons qu'il existe une entreprise de recyclage quelque part qui nous fera un don si nous lui apportons du papier, dit-il.

Le journaliste d'ITV lui promit d'essayer d'insérer son appel dans l'émission du lendemain.

Les cartes de vœux ne venaient pas seulement de Grande-Bretagne. Cette nuit-là, nous ouvrîmes des enveloppes qui provenaient de France, d'Allemagne, de Suisse et d'Amérique. Il y en avait de toutes formes et de toutes tailles. Il y avait les drôles, les mystiques, les faites à la maison, et quelques-unes qui avaient dû coûter très cher. La plupart ne portaient qu'un court message. Mais certaines enveloppes contenaient de longues lettres que je rassemblai pour les lire plus tard à Craig, à la maison. Plusieurs contenaient de l'argent — des détenus de l'atelier de menuiserie de la prison de Wandsworth avaient envoyé un chèque de 50 livres destiné au service Princesse Chula. Il y avait des chèques plus modestes, des mandats postaux, des billets et parfois même des pièces. Nous réunîmes toutes ces sommes dans une boîte spéciale marquée « Royal Marsden », destinée à Brian Sadler.

J'espérais qu'il arriverait des cartes de gens célèbres et je ne fus pas déçue. Tôt dans la soirée, mon amie Jean agita soudain le bras :

— En voici une de Des O'Connor, s'écria-t-elle.

Il y eut des hourras et je me précipitai pour montrer la carte à Craig. Il y avait un message manuscrit :

Cher Craig, j'espère que tu vas battre le record — j'ai moi-même battu quelques records dans ma vie...

Je rangeai soigneusement le message dans mon sac à main. Vingt minutes plus tard, quelqu'un d'autre leva la main :

— J'ai une carte de Seve Ballesteros !

Cette fois-ci, ce fut Ernie qui se précipita. Il était dingue de golf. Peu après, l'un de mes ex-candidats au régime amaigrissant apporta une carte :

— Regarde, Craig, en voici une de Linford Christie.

Puis il y eut celle de Tessa Sanderson, puis celle de Henry Cooper.

Brian Sadler faisait grand cas des cartes venant des célébrités.

— Cela peut être utile un de ces jours. Ne les perdez pas, nous dit-il.

Il fit à Craig un sourire complice :

— Le bruit court, à Marsden, qu'une carte de vœux du président Gorbatchev est en route. Ne me demande pas comment je le sais, mais ouvre grands tes yeux.

Dix heures. L'heure à laquelle, en principe, nous devions arrêter. L'heure passa. Personne n'avait envie d'arrêter.

— C'est encore plus excitant que le loto, dit l'une des pensionnaires du club de Thelma.

Finalement, à dix heures et demie, Charlie déclara que cela suffisait pour aujourd'hui. Pendant que chacun rangeait les dernières enveloppes déchirées, il se leva et annonça que depuis sept heures nous avions ouvert 43 000 enveloppes. Avec ce que nous avions déjà décacheté jusque-là, cela faisait un total de 69 000. Tout le monde jubilait. Ça riait et plaisantait de partout.

— Quand est-ce qu'on remet ça, Mal ? lança quelqu'un.

Le nettoyage du hall et le rangement des tables promettaient de prendre au moins une autre heure, mais Charlie insista pour que nous ramenions Craig à la maison.

— Il est fatigué. Envoyez-le au lit. Je rangerai tout.

Il promit de déposer les cartes ouvertes dans mon garage le lendemain — il avait beau dire, elles me semblaient trop précieuses pour devoir être recyclées. Charlie expliqua qu'il pouvait emporter les enveloppes déchirées au centre de tri :

— Pour le moment on pourra les stocker à la cantine de la poste, proposa-t-il.

Le film réalisé par ITV sur la séance d'ouverture des cartes avec les interviews de Charlie et de Craig passa pendant l'émission du lendemain matin. Nous nous attendions que la publicité télévisée nous aide à faire monter le nombre de cartes, mais cela nous aida aussi d'une autre façon. L'après-midi, la société de surveillance et de convoyage de fonds de Sutton envoya quelqu'un chez nous. L'homme nous dit que sa patronne était alitée chez elle, qu'en regardant les programmes télévisés de la journée elle était tombée sur l'appel de Charlie à propos du papier et qu'elle voulait nous aider. L'une des activités d'appoint de la société de surveillance semblait être le recyclage du papier. L'homme promit de prendre les enveloppes déchirées directement à la poste et de payer le Royal Marsden pour chaque tonne recyclée. Tout se mettait en place.

Je dus attendre le soir pour avoir enfin l'occasion de m'asseoir et de jeter un coup d'œil sur les lettres que j'avais récupérées la veille. Je me mis à les lire à Craig et fondis bientôt en larmes. Craig leva les yeux au ciel. Sa mère était décidément trop sentimentale ! Mais c'était plus fort que moi. Les lettres étaient vraiment très émouvantes. Tous les élèves d'une école de Belfast avaient envoyé une lettre ou une carte. Un petit garçon de cinq ans, qui s'appelait Craig lui aussi, disait qu'il avait dépensé tout son argent de poche pour sa carte de vœux. Il y avait même un poème et une longue lettre venant d'un détenu de la prison de Shepton Mallet, dans le Somerset :

J'ai lu ton histoire dans le Sun, *et nous prions tous pour que ton âme reprenne son élan. Vas-y, fiston, fais en sorte de te retrouver dans le* Livre Guinness des records. *Nous sommes peut-être en prison, mais nous avons du cœur, comme tous les autres hommes.*

— Je dois répondre à certaines de ces lettres, dis-je à Ernie.

— Ma chérie, tu n'en auras pas le temps, protesta Ernie. Et puis, nous ne pourrons pas payer l'affranchissement. Il doit bien y avoir une centaine de lettres ici. Cela nous reviendra au moins à vingt livres de répondre à toutes.

Charlie vint à la rescousse. Il me suggéra de rédiger une lettre de remerciement standard.

— Je trouverai bien quelqu'un au bureau qui la tapera et la tirera. La poste vous fournira deux mille enveloppes déjà affranchies, dit-il.

Charlie, c'était vraiment la perle des perles.

— Ne soyez pas bête, dit-il quand je voulus le remercier. La poste fait de bonnes affaires avec toute cette histoire. La moindre des choses est d'en rendre une petite partie.

Ce cher Charlie faisait bien plus que rendre une petite part. Il s'impliquait de plus en plus à nos côtés, non seulement sur son temps de travail, mais sur son temps libre. Dès le lendemain de la première séance de dépouillement, il contacta une société à Harlow et lui demanda de nous prêter deux grosses machines à ouvrir les enveloppes. Cela nous permettrait d'en ouvrir beaucoup plus en une seule séance. Le même jour, il contacta le Club de football unifié de Sutton, dont il était membre, et lui demanda de nous prêter sa salle de matchs pour une prochaine séance. Je fus très soulagée de leur accord. La première séance avait si bien marché qu'il était évident qu'il faudrait en organiser d'autres. Mais l'église de Hackbridge n'était vraiment pas assez grande. Dans la salle de foot, on pourrait caser au moins le double de personnes. Charlie la retint pour les mardis soir et les dimanches matin.

— Il y a désormais au moins 200 000 cartes qui attendent d'être comptées au tri postal, dit-il. Il nous faudra au moins deux séances par semaine pour en venir à bout. Peut-être même trois.

En se chargeant de louer des salles, Charlie m'enleva un grand poids des épaules. J'avais déjà mon compte avec les journalistes. Craig était devenu la coqueluche des chaînes de télé et de radio. Le téléphone n'arrêtait pas, tout le monde voulait l'interviewer. Je ne disais jamais oui sans le lui demander car je ne voulais pas le surmener. Mais quand on nous proposa qu'il aille dans les studio d'ITV ce vendredi pour passer à *Bonjour, Grande-Bretagne* avec Mike Morris et Richard Keys, je savais qu'il n'y avait aucun risque qu'il refuse. Il adorait les interviews, quel qu'en soit le moment. Passer à la télévision en tant qu'invité célèbre, c'était un véritable rêve éveillé.

Il allait mieux. Le départ fut matinal et Craig était fatigué — la voiture d'ITV était venue le prendre à six heures —, mais sur place il était déjà tout ragaillardi. Richard Keys lui posait des questions et Craig n'avait pas du tout le trac. Il était parfaitement décontracté et il sortit d'une seule traite — je lui soufflai quelques faits et chiffres — le nombre de cartes de vœux déjà ouvertes, les célébrités qui en avaient envoyé, etc.

Richard et Mike Morris lui donnèrent chacun une carte de vœux, puis lui demandèrent de qui il souhaiterait en avoir une.

— De la reine, répondit-il.

Après l'émission, nous dûmes retourner à Marsden pour la visite de contrôle. Craig était sur la balance quand le chef de clinique se montra à la porte avec un grand sourire. J'avais encore le maquillage de la télévision, je devais ressembler à Joan Collins dans l'un de ses mauvais jours et je crus que c'était mon accoutrement qui le faisait sourire, à moins qu'il ne nous ait vus à la télé. Mais non. Il souriait à quelque chose de beaucoup, beaucoup plus important :

— J'ai de bonnes nouvelles, madame Shergold, dit-il. Les derniers scanners montrent que les métastases de la moelle épinière de Craig ont complètement disparu.

Je poussai un cri de bonheur. Depuis la fin des séances de rayons, je n'avais aucune idée de l'état de Craig. Je n'avais pas posé une seule question aux médecins, dans la crainte d'une mauvaise réponse. La chirurgie et la chimiothérapie avaient toutes deux échoué contre le cancer de Craig. Je savais que, si la radiothérapie échouait à son tour, il n'y aurait rien d'autre à faire.

Le chef de clinique me rendit mon sourire — lui-même heureux comme un enfant. Je lui pris la main :

— C'est grâce aux cartes de vœux, dis-je. Ce sont tous ces gens qui ont prié pour Craig. Vous savez quoi ? C'est un miracle.

C'est ce que je pensais vraiment, sincèrement.

Je ne posai aucune question sur la tumeur au cerveau. Je ne voulais pas gâcher mon bonheur. Je me dis simplement : « Pas de nouvelles, bonnes nouvelles... »

La nouvelle que les métastases avaient disparu me donna un coup de fouet. Les jours qui suivirent, je fis preuve d'une énergie que j'avais perdue depuis des mois. Je voulais remercier toutes les personnes qui avaient écrit à Craig et leur dire le résultat de leurs lettres et cartes de vœux. Je repris l'idée de Charlie et rédigeai une lettre de remerciement type. Il revint le lendemain avec deux mille exemplaires ; il y avait un grand espace au bas de la page pour me permettre d'ajouter un petit message personnel. Au lieu de me contenter de signer et d'ajouter un mot bref, je remplissais la page à n'en plus finir, persuadée qu'il serait grossier d'en faire moins. Cela occupa le plus clair de mes journées pendant longtemps. Quand je n'ouvrais pas des enveloppes, j'écrivais des lettres.

Une nouvelle séance de dépouillement fut à nouveau un grand succès. À la fin, à deux heures et demie de l'après-midi, au moment de ranger mes cassettes de chansons, nous avions ouvert 59 000 enveloppes. Manifestement, tout le monde s'était bien amusé, et Charlie annonça qu'on recommencerait le mardi soir.

La liste des stars qui écrivaient à Craig s'allongeait. Cette fois-ci, la boîte « Célébrités » contenait des cartes de vœux de George Cole et Dennis Waterman. Nous n'avions pas encore trouvé la carte de M. Gorbatchev, mais nous étions tombés sur celle de la duchesse d'York ! Elle avait glissé dans l'enveloppe l'un de ses florilèges et un mot manuscrit : *Cher Craig, guéris bien vite. J'espère que cette carte ajoutera à ta collection. Bonne chance et bien à toi, Sarah.*

Craig jubilait. Il fut encore plus heureux en découvrant la carte de vœux du capitaine Al Haynes, un pilote de ligne américain qui, trois mois auparavant, avait sauvé ses passagers de la noyade quand son avion s'était abîmé dans une rivière de l'Iowa. Le capitaine Haynes ne se contenta pas de lui envoyer une carte de vœux : il envoya ses galons de pilote, ceux qu'il portait au moment de l'accident. *J'espère qu'ils te porteront chance autant qu'à moi*, écrivait-il. Craig les accrocha à la place d'honneur sur le mur de sa chambre.

Un camion postal livrait à la maison environ dix sacs par semaine. Je stockais les cartes décachetées à la maison et le garage commença à déborder. Quand la porte de celui-ci refusa de s'ouvrir, Charlie prit une décision. La poste stockerait les cartes et les ferait livrer par camion directement sur les lieux de dépouillement. Vu le volume du courrier, Craig disposait désormais d'un ordinateur exprès pour lui au centre de tri de Mount Pleasant.

— Ça, c'est quelque chose ! commenta Charlie.

Normalement, seuls les comtés du département

pouvaient disposer d'un ordinateur. C'était la première fois qu'on en attribuait un à une personne. Même la reine n'avait pas d'ordinateur pour elle toute seule à la poste !

Le mardi, les scouts de Carshalton participèrent à une séance de dépouillement dans le hall de leur église, et grâce à eux on atteignit les 160 000 cartes. Mais nous n'arrivions pas encore à contenir le flot de ce qui arrivait. Le bureau de poste estimait qu'il y avait environ 200 000 cartes en attente. Toutes n'étaient pas des réponses à la publicité faite dans les journaux. Certaines provenaient d'entreprises comme ICI, Shell, McDougall et Kwikfit, qui avaient installé des points de collecte dans leurs usines et leurs ateliers. La salle de loto locale, les supermarchés, les églises et les postes de police avaient aussi leurs points de collecte. Les commerçants du marché de Croydon firent mieux encore. Ils ne se contentèrent pas d'installer un tronc pour la collecte, ils donnaient à tous ceux qui achetaient cinq kilos de pommes de terre une carte de vœux gratuite destinée à Craig.

L'appel fit boule de neige. Les brigades de pompiers du quartier envoyèrent des fax aux casernes de pompiers de tout le pays en leur demandant d'envoyer des cartes. Les banques demandèrent à leurs employés d'en faire autant.

Le vendredi, Craig ouvrit une enveloppe qu'il avait prise dans l'un des sacs que j'avais rapportés à la maison et poussa un cri :

— Ah non ! C'est pas vrai !

Mon cœur se mit à battre. Je vis que l'enveloppe contenait une lettre, pas une simple carte, et craignis qu'il ne s'agisse d'un fou. Il n'y en avait eu qu'un jusqu'à présent, mais cela suffisait. Il avait écrit que Craig avait dû être très méchant dans une vie antérieure et que le cancer était sa punition. Heureusement, ce n'était pas Craig qui l'avait ouverte, mais cela m'avait rendue nerveuse. Je lui pris la lettre des mains et la lus rapidement. Elle était tapée à la machine :

Cher Craig,

Je viens juste d'apprendre que tu as été hospitalisé et j'ai voulu t'écrire immédiatement pour te souhaiter de guérir. Personne n'aime aller à l'hôpital, mais je vois que tu as de quoi t'occuper et j'espère que ce message t'aidera à réussir ton objectif.

Je t'envoie mes sentiments les plus chaleureux, à toi comme à ta famille et à tous ceux qui s'occupent de toi à l'hôpital Royal Marsden. Je t'embrasse avec tous mes meilleurs vœux...

Margaret Thatcher.

Je poussai un hurlement à briser les carreaux :

— T'as réussi, Craig. T'as réussi !

J'encadrai la carte du Premier ministre puis la mis à la place d'honneur sur la cheminée. Craig baigna dans l'euphorie tout le reste de la matinée. Il riait de bonheur, moi aussi. Le téléphone sonna à midi :

— Marion ? C'est Brian Sadler. Avez-vous entendu parler de Donald McFarlane ?

— C'est qui, cet oiseau-là ?

— C'est l'éditeur du *Livre Guinness des records.*

Il marqua une hésitation.

— Vraiment, on ne vous a rien dit ?

— Non. De quoi s'agit-il ?

— Donald McFarlane a déclaré ce matin que Craig ne serait pas autorisé à entrer dans le *Livre Guinness* même s'il battait le record.

— Quoi ?

Je m'assis sur les marches de l'escalier.

— Il a fait une déclaration à la presse ce matin.

Brian continua :

— Le mieux serait que je vous lise ce qu'il a dit, non ?

Il marqua une pause et continua :

— *Nous savons, par la longue expérience que nous avons de situations similaires, que ce type d'appel peut devenir incontrôlable. À long terme, cela provoque plus de détresse que de réconfort.* Voilà, c'est tout. Je ne sais quoi dire, Marion. Qu'en pensez-vous ?

Difficile d'exprimer ce que je pensais. J'étais livide. Atterrée.

Craig m'avait entendue répondre au téléphone, et il me fallut bien lui dire de quoi il retournait. Ses traits se décomposèrent :

— C'est des minables, m'man !

— T'en fais pas, chéri. Ne laisse pas tomber, lui dis-je. Si tu crois que je vais me laisser faire !

Le téléphone n'arrêtait pas. Tous les journaux étaient au courant de la nouvelle et voulaient connaître ma réaction.

— Qu'en pensez-vous, Marion ? Qu'allez-vous faire ?

Quand je leur fis savoir que j'allais contester la décision de Donald McFarlane, la plupart des gens m'assurèrent de leur soutien. Pas tous cependant. Le jour même, un peu plus tard, j'eus un appel très chaleureux d'Esther Rantzen :

— Marion, Donald McFarlane se soucie de votre intérêt véritable, expliqua-t-elle. Cet appel pourrait vous valoir des tas de problèmes. Les gens du *Guinness* craignent que vous ne fassiez une dépression nerveuse si vous continuez là-dedans.

— Que savent-ils des dépressions nerveuses ? répliquai-je. J'en ai fait une il y a un mois. J'ai l'habitude.

Elle se mit à rire :

— Oui, évidemment. Mais là, c'est un peu différent. Vous risquez de ne pas pouvoir faire face à tout cela.

— Mais si. Je ferai tout ce que je pourrai pour que Craig aille mieux. C'est cela mon objectif, pas le *Guinness,* et je ne me fais pas de bile.

— Ce n'est pas si simple, dit-elle tranquillement. Le dernier couple qui a tenté quelque chose de ce genre pour son fils ne s'en est pas sorti. C'était trop pour eux. Après coup ils auraient préféré ne pas l'avoir fait.

Mais je connaissais déjà l'histoire.

— Personne n'a soutenu cette famille-là, répondis-je. En ce qui nous concerne, nous avons sollicité l'aide de tas de gens, et des centaines de personnes viennent nous aider chaque semaine. Ces gens-là *veulent* que ça marche. Dans ces conditions, pourquoi faudrait-il que le *Guinness* les décourage ?

Peu après Ruki téléphona de la salle de rédaction du *Sun.* Elle semblait très inquiète :

— Qu'allez-vous faire, Marion ? Allez-vous continuer ?

— Évidemment, rétorquai-je. Ce serait fichtrement idiot de ne pas persévérer. C'est comme si j'avais gravi la moitié de l'Everest et que je disais : « M... alors ! J'en ai plein le dos, je redescends. » Non, ce n'est pas maintenant que je vais arrêter. Et puis, comment le pourrais-je ? Mon garage est sur le point d'éclater. Il y a des sacs de lettres partout. Si j'arrêtais maintenant, ce serait laisser tomber tous les gens qui nous ont aidés.

— Bien, dit Ruki. N'oubliez pas que nous sommes avec vous.

La plupart des gens se rangèrent de notre côté. La décision du *Guinness* indigna tout le pays. J'eus même des appels venant de policiers m'annonçant qu'ils faisaient circuler une pétition dans leur poste de police. À la fin de la semaine, Derek Jameson nous invita à une confrontation, Donald McFarlane et moi, pendant son émission de radio. Il demanda à Donald les raisons de la décision du *Guinness*. Donald McFarlane répondit qu'ils avaient pour nouvelle politique de ne plus accepter les records battus à la suite d'appels dans les médias.

— Allons, vous voyez bien que dans ce pays le grand public veut que ce petit garçon batte son record, lui dit Derek Jameson.

Mais Donald n'en démordait pas. Il dit que le *Livre* ne reconnaîtrait que ce que Craig avait obtenu par lui-même, et pas ce qu'il avait demandé de faire aux autres.

— Si je comprends bien, rétorqua Derek, si Craig était capable de s'asseoir pendant vingt-quatre heures d'affilée en haut d'un mât dressé dans le bar du parking du coin, vous lui feriez une place dans le *Livre Guinness des records* ? C'est bien ça ?

Donald McFarlane reconnut qu'ils prendraient en compte ce type de record.

— Qu'en dites-vous, Marion ? fit Derek Jameson.

Je lui répondis seulement où Donald McFarlane pouvait se mettre son fichu mât.

À la suite de cette émission, la ligne téléphonique du *Guinness* fut saturée d'appels de protestations, et Brian Sadler me dit que Marsden avait reçu des lettres de colère. Ruki avait contacté le *Livre des records alternatif* et me téléphona qu'ils étaient prêts à accepter de publier son record. Mais ça ne me convenait pas. L'objectif, ça avait toujours été le *Guinness*. Pourquoi faudrait-il les laisser se défiler ?

— C'est un livre public, dis-je à Ruki. Sans le public, leur livre n'existerait pas. Ils ont besoin d'avoir l'avis des gens. Ils ont besoin de venir passer trois heures à une séance d'ouverture d'enveloppes.

L'article de Ruki dans le *Sun* était intitulé : « Les mesquineries du *Guinness*. » Cela ne servit à rien.

Donald McFarlane campait sur ses positions. Il déclara qu'il n'était pas près de changer d'avis. Peu lui importait le nombre de cartes que Craig pourrait recevoir, il ne lui ferait pas une place dans le *Livre Guinness des records.* C'était comme ça, et pas autrement. Selon lui, en ce qui concernait le *Guinness,* l'affaire était close.

Nous avions retenu une salle pour la prochaine séance de dépouillement. Ernie et moi devions prendre une décision. Ernie, comme Craig, était déçu, mais contrairement à moi il n'en faisait pas une maladie et il me laissa la décision. Ce ne fut pas difficile. Ces cartes de vœux aidaient mon Craig à lutter contre le cancer, et c'était cela qui me motivait en premier, bien plus que le record lui-même. Je téléphonai à Charlie :

— Prévenez tout le monde que la réunion de dimanche au Club unifié de Sutton est *maintenue*, lui dis-je. Nous allons continuer de compter, comme si de rien n'était.

11

En arrivant dans la salle d'entraînement du Club unifié de Sutton, le dimanche matin, je vis que tout le monde errait ici et là sans savoir quoi faire. Ils étaient dans l'expectative. Je pris une profonde inspiration et levai le poing :

— Que le *Guinness* aille se faire f... ! hurlai-je. Le record, nous l'aurons !

Le hall explosa d'enthousiasme. Ma vieille Peggy se précipita vers moi et me gratifia d'un gros baiser.

— Y t'connaissent pas, Mal. La mère de not' Craig, y connaissent pas, hein, camarades ? On va leur montrer !

Ce matin-là, nous découvrîmes avec les cartes des tas de lettres qui disaient : *N'abandonne pas.* Quelqu'un avait envoyé tout un éventail de cartes avec ce petit mot : *J'espère que je ne triche pas en envoyant quinze cartes d'un coup, mais il faut bien ça pour ton retour au* Guinness. Tous les journaux avaient envoyé une carte de soutien. Le *Daily Express* avait même envoyé à Craig un déguisement de l'ours Rupert.

— Ce Donald McFarlane, il ferait bien de venir voir comment ça se passe ici, dit Charlie.

Nous comptâmes soixante mille cartes ce jour-là. Le mardi suivant, deux cent cinquante personnes vinrent se relayer et nous atteignîmes les soixante-dix mille. Mais ça ne suffisait toujours pas. Selon Charlie, deux cent mille cartes arrivaient chaque semaine. Pour le reste du mois d'octobre, nous décidâmes d'organiser trois séances de dépouillement par semaine et de faire appel à encore plus de volontaires.

Cela n'enchantait pas trop Charlie. Il craignait qu'en invitant trop d'étrangers une partie de l'argent et des cadeaux ne disparaissent des enveloppes. Jusqu'à ce qu'il en parle, il ne m'était jamais venu à l'esprit que des bénévoles puissent être tentés de voler quoi que ce soit. De toute façon, ce n'était pas le moment de se poser des questions sur les motivations des volontaires. On avait autre chose à faire. Je répondis à Charlie que celui qui serait malhonnête aurait du mal à vivre avec cela sur la conscience.

La liste des personnes célèbres qui avaient écrit à Craig s'allongeait. Je décidai de donner un petit prix — une plante verte ou une boîte de chocolats — à la personne qui mettait la main sur la carte la plus « célèbre » de la séance. À la fin du mois on pouvait trouver dans la boîte des « célébrités » des cartes des Rolling Stones, de Sean Connery, de Roger Moore, Eric Clapton, Neil Kinnock, Ronald Reagan (avec une lettre d'une jolie écriture manuscrite de Nancy Reagan), Richard Gere, Tom Cruise, Tom Jones (c'est moi qui découvris celle-ci !) et Arnold Schwarzenegger *(Bandez vos muscles !)*. Craig était impressionné par tous ces grands noms, mais lorsqu'une journaliste lui demanda de qui venait la carte qu'il préférait il n'hésita pas une seconde :

— De Buster Merryfield... répondit-il.

— De qui ? fit la journaliste interloquée.

Craig eut un regard de commisération :

— Vous savez bien — c'est l'oncle Albert, dans *Pour les rigolos et les chevaux seulement*.

Craig adorait les soirées de dépouillement et venait aussi souvent qu'il pouvait. Après la fin des séances de rayons, il dut rester à la maison car il y avait du vent et il faisait froid. Du coup, il passait beaucoup de temps avec les adultes. Lee, son copain, venait le voir tous les jours, mais ses autres camarades d'école commençaient à lui manquer sérieusement. Les séances de dépouillement étaient l'occasion de les retrouver et de refaire partie de la bande. Tous s'étaient habitués au crâne chauve de Craig et personne ne le dévisageait comme cela se passait quand nous sortions. Quand il en avait assez de compter, il se promenait autour des tables en racontant des blagues.

— Pourquoi Frankenstein ne peut-il avoir d'enfants ? demandait-il innocemment. Puis, en pouffant :

— Parce qu'il a ses *nuts* [1] dans le cou !

Craig ne pouvait toujours pas rester jusqu'au bout. Vers neuf heures ses yeux se fermaient tout seuls, mais l'heure passée avec tout ce monde lui faisait un bien fou. La gaieté et l'excitation le rendaient rouge de plaisir.

Les séances au club de football n'étaient pas les seules. Tout le monde voulait désormais être de la partie. Les scouts locaux comptaient les cartes dans le hall de l'église de l'évêque Andrew. De la même façon, parents et enfants se retrouvaient à l'école de Craig. Brian, le vicaire qui avait marié Steve et Sharon, organisait des séances de dépouillement dans le hall de l'église St. Peter. Et il n'y avait pas que les gens de notre quartier qui s'y mettaient. Notre amie proche, Brigitte St. John, avait recruté tous ses amis de l'église baptiste de Guildford, à

1. Jeu de mots intraduisible fondé sur le double sens de « *nuts* » en anglais : familièrement, les « couilles », mais aussi les « écrous » qui fixent les vis dans le cou de Frankenstein. *(N.d.T.)*

vingt kilomètres de là. Ils récupéraient près d'une centaine de sacs par semaine au bureau de poste et les retournaient quelques jours après en paquets de deux cents bien ficelés, dix paquets par sac. Charlie avait été strict à ce sujet :

— On ne sait jamais, les gens du *Guinness* finiront peut-être par changer d'avis. Il ne s'agit pas d'être blackboulés parce qu'on n'aura pas suivi les règles.

Le comptage des cartes devint une drogue pour quelques-uns. On en vit, à la salle du club de foot, qui se mirent à emporter des sacs chez eux entre les séances. June, une dame qui habitait Willesden, prit l'habitude de compter les cartes toute la nuit dans son lit. Les gens de Willesden travaillaient beaucoup pour nous. La sœur de Brigitte St. John, Mary Hurry, y habitait et trouvait toujours de fameuses idées pour enrôler plus de gens.

— Et si l'on organisait une séance-marathon qui dure toute la nuit ? proposa-t-elle un jour. Je pourrais obtenir qu'on fasse de la publicité pour ça à la radio.

Je donnai mon accord et Mary prit les choses en main.

On évoqua le comptage-marathon à l'émission de Jameson et Chris Tarran. Radio Première en parla à son tour. Les cibistes du coin, eux aussi, se passèrent le mot.

Les cartes que nous recevions maintenant n'étaient plus du genre standard. Les gens se creusaient la tête pour les personnaliser. L'une d'elles, de la taille d'un terrain de football, nous arriva en différents morceaux séparés. Une autre, de 120 mètres de long, avait été imprimée sur du papier listing pour ordinateur. Il y avait aussi des cartes miniatures. Quelqu'un en avait envoyé une à Craig de la taille d'un timbre poste avec un message qu'on ne pouvait lire qu'à la loupe. Il y avait celles qu'il pouvait porter, en forme de chapeau, de T-shirt. Il y en avait qu'il pouvait manger, sous forme de pizzas, de miches de pain, de biscuits géants. Un Allemand lui envoya même un morceau du mur de Berlin avec l'inscription « Porte-toi bien », et un habitant de l'île de Pâques lui fit parvenir un message écrit sur une noix de coco.

L'île de Pâques... On ne nous en avait pas encore envoyé de si loin mais les cartes nous venaient de partout dans le monde. En une seule séance, nous pouvions avoir ainsi des nouvelles des cinq continents. Nos progrès en géographie devinrent spectaculaires.

— C'est où, ça, le Swaziland ? demandait quelqu'un.

C'était le plus souvent Pat, ma belle-sœur, ou Kathleen, ma cousine, toutes deux bonnes en géographie, qui donnaient la réponse. Quand elles ne savaient pas, on regardait sur le planisphère que Charlie avait accroché derrière la grande machine à ouvrir les enveloppes.

À la fin de chaque séance de nuit je ramassais les boîtes « spéciales ». Charlie ou John portaient dès le lendemain la boîte « Argent » destinée à l'hôpital Marsden au bureau des appels de fonds. Les chèques continuaient d'arriver, et l'hôpital avait ouvert au nom de Craig un compte intitulé : « Appel Craig Shergold en faveur du Royal Marsden ». On comptait l'argent dans la salle du club, et vers la fin du mois d'octobre j'estimai qu'on devait avoir envoyé à Marsden plusieurs milliers de livres, entre les chèques, les mandats et les petites pièces que les enfants et les retraités scotchaient sur leurs cartes. Tous les dons n'arrivaient pas directement. Plusieurs grandes entreprises étrangères nous écrivirent pour nous dire qu'elles avaient fait des dons à des fondations contre le cancer, dans leur propre pays, au nom de Craig.

Le plus souvent j'emportais les autres boîtes à la maison pour en classer le contenu plus tard. Il me fallait parfois des heures pour les examiner. La boîte des « Comiques » ne posait généralement pas de gros problèmes. Je collais ces cartes-là sur les murs, où je pouvais. Les plus drôles venaient de Hollande ou d'Inde. Les enveloppes indiennes arboraient souvent un beau portrait de Craig pour laisser sauter comme un ressort une grenouille ou une souris quand on les ouvrait.

Le contenu de la boîte « Cadeaux » prenait plus de place. La chambre de Craig était pleine d'animaux en peluche et nous décidâmes de donner les autres aux enfants du service Princesse Chula. Nous ne recevions pas que des jouets en peluche. Il y avait aussi des kilos de bonbons et des douzaines de barres de chocolat, sans parler des livres, des cassettes vidéo, et littéralement des centaines de cassettes à écouter. Les enregistrements étaient de toutes sortes, de la musique, mais aussi des chants d'oiseaux ou le bruit de la mer. Il y avait également des enregistrements « curatifs » où quelqu'un récitait des pensées positives à propos du cancer, souvent en langue étrangère. Nous reçûmes même des chansons écrites tout spécialement pour Craig.

Malheureusement, il y en avait trop pour les écouter toutes. Pour ce faire, Craig aurait dû se brancher une année entière sur son lecteur de cassettes. Mais je les gardai et me promis de les passer plus tard, quand nous aurions le temps. Je n'avais aucun système de classement. Ce n'est pas mon fort. J'entassais tout dans des boîtes que j'empilais ensuite dans le placard sous les escaliers.

La boîte « Objets sacrés » me prenait encore plus de temps que la boîte « Cadeaux ». J'avais inauguré cette boîte pour rassembler les cartes religieuses qui parlaient des cierges allumés et des messes dites en l'honneur de Craig, dans les églises catholiques de toute l'Angleterre. Mais je ne m'attendais pas à recevoir autant de messages d'autres religions. Les mormons, les hindouistes, les bouddhistes, les musulmans... tous avaient envoyé quelque chose à Craig. Nous reçûmes un peu de cendres sacrées en provenance d'une montagne de l'Inde avec l'instruction de faire un cercle de cendre autour de Craig et de lui en mettre un peu sur le front (ce que je fis quand il fut endormi — il se demande toujours pourquoi il s'est réveillé le visage sali le lendemain matin). Nous parvinrent aussi des petits bouddhas de plâtre ; une mélopée, *Nam Myoho Renge Hyo* que Craig était censé répéter six fois par jour. Comme pour les cassettes, je me refusais à jeter ces objets sacrés, même les plus bizarres. Des gens avaient pensé qu'ils pourraient aider Craig, ce n'était pas à moi de dédaigner leur offrande.

La plupart des présents de la boîte « Objets sacrés » provenaient de catholiques. Le plus souvent d'Italiens catholiques. Ils envoyaient toutes sortes de choses : des croix, des rosaires, des médaillons représentant des saints (que je mettais sous l'oreiller de Craig) et de belles madones. Il y avait un jésus portant sa croix et une crèche, sculptés à la main dans du bois par des enfants. Une lettre arriva d'une femme italienne qui disait être la première personne à avoir vu une statue de Marie en train de pleurer. Nous reçûmes des douzaines de bibles et de nouveaux testaments. Je me demandais quoi en faire. Combien de bibles Craig allait-il lire ? J'en donnai quelques-unes à ceux qui venaient régulièrement aux séances et à qui cela ferait plaisir. J'envoyai le reste à Brian pour l'église St. Peter.

On nous envoyait aussi des litres d'eau bénite, pas seulement de Lourdes, mais de toutes les sources sacrées du monde. Je les stockais dans ma salle de bains, de façon à pouvoir en asperger Craig chaque soir avant qu'il aille se coucher.

Parfois, je trouvais un médicament miracle dans la boîte « Objets sacrés » : des lotions et des potions accompagnées d'un message préconisant de les faire boire à Craig ou de lui en frotter la tête. Là, j'étais plus méfiante. Un Russe envoya à Craig un flacon contenant un champignon vivant conservé dans un liquide jaune agrémenté de grumeaux noirs, qu'il était censé boire ! Il y avait aussi une bouteille de sirop rouge venant de Hongrie avec un mot disant : *Cela guérira votre fils.* Il n'était pas précisé comment l'utiliser. Stupidement j'en goûtai une gorgée et faillis me brûler la langue. Je ne pus rien manger pendant deux jours. Il y eut aussi un pot rempli d'une épaisse substance confectionnée à partir d'extraits de betterave. Et puis les boîtes de thé, les vitamines, les mouchoirs imprégnés d'huile, une poudre à l'odeur étrange en provenance de Pologne que Craig devait mettre dans son thé, des algues séchées d'Alaska, sans oublier une ordonnance indienne qui prescrivait un régime selon lequel Craig devait boire sa propre urine ! Les herbes ont peut-être leur utilité, mais il n'était tout de même pas question que je prenne Craig pour un cobaye.

La boîte des lettres fut la plus longue à dépouiller. Après le bruit fait autour de l'affaire *Guinness,* nous recevions de plus en plus de lettres jointes aux cartes. Certaines venaient de gens dont le geste me surprenait : d'hommes d'affaires à la tête froide, de médecins, de personnes qui avaient elles-mêmes eu un cancer. Nous recevions aussi de plus en plus de lettes de détenus — y compris celle d'un condamné à mort, en Amérique *(Craig, je pense que tu as le pouvoir de me pardonner pour tous les meurtres que j'ai commis...).*

Une société israélienne nous écrivit qu'elle avait

fait planter des arbres en l'honneur de Craig, ce dont je fus très fière.

Bon nombre de lettres me faisaient pleurer, surtout celles qui venaient de gens ayant perdu un ami proche ou un parent malade du cancer et qui voulaient des conseils. Je n'avais aucune compétence pour les aider mais il me semblait devoir néanmoins essayer. Assise dans mon lit, je griffonnais des réponses pendant qu'Ernie ronflait à côté de moi. Je ne pouvais répondre à toutes, c'est pourquoi je choisis les lettres dont l'écriture était tremblée et qui semblaient venir de personnes âgées. Parfois je choisissais une lettre parce qu'elle décrivait de façon intéressante une autre façon de vivre que la mienne, comme celle de cette femme, en Alaska, qui disait qu'elle écrivait tout en entendant un renne qui broutait l'herbe de son toit. Je me rappelle avoir répondu à une lettre très touchante venant d'une famille roumaine très pauvre invitant Craig à venir la voir. Il y avait aussi des mots d'enfants du monde entier, qui disaient prier pour Craig. Je répondais au plus grand nombre de lettres possible. Je n'ai jamais su si mes lettres étaient arrivées à destination. Les réponses, s'il y en a eu, ont été noyées dans la montagne de courrier.

Je demandais bien à Craig de m'aider à répondre, mais sa main tremblait trop et il avait du mal à tenir un stylo. Je sentis que cela lui demanderait trop d'énergie. Mais j'obtins qu'il signe au bas de mes lettres ou sur la photo de lui que je glissais dans l'enveloppe.

À la première semaine de novembre, nous avions décacheté 700 000 cartes et Charlie estima qu'il y en avait 500 000 autres dans les sacs du centre de tri. Malgré tous nos efforts le stock en attente grossissait toujours. La cantine de la poste débordait et on utilisait maintenant les locaux de lavage des camions. Malheureusement, les chats qui fréquentaient les lieux profitèrent de l'aubaine et s'installèrent confortablement sur les sacs. On suffoquait sous l'odeur de pipi de chat quand les facteurs déchargeaient les sacs dans la salle de dépouillement.

En dépit de tous les avertissements, je ne sentais pas le moindre symptôme d'un début de dépression nerveuse. Tout le monde s'amusait beaucoup, et cela faisait tant de bien à Craig qu'Ernie et moi avions un moral d'enfer. Comment aurions-nous pu déprimer en étant entourés d'autant d'affection et d'amitié ? Comment aurions-nous pu nous sentir seuls quand tant de gens se souciaient de Craig et partageaient nos préoccupations ?

Il y avait tout de même quelque chose qui me tracassait. Nous recevions nos factures avec beaucoup de retard. La raison en était simple : tout ce qui était envoyé à notre adresse se retrouvait noyé dans les sacs postaux de Craig. À la poste, les nouveaux sacs s'entassaient sur les anciens et pouvaient rester en attente des semaines avant qu'on les ouvre. Par deux fois on faillit nous couper l'électricité pour n'avoir pas payé la facture, et en novembre notre ligne de téléphone fut débranchée. À la suite de quoi je donnai l'adresse de mon amie Janet pour tous ceux qui voulaient me joindre directement.

Les médias s'intéressaient toujours autant à Craig. Le refus du *Guinness* d'envisager l'homologation du record se retourna contre eux car cela donna l'occasion aux journaux de relancer l'histoire de Craig sous un autre angle. Trish Ingram, des *Nouvelles télévisées de la Tamise,* vint à la maison faire une interview. Craig était devenu un vrai pro. Il connaissait tout sur le bout des doigts : le nombre de cartes que nous avions décachetées à ce jour ; le nombre de celles qui étaient en attente ; le nom des dernières célébrités qui en avaient envoyé. J'avais rarement besoin de l'aider.

Trish lui demanda ce qu'il pensait de la mesquinerie du *Guinness*. Craig haussa les épaules :

— Évidemment, c'est mesquin, dit-il prudemment. Mais ce n'est pas cela qui compte aujourd'hui. Les cartes de vœux, ça m'a fait penser à autre chose qu'à ma maladie. Et je me sens beaucoup mieux maintenant.

Puis il regarda droit dans la caméra. On aurait pu croire qu'il récitait une leçon apprise, mais ça n'était pas le cas :

— Je remercie tous ceux qui ont envoyé des cartes de vœux. Je remercie aussi tous les enfants qui en ont confectionné. Vous êtes tous formidables, déclara-t-il avec un sourire rayonnant.

— Craig, t'es épatant, dit Trish.

Après la diffusion de l'interview, les chaînes de télévision s'intéressèrent encore plus à Craig. La plupart des gosses ont le trac à la télé et restent muets comme une carpe devant la caméra. Craig, lui, semblait avoir un sacré sang-froid. Il se conduisait très naturellement et les journalistes adoraient ça. Tout le monde se passa le mot et les reporters, des chaînes du monde entier, vinrent faire un tour chez nous. Il m'arrivait de me pincer pour voir si je ne rêvais pas. La télévision néo-zélandaise filma Craig à Marsden pour son émission de Noël. La télévision australienne vint nous voir à la maison. Deux jours après la chute du mur de Berlin, le 12 novembre, nous eûmes la visite de deux reporters de Berlin-Est. Début novembre, une équipe télévisée de Monaco nous apporta à domicile 100 000 cartes. Mieux encore, ils arrivèrent avec Glen Hoddle, l'ancien joueur des Spurs qui jouait maintenant pour Monaco. Glen offrit à Craig le maillot qu'il portait lors de la Coupe du monde. Craig n'aurait pas été plus enthousiaste s'il avait reçu la coupe ! Contre toute attente, la télévision française vint aussi nous rendre visite ce jour-là, et à un moment donné il y eut vingt-sept personnes entassées dans la maison. Après quoi je crus bon de prévenir toutes les chaînes étrangères qui téléphonaient que nous vivions dans un modeste logement social loué au gouvernement. À en croire l'importance du matériel que certaines équipes apportaient avec elles, on avait l'impression que leurs journalistes pensaient que tous les Anglais vivaient dans des châteaux.

Bien que l'état de Craig se fût nettement amélioré depuis le démarrage de la campagne « cartes de vœux », l'infection provoquée par la sonde reprenait régulièrement et il fallait qu'il retourne à l'hôpital pour quelques jours d'antibiotiques. Il en sortait, pour un petit bout de temps, l'air malade et très pâle chaque fois. Craig n'avait toujours pas de cheveux, ce qui aggravait son aspect, et je crois que les équipes de télévision n'étaient pas exemptes d'arrière-pensées en venant le voir. Cependant, il reprenait toujours le dessus au moment voulu. Quel que soit son état, dès que les caméras démarraient, il démarrait à son tour. Son comportement touchait profondément les équipes de télévision. Plus d'un cameraman pleura pendant le tournage.

Les émissions provoquèrent beaucoup de réactions. Nous recevions des lettres de téléspectateurs du monde entier qui admiraient le courage de Craig. La gaieté avec laquelle il luttait pour sortir chaque mot n'y était peut-être pas étrangère. En tout cas, il y avait quelque chose en lui qui atteignait et touchait les gens.

Les journalistes ne s'intéressaient pas seulement aux célébrités. Ils posaient pratiquement tous la même question :

— À ton avis, comment se fait-il que tout cela ait pris une telle ampleur ?

Cela semblait les étonner.

— Il faut quand même faire un petit effort pour aller acheter une carte de vœux dans une boutique, fit remarquer un jeune homme. Pourquoi les gens font-ils cela pour quelqu'un qu'ils ne connaissent même pas ? Je veux dire que ça ne leur rapporte rien. Après tout, ils pourraient se contenter de donner un peu d'argent à une œuvre de charité ?

Les premières semaines, quand il nous avait fallu faire face à l'avalanche, je n'avais guère eu le temps de me demander *pourquoi* tout cela arrivait. Je me rendais compte seulement maintenant à quel point toute l'affaire était extraordinaire. Et moi aussi je finis par me demander pourquoi.

Quelques personnes, toutefois, expliquaient pourquoi elles envoyaient une carte. L'une venait de perdre un être cher malade du cancer et n'avait jamais eu l'occasion de montrer ses sentiments — c'est pourquoi elle le faisait pour Craig. D'autres étaient elles-mêmes en train de mourir d'un cancer et voulaient dire à Craig qu'il n'était pas seul. D'autres encore avaient vaincu leur cancer et tenaient à dire à Craig qu'il pouvait en faire autant.

Mais tous ces motifs ne pouvaient expliquer *toutes* les cartes, non ? C'est alors qu'un soir, dans mon lit, je me rappelai les paroles que la mère de Samantha avait prononcées pour me réconforter, l'année précédente : *Plus les gens prient, plus Dieu voudra répondre à leurs prières.* J'avais la réponse au mystère. Chaque carte envoyée à Craig était une prière, une prière pour la défaite du cancer. Et qui ne se sentait concerné par cette terrible maladie ?

Et les prières étaient efficaces. Il suffisait de constater à quel point Craig allait mieux. Il devait encore aller une ou deux fois par semaine à Marsden pour des visites de contrôle mais au fond de moi-même j'étais convaincue qu'il était sur le chemin de la guérison. Diana Tait trouvait qu'il avait bonne mine. Les cartes de vœux, c'était manifeste, avaient été le meilleur médicament du monde. Bien sûr, il y avait encore quelques petits problèmes : il avait du mal à marcher ; il aurait encore besoin de son fauteuil roulant pendant des mois. En outre, il était sensible aux infections. Mais rien ne pouvait masquer le fait qu'une nouvelle étincelle de vie animait ses yeux. Le regard alangui du mois de septembre avait disparu. Craig blaguait à nouveau et me plaisantait sur mon poids.

Je craignais parfois qu'il ne se surmène. Certaines semaines, il y avait des séances de photos, une interview ou une prestation quelconque tous les jours. J'essayais de les espacer pour qu'il n'en pâtisse pas trop. Je disais aux médias que je ne ferais que ce que Craig accepterait. Mais Craig adorait aller dans les studios de télévision en faisant des signes devant les caméras aux enfants du service de l'hôpital. En pratique, il ne disait jamais non. Les occasions qui se présentaient étaient trop tentantes pour qu'il les écarte.

— Voici une lettre qui t'invite à faire la connaissance de Frank Bruno, Craig, lui annonçai-je. Tu acceptes ?

— Ouais, bien sûr, m'man.

La fondation Craig-Shergold attirait de nombreux dons, et, quand des stars venaient faire une visite de solidarité au Royal Marsden, on invitait Craig à les rencontrer. Un jour, alors qu'il était dans le service pour suivre son traitement d'antibiotiques, l'équipe d'acrobaties aériennes des Chevaliers noirs de la Royal Air Force donna une exhibition pas très loin de l'hôpital en l'honneur de Craig. Les pilotes vinrent un peu plus tard faire sa connaissance avec une photo dédicacée. Ce fut un grand jour. Un de plus.

Notre comptage approchait désormais le million, et d'après Charlie nous devions être en mesure de battre le record le mardi 16 novembre. Nous décidâmes d'organiser un gala pour célébrer la victoire. L'atmosphère ce soir-là était électrique. À sept heures, la salle d'entraînement du Club unifié de Sutton était bondée. Il y avait au moins autant de journalistes que d'ouvreurs d'enveloppes. Il y avait TV-am, Sky TV, et les envoyés de chaînes françaises et néo-zélandaises. On voyait des projecteurs, des micros et des caméras partout. Ray et Neil, deux de mes vieux amis, avaient mis en route de la musique disco avec en affichage lumineux intermittent : *Bravo, Craig !*

Nous nous mîmes à compter furieusement pendant près de deux heures devant les caméras. Craig était en pleine forme. Ray lui avait trouvé une perruque blonde bouclée, et Craig mit la foule en délire en chantant sur un disque de Kylie Minogue. À neuf heures moins cinq, Charlie prit le micro et demanda un peu de silence.

— Je crois pouvoir dire que nous avons battu le record, ce soir, à huit heures et demie ! Eh oui, nous l'avons battu. Et non seulement nous l'avons battu, mais nous l'avons *dépassé largement*. D'un quart de million ! Nous en sommes à l'heure qu'il est à un million deux cent cinquante mille deux cent soixante-cinq cartes.

Il y eut une ovation délirante et tout le monde se mit à applaudir et à s'embrasser. On se serait cru à la fin d'un marathon.

Charlie tendit à Craig une carte encadrée :

— Ça, camarade, c'est pour tout le mal que tu nous as donné, à moi et mon équipe de postiers. Alors, bonne chance pour le futur million !

Déchaînement de la salle. Charlie secoua la tête :

— Non, c'est vrai, on n'a pas fini, les gars. C'est pas la fin. J'ai besoin de votre aide parce qu'on a encore à compter. Encore et encore. Nous irons jusqu'à deux millions et demi. Et nous verrons ce que les gens du *Livre Guinness des records* feront de ce record, dans leur fichu livre !

Cette exhortation fut suivie de hourras et de sifflets à faire envoler le toit.

Craig prit le micro et déclara lentement mais clairement :

— Merci tout le monde.

Ce qui provoqua une nouvelle ovation. Puis ce fut mon tour de remercier tous ceux qui nous avaient aidés, de tout mon cœur.

— Et merci à vous, du monde entier, ajoutai-je. Allez, trois hourras pour tous ceux qui ont envoyé des cartes !

À la fin de la troisième ovation, on entendit la voix de Cliff Richard sortir des micros de Ray :

— Félicitations...

La fête continua jusqu'à près de minuit. Je chantai jusqu'à ne plus avoir de voix. Toutes les bonnes vieilles rengaines y passèrent : *Nous nous reverrons*, *Tu n'iras jamais seule*, et, bien sûr, *Je t'ai appelé juste pour te dire que je t'aime*. Quelle nuit !

Le lendemain, 17 novembre, était le « Jour des enfants en détresse ». C'était aussi le jour de la visite de contrôle à Marsden et je dus sortir Craig de son lit pour le conduire en voiture à l'hôpital. Examens habituels des yeux et des oreilles, pesée... Nous fûmes de retour à la maison au début de l'après-midi. L'excitation de la veille au soir avait épuisé Craig et il partit faire la sieste. J'étais en bas en train de ranger les boîtes « spéciales », quand le téléphone sonna.

— Ici la secrétaire de Norris McWhirter, fit une voix de femme. Je téléphone pour vous dire que M. McWhirter accepte d'homologuer le record de Craig. Craig apparaîtra donc dans la prochaine édition du *Livre Guinness des records*.

Le cri de joie que je lançai dans le combiné dut

lui crever les tympans. Elle fit une pause puis continua :

— Norris fera une intervention à l'émission télévisée sur les enfants en détresse, ce soir. Juste après sa prestation, il passera vous voir chez vous pour remettre à Craig son certificat.

Nouveau cri de triomphe de ma part. Je reposai le combiné et fonçai réveiller Craig dans sa chambre pour lui apprendre la nouvelle :

— Craig, ils vont te mettre dans le *Livre* ! Norris McWhirter va venir te voir !

Craig me fit un petit sourire endormi.

— Sensass... dit-il.

En fait, Craig ne reçut pas le certificat ce soir-là. Le passage de Norris McWhirter à la télévision avait été reporté, et sa secrétaire nous rappela pour nous dire qu'il viendrait nous voir le prochain week-end. Le samedi, Craig avait été invité à une matinée théâtrale, *L'Express des étoiles*, et une voiture vint nous prendre à une heure. Ce fut parfait. Le spectacle était excellent et il y eut une surprise. Après la représentation, les acteurs vinrent audevant de Craig, et Tom, le tambour de la troupe, vint lui remettre neuf mille cartes de vœux à l'enseigne de *L'Express des étoiles*. Nous apprîmes que pendant deux semaines la troupe avait fait signer à chacun des spectateurs une carte pour Craig.

Nous étions de retour à la maison à sept heures, fatigués mais heureux. Peu après, on frappa à la porte. C'était un voisin habitant à quelques numéros de chez nous, tout excité.

— Tenez, dit-il. J'ai quelque chose pour vous. Un type a frappé chez moi et m'a laissé ceci...

Il me tendit un grand morceau de carton.

Ceci certifie que Craig Shergold, habitant route Selby, à Carshalton, Surrey, Angleterre, est la première personne à avoir reçu plus d'un million de cartes de vœux.

Je pris le certificat, pénétrai dans le salon et l'agitai devant Craig :

— Devine ce que c'est, Craig ! À ton avis ?

Il le prit, fronça les sourcils et lut ce qui était écrit d'une voix lente et forte.

— Youpiiiiii ! Je suis dans le *Livre Guinness des records* !

Il me décocha un grand sourire.

— Merci, m'man, c'est grâce à toi.

— Sois pas bête, répondis-je en lui plantant un gros baiser sur la joue. C'est grâce à *toi,* voyons !

12

En deux mois, Craig était devenu célèbre. Impossible d'y échapper. Il y avait quelque chose en lui qui fascinait l'imagination des gens. Tout le monde voulait faire la connaissance de ce petit garçon qui avait défié le *Guinness,* et gagné. On lui demandait d'apparaître à la télévision, d'inaugurer des fêtes, des manifestations sponsorisées, et dans les semaines qui suivirent il rencontra des dizaines de stars. Le 23 novembre, alors que la nouvelle du record était encore toute chaude, Mary Hurry persuada les sœurs Nolan, Bobby Davro et les Cœurs d'Or de donner un concert au bénéfice du fonds Disney de Craig, dans la salle de l'association ouvrière de Willesden. On joua à guichets fermés, et le spectacle passa à la télévision, sur Sky. À la fin du concert on hissa Craig sur la scène et il dansa avec les vedettes pendant que tout le monde chantait *Tu n'iras jamais seul.* Le public mit la main à la poche. Il y avait même des gens qui venaient proposer à Craig de payer pour un autographe. À l'issue de la soirée nous avions la certitude qu'il pourrait faire le voyage à Disney. Restait à savoir quand.

Après le scanner nous allâmes voir Emma, de retour au service Princesse Chula. Sa greffe de moelle osseuse avait échoué et elle était sous traitement. Nous l'avions vue la semaine précédente lors de la visite de contrôle et j'avais été bouleversée de voir à quel point elle avait l'air malade. Emma était une très jolie fillette, mais c'était difficile de s'en apercevoir ce jour-là. Elle avait perdu ses beaux cheveux, et son teint avait viré au rouge brique. Cela dit, elle n'avait pas perdu sa vivacité. Elle passa toute l'entrevue à faire des plans avec Craig, enthousiasmée par les cartes de vœux et tous les gens célèbres qu'il avait rencontrés.

— Marion, tu ne pourrais pas demander à Lenny Henry de venir me voir ? supplia-t-elle.

Je lui avais promis d'essayer tout en sentant au fond de mon cœur qu'il faudrait plus que la présence d'une vedette pour améliorer l'état d'Emma. Cette fois-ci, quand nous voulûmes la voir, on nous expliqua qu'elle était partie du service pour suivre un nouveau traitement.

— Cela ne fait rien, dis-je à Craig, nous viendrons la voir la semaine prochaine.

Mais le vendredi suivant, à la consultation de contrôle, une des mères me prit à part et me dit à voix basse :

— Emma est morte.

Je sentis mes jambes se dérober sous moi. Je n'aurais pas dû éprouver un tel choc après l'avoir vue la dernière fois. Mais j'étais anéantie. Je ne pouvais me faire à l'idée qu'Emma était partie pour toujours. Elle était si douée, si pleine de vie. À chaque fois qu'un enfant mourait, cela me faisait l'effet d'un coup de poignard. Ce fut pire encore avec Emma. Craig l'adorait. Moi aussi.

J'essayai d'avoir l'air normal. Je ramenai Craig à la maison et le laissai avec Ernie. Je pris la voiture pour le parc de Mitcham, me garai dans un coin tranquille et hurlai mon désespoir à la mort, comme un animal. J'étais terrifiée. Il y avait d'abord eu Azou, puis Philip, Gary, Jamie, et voilà que c'était le tour de notre pauvre petite Emma.

Mon Dieu, à qui le tour, maintenant ? En dépit de ma détresse, j'étais déterminée à ce que Craig n'en sache rien.

Les cartes continuaient d'affluer. En fait, il en arrivait plus que jamais : soixante-dix mille par jour, selon Charlie. Cela m'avait surprise. Une fois le record annoncé, j'avais cru que le courrier allait se tarir dans les semaines qui suivraient. Je commençais à me rendre compte qu'il n'allait pas être facile d'arrêter les effets de l'appel. On nous apprit que des chaînes de lettres faisaient le tour du monde en demandant aux gens d'envoyer des cartes. Nous n'avions pas le choix : il fallait continuer de compter. Charlie avait prédit qu'il y en aurait deux millions et demi vers Noël. On était sur la voie des trois millions. L'ordinateur affecté au courrier de Craig, au centre de tri de Mount Pleasant, était tellement surchargé qu'il faillit tomber en panne trois fois pendant le mois de décembre. La semaine de Noël, la poste tria pour lui huit cents sacs de courrier ! Charlie avait fait louer deux entrepôts pour stocker les cartes en attendant qu'on les compte, et les médias campaient au centre de tri de Wallington, photographiant et filmant à qui mieux mieux la montagne de lettres destinées à Craig.

— Nous n'avons jamais eu autant de pub depuis l'attaque du train postal ! remarqua Charlie.

Tout le monde faisait des heures supplémentaires pour tenter de contenir le flux. Il fallait se mettre tous ensemble au dépouillement trois fois par semaine, y compris pendant les vacances, mais personne ne rechigna. On aurait dit que nous faisions partie du même club, et je savais que nous resterions amis pour le reste de nos jours.

La scolarité de Craig commençait à m'inquiéter. Il avait manqué l'école pendant près d'un an. Manifestement, il ne pouvait fréquenter une école ordinaire tant qu'il était dans son fauteuil roulant et qu'il passait le plus clair de la journée au lit, mais il fallait faire quelque chose. Après quelques discussions et réclamations, les autorités scolaires acceptèrent de lui payer un professeur particulier. Mme Dinnage commença à lui donner des leçons juste avant Noël. Elle venait le lundi, le mardi et le vendredi de dix heures et demie à midi. Craig était enchanté. Les cours lui avaient vraiment manqué. Je fus sidérée de tout ce que Mme Dinnage réussit à lui apprendre en dehors d'une vraie classe. Elle trouva même le moyen de monter des expériences scientifiques dans la cuisine. C'étaient les cours de cuisine que Craig appréciait le plus : avec l'aide de l'institutrice il confectionna pour Noël un gâteau, des pommes caramélisées et son dessert favori : un pudding au gingembre.

Pendant une semaine ou deux autour de Noël, les leçons particulières firent place aux voyages. Le 15 décembre nous devions partir en France en avion. Quinze jours auparavant Craig avait donné une interview à la télévision française pour remercier tous les Français qui lui avaient envoyé des messages de *Joyeux Noël*[1]. La même chaîne voulait une nouvelle interview et, à notre plus grande joie, Air Inter nous offrit un séjour de cinq jours à Paris et à Strasbourg.

Personne parmi nous n'était allé à Paris et nous nous en faisions une fête. Nous étions hébergés dans un petit hôtel, près de l'Arc de triomphe, dont la chambre avait des volets aux fenêtres et un balcon en fer forgé. Tout ce qu'on m'avait dit sur la froideur et l'égoïsme des Français se révéla totalement faux. Les propriétaires de l'hôtel nous accueillirent comme des membres de leur famille. Ils dressèrent une crèche spécialement pour Craig et installèrent un arbre de Noël dans notre chambre.

1. En français dans le texte.

Le week-end, Craig se lavait les dents dans la salle de bains avant de partir visiter les monuments de Paris, quand nous l'entendîmes pousser un cri :

— M'man, viens voir, mes cheveux repoussent !

Je me précipitai. Pas de doute, un fin duvet brun recouvrait son crâne. J'étais aux anges. Les médecins nous avaient avertis qu'il était possible que ses cheveux ne repoussent plus. Craig prétendait qu'il s'en fichait :

— Je me préfère sans un poil sur le caillou, disait-il.

Néanmoins, il était heureux comme tout de les voir repousser, je le voyais bien.

Le dîner chez Maxim's, le fameux restaurant connu du monde entier, reste un fameux souvenir. Nous étions au paradis. Je commandai une tourte au saumon et Ernie un steak chasseur. Craig ne fit pas honneur à la carte, c'est le moins qu'on pût dire. Après avoir jeté un coup d'œil au menu, qui évidemment était en français, il renonça :

— Pourrais-je avoir des œufs avec des frites, demanda-t-il.

Le serveur ne remua pas un cil. Dix minutes plus tard il revint avec un plat muni d'un couvercle en argent qu'il souleva en révélant des œufs frits à point, garnis de frites bien dorées avec du persil et du cresson. Craig sourit poliment et attendit qu'il soit parti :

— Pouah ! s'exclama-t-il en repoussant toute la verdure sur le côté avant de s'attaquer au reste.

L'interview télévisée se déroula à merveille. Un interprète nous traduisait les questions par l'intermédiaire de nos écouteurs, Craig remercia tous les Français pour leurs cartes de vœux et leur gentillesse, puis ajouta à quel point il avait trouvé la France jolie avec toutes ses décorations et ses lumières partout. Le lendemain nous nous envolâmes vers Carshalton pour passer Noël tranquillement en famille.

Une autre sacrée surprise nous attendait, de retour à la maison : une invitation à rencontrer la princesse Diana lors de sa visite au Royal Marsden le 29 janvier. Cette fois tout se passa à merveille. Craig réussit à serrer la main de la princesse qui le récompensa d'un magnifique sourire :

— Bravo, Craig ! lui dit-elle.

Depuis le mois d'octobre, notre vie se déroulait au rythme des interviews pour la télévision, la radio et la presse écrite. Il y en avait tous les jours. Du moins les journalistes vous prévenaient-ils avant de venir. Les autres personnes arrivaient à l'improviste. Les visiteurs impromptus avaient commencé d'affluer dès septembre. Le samedi qui suivit l'appel lancé par Marsden, nous eûmes quatre-vingt-quatre visiteurs. Tous voulaient rencontrer Craig et regarder ses cartes de vœux après l'avoir vu à la télévision. Le premier jour il s'agissait d'habitants du quartier, puis les gens vinrent de plus loin. Juste avant Noël, j'ouvris la porte à un jeune Allemand qui se tenait sur le seuil. Ses chaussures rendaient l'âme et il avait d'énormes ampoules aux pieds. Il nous dit qu'il était venu en avion de Berlin à Heathrow, exprès pour voir Craig. Il avait juste l'argent du billet de retour et il avait dormi dans le métro. Le matin il avait fait quinze kilomètres à pied, de la station Morden jusqu'à Marsden, pour apprendre que Craig n'était pas à l'hôpital. Il fit dix autres kilomètres jusqu'à chez nous. Je lui donnai à manger — heureusement on était dimanche et j'avais mis un rosbif au four — et lui fis cadeau d'une des paires de chaussures de Steven. Je voulus lui prêter un peu d'argent qu'il refusa. Nous lui remplîmes les poches de barres de chocolat avant qu'il retourne à l'aéroport d'Heathrow.

J'invitais toujours les gens à entrer. Ils avaient pris la peine de venir nous voir et je ne pouvais pas faire moins que de les accueillir. Il ne me vint jamais à l'esprit que nous prenions un risque en invitant des étrangers à entrer chez nous.

On nous disait souvent de faire plus attention. Mais, après tout ce qui nous était arrivé depuis le début de la maladie de Craig, pourquoi n'aurais-je pas eu confiance en la nature humaine ? Nous n'eûmes à le regretter qu'une seule fois. J'étais au premier étage quand Ernie ouvrit la porte à un individu tout en noir, un drôle d'oiseau qui faisait penser à Dracula. Ernie le fit entrer et le laissa en compagnie de Kate et de Craig pendant qu'il allait faire du thé. En revenant, Ernie découvrit Kate dans tous ses états parce que l'homme avait dit à Craig qu'il allait mourir, et que c'était son châtiment pour la mauvaise conduite qu'il avait eue lors d'une précédente incarnation. J'entendis Ernie hurler :

— Dehors, dehors ! Je ne veux pas entendre un mot de plus !

Il mit le type à la porte qu'il claqua derrière lui. Dieu merci, Craig trouva l'incident très drôle.

J'ai souvent regretté de ne pas avoir mis à la disposition de nos visiteurs, à cette époque, un livre d'or. Car des personnages bien étonnants vinrent nous voir. Ce fut le cas de ce riche couple texan qui laissa tourner le compteur d'un taxi pendant une heure trois quarts devant la porte...

— Très chère, cela n'a aucune importance, me dit la femme quand je lui rappelai la présence du taxi.

Un autre jour, ce fut toute la brigade des pompiers de Mitcham qui se retrouva dans la cuisine (Craig leur raconta une histoire drôle bien salée qu'ils envoyèrent par fax à toutes les casernes du pays). Quelques personnages célèbres vinrent aussi nous voir. Eddy Kydd, le cascadeur à moto, l'équipe de football de Chelsea et d'innombrables vedettes de la télévision. Dieu merci, les stars n'impressionnaient pas Craig. J'avais un peu peur que tout cela lui donne la grosse tête. Mais il parlait à tout le monde de la même façon :

— Salut, mon vieux, comment vas-tu ? disait-il à la star de pop music comme au voisin qui venait regarder les dernières cartes de vœux.

Mme Dinnage avait de plus en plus de mal à s'occuper de lui. À chaque fois qu'elle commençait la leçon, on sonnait à la porte et elle devait arrêter. Il fallait faire quelque chose, mais je ne voulais pas éconduire les visiteurs. Après tout, c'étaient les attentions de toutes ces personnes qui avaient amélioré l'état de Craig. Nous décidâmes d'acheter une vieille caravane qui tiendrait lieu de salle de classe. Ernie posa des pavés dans le jardin pour qu'on puisse la faire stationner près du garage. Cela me brisait bien un peu le cœur de gâter notre jardin, car ce jardin, c'était ma fierté et ma joie : cela faisait des années que j'arrangeais mes plates-bandes avec les boutures que je mendiais auprès des jardiniers du parc situé près du restaurant de La Grange et, en été, j'avais l'habitude de m'occuper de mes fleurs tous les soirs, mais depuis des mois c'était devenu la jungle. L'année passée, personne n'avait même coupé l'herbe. Somme toute, la meilleure solution était d'y mettre des pavés.

La caravane fut une heureuse initiative. Quand les gens arrivaient pendant la leçon je les priais de m'excuser en leur expliquant qu'on ne pouvait déranger Craig.

Il travaillait bien, et Mme Dinnage était contente de lui. Il avait toujours du mal à écrire car sa main tremblait beaucoup, mais l'institutrice lui apporta une machine à écrire qui lui permit de faire rapidement des progrès. Néanmoins, j'espérais qu'il pourrait retourner à l'école. Lee était assez gentil pour venir le voir, mais la plupart de ses autres copains y avaient renoncé. Il ne faisait plus partie de leur vie. Craig était en train de rater son enfance. Je ne voyais pas pourquoi il n'aurait pu aller à l'école quelques heures par jour désormais, mais les autorités scolaires m'expliquèrent qu'il lui faudrait voir d'abord un psychologue pour enfants. Et, même s'il avait le feu vert pour retourner à l'école, il ne pourrait plus fréquenter l'ancienne, qui n'était pas adaptée aux fauteuils roulants.

Après Noël, l'afflux des cartes de vœux s'était un peu ralenti, mais on en recevait encore soixante-dix mille par jour. On en était à six millions au mois de février et je téléphonai au *Guinness* pour qu'ils changent les chiffres dans le *Livre des records*. Un million, ce n'était plus guère impressionnant. Ils donnèrent leur accord et nous demandèrent de leur communiquer un chiffre vers le milieu du mois de mai afin que celui-ci figure dans l'édition de l'année 1991.

— Bon, dis-je à Charlie. On va compter comme des fous jusqu'en mai, puis il nous faudra arrêter, d'une façon ou d'une autre.

Charlie leva les sourcils :

— Et comment fera-t-on, pour arrêter ?

— On trouvera bien quelque chose, dis-je naïvement.

L'excitation qui accompagnait le comptage des cartes ne nous avait pas fait oublier notre autre objectif : emmener Craig à Disneyworld. Mais on était déjà en mars quand Diana Tait finit par décider que Craig allait suffisamment bien pour supporter un vol de neuf heures pour la Floride. Elle se réjouissait vraiment de ses progrès. Elle se débrouilla même pour qu'on lui enlève sa sonde afin qu'il puisse aller à la piscine. On la lui avait laissée juste au cas où il aurait besoin de nouvelles séances de chimiothérapie, et j'interprétai la décision comme le signe qu'il était hors de danger.

Nous partîmes de l'aéroport d'Heathrow le 15 mars, à bord d'un 747 des Virgin Airlines. Nous n'avions pas parlé du voyage à la presse. Ernie et moi en avions assez de devoir partager Craig avec les reporters et les photographes, et nous voulions rester entre nous pendant ces trois semaines. Nous avions choisi de partir si longtemps sur la suggestion de Diana Tait. Cela donnerait assez de temps à Craig pour récupérer après le voyage :

— Allez-y doucement, nous dit-elle. N'essayez pas de tout faire à la fois.

Sage conseil.

Au bout du compte nous ne passâmes pas beaucoup de temps à Disneyworld même. Craig appréciait le royaume magique, mais la foule et la chaleur l'incommodaient et il en avait assez au bout de deux heures. La seule chose qu'il tenait à voir était la parade Disney, et nous réussîmes à trouver de bonnes places pour y assister. Toutefois, pas à l'endroit réservé aux handicapés, parce que Craig ne voulait pas se sentir « différent ». Ce fut un bon réflexe.

J'aperçus soudain la Bonne Fée qui se dirigeait vers nous. Elle s'arrêta devant son fauteuil et lui toucha doucement la tête de sa baguette :

— Bonjour, petit garçon, dit-elle. Maintenant, dis-moi quel est ton vœu ?

Craig me regarda :

— Je n'ai qu'un désir, n'est-ce pas, m'man ? Je veux juste guérir. Je veux vivre.

Je ne pus m'empêcher de fondre en larmes, et la Bonne Fée recula d'un pas :

— J'espère que ton vœu va se réaliser, dit-elle d'une voix douce.

En levant les yeux, je vis que toutes les femmes autour de moi pleuraient aussi.

Sur les circuits Disney, on faisait accéder les personnes en fauteuil roulant par les rampes de sortie. Nous étions ainsi sur le circuit du capitaine Nemo, quand quelqu'un dans la foule poussa un cri :

— C'est Craig ! Craig, le petit garçon !

Nous nous retrouvâmes entourés d'enfants tout excités accompagnés de leurs parents. Leur accent était étranger.

— Craig, je peux avoir un autographe ? Je peux te prendre en photo ?

Je compris qu'ils venaient d'Italie et me rappelai la prestation de Craig à l'émission *Nino de Marti* deux mois auparavant. L'un des animateurs du circuit vint voir ce qui provoquait tout ce bruit :

— Dites donc, c'est une vraie vedette qui se trouve ici !

Craig sourit :

— Pas vraiment.

Ce fut notre dernier jour à Disney. Cela fatiguait trop Craig. Maintenant qu'il n'avait plus à faire l'effort de donner des interviews tous les jours, il n'était plus le même petit garçon. Je m'en rendais compte, j'avais triché avec moi-même en me disant qu'il était quasiment guéri. Il lui restait encore un long chemin à parcourir.

Le lendemain, Craig resta au lit jusqu'à midi et nous décidâmes de ne pas forcer le rythme et d'aller à la piscine de l'hôtel. Pas la peine de le traîner partout au risque de le rendre malade. D'ailleurs, Craig aimait autant nager dans la piscine. Il ne s'était pas baigné depuis nos vacances à Benidorm seize mois auparavant. Le reste du séjour, je me mis à ressentir comme une infime contrariété, comme si tout n'allait peut-être pas aussi bien que je l'avais cru. Je n'en dis rien à Ernie. Tant que je n'en parlais pas, je pouvais me dire que c'était mon imagination qui travaillait.

Je ressentis le même malaise au retour. Je ne pouvais me débarrasser du sentiment que Craig n'allait pas aussi bien qu'il aurait dû. Cela faisait presque huit mois que les séances de radiothérapie étaient terminées, et il pouvait encore à peine marcher. Il parlait plus lentement qu'en septembre, même si la différence pouvait paraître insignifiante. J'essayais de ne pas me laisser submerger par mes craintes. Après tout, on n'avait jamais infligé des rayons si pénétrants à un enfant, pas étonnant qu'il ne puisse s'en remettre d'un seul coup. Mais comme je savais parfaitement que la médecine officielle ne pouvait rien offrir de mieux à Craig, je me mis à chercher de l'aide d'une autre manière. Juste au cas où.

13

En décembre, une association de bienfaisance pour l'enfance offrit à Craig un voyage à Lourdes. Je refusai parce qu'ils n'acceptaient pas que je vienne avec lui. À cette époque, il n'était pas question que je quitte Craig plus de quelques heures. Mon instinct me disait qu'il avait besoin de moi. J'étais sûre qu'il dépérirait s'il restait seul, séparé de moi. Aujourd'hui je me demande si ce n'était pas ridicule et si je n'aurais pas mieux fait de le laisser partir à Lourdes.

J'ai toujours cru aux influences surnaturelles. Je sais que la vie ne se réduit pas, et de loin, à ce que l'on peut voir, entendre ou toucher. À onze ans, je commençai à avoir des prémonitions. J'appelais cela mes « visions de sorcière ». Un jour, alors que je rêvassais en classe, je vis en pensée la table à tréteaux qui portait nos bouteilles de lait du matin s'effondrer sur une fillette du nom de Margaret Harries. Une semaine plus tard, l'incident se produisit exactement comme je l'avais imaginé.

Ce genre de choses m'arriva à nouveau quelques fois pendant les vingt ans qui suivirent. En fait, je suppliais Dieu de me retirer ce pouvoir qui m'effrayait moi-même. Je me souviens en particulier de cette fois où je devais amener Steven — alors tout petit — avec d'autres enfants à une fête foraine à

Mitcham. J'étais dans la cuisine en train de vérifier mon maquillage dans la glace accrochée au mur, quand j'entendis quelqu'un me parler. Cela peut sembler ridicule, mais j'entendis vraiment une voix me dire :

« Tu auras un accident de voiture tout à l'heure. Ne sors pas. »

La voix semblait tout à fait réelle. Les gosses voulaient partir, et cela faisait bien deux ans que je n'avais pas eu de prémonitions ; aussi, ne voulant pas me comporter comme une idiote, je décidai de sortir. Au carrefour de Mitcham, le conducteur ivre d'un camion frigorifique brûla le feu rouge et heurta notre voiture... La voiture fut bonne pour la casse, mais heureusement aucun des enfants ne fut sérieusement blessé.

Une autre fois, cela se passa lors du jour de la finale de la Coupe du monde de football, en 1976. Nous habitions alors à Tooting. Steve était chez ma mère pour le week-end. Ernie regardait le match à la télévision et j'étais montée dans ma chambre lire un livre quand je m'endormis. En me réveillant, j'eus le sentiment qu'il fallait absolument que j'aille à la Maison du loto. Je n'y étais allée qu'une fois dans ma vie, mais je fis confiance à ma « vision de sorcière », et j'obéis. J'entraînai Ernie au vieux théâtre de la colline de Streatham. Il y avait quatre niveaux et je sus exactement où m'asseoir — tout en haut sur le dernier gradin.

— Ma parole, jusqu'où allons-nous grimper ? Qu'est-ce que tu manigances, dit Ernie en riant.

— On est plus près du paradis, ici, rétorquai-je. Attends, tu vas voir.

Cela arriva au dernier tirage, celui du grand Flyer, où l'on remportait le plus gros prix de la soirée. Soudain, je ne voulus que deux nombres, et eux seuls. Le 19, le numéro de la maison de mon père et de ma mère, et le 6, le jour de mon anniversaire. Je savais que c'était le moment. Le 19 sortit le premier. Puis le 9. Et enfin, tout seul, le 6. Je poussai un cri de victoire.

Je remportai 1 126 livres, ce qui faisait beaucoup d'argent pour l'époque. Cela suffit pour quitter notre taudis de Tooting et revenir à Carshalton près de chez ma mère. De retour à la maison, je lus mon horoscope : « Ce n'est pas le moment de prendre des risques, de quelque façon que ce soit. Ce n'est pas votre jour de chance... »

Ce fut la dernière fois que mon pouvoir se manifesta. Rien ne m'arriva de semblable jusqu'à la nuit terrible où je vis en rêve Craig dans son cercueil et, que Dieu me donne raison, ce ne fut qu'un cauchemar.

Les nuits de dépouillement recommençaient à prendre tout mon temps à l'approche de la date limite. Nous approchions des quinze millions, et les gens restaient toute la nuit pour compter. Enfin, le 16 mai, Charlie fit savoir au *Guinness* que nous avions battu un nouveau record de 16 250 292 cartes. Le lendemain, nous reçûmes un appel comme quoi le *Guinness* acceptait d'homologuer le record.

Nous étions en train de célébrer l'événement quand on nous appela du bureau du maire de Sutton pour nous dire que deux responsables de la Fondation pour la réalisation des souhaits d'enfants viendraient d'Amérique nous rencontrer à la fin mai. Apparemment il fallait que nous leur donnions une autorisation officielle avant qu'ils puissent recycler les cartes et les présents qu'ils avaient rassemblés. Le maire du Sutton donna une réception et ce fut dans le salon de la mairie que nous rencontrâmes Linda et Arthur Stein pour la première fois. Linda était une femme élégante d'une petite quarantaine d'années qui me rappelait, aussi bien par son aspect que par sa façon de s'habiller, Jackie Kennedy. Arthur, son mari, en vrai gentilhomme du Sud, était aimable et chaleureux. Il nous expliqua qu'en fait c'était Linda qui avait mis sur pied la Fondation. Elle nous raconta toute l'histoire en prenant le thé.

Susan, la fille de Linda, était morte d'une leucémie à douze ans. À la suite de quoi Linda s'était investie dans la collecte d'argent pour l'hôpital, mais cette activité ne répondit pas à ses espoirs.

— À la fin de la journée j'avais envie de voir un enfant sourire, nous dit-elle. Et ce n'est pas ce que je voyais.

Apparemment, Susan s'était fixé comme objectif d'avoir son permis de conduire avant de mourir, et c'est ce qui donna à Linda l'idée d'une fondation pour la réalisation des souhaits d'enfants. Le but de la fondation serait de réaliser les dernières volontés des enfants mourants.

Linda me raconta comment, l'année passée, on lui avait parlé de ce petit garçon anglais qui voulait recevoir plus d'un million de cartes de vœux. Cela l'avait frappée, car la plupart des enfants rêvent de voyager ou de rencontrer des personnes célèbres. Or, le rêve de Craig, contrairement aux autres, ne nécessitait pas beaucoup d'argent. La Fondation pour la réalisation des souhaits d'enfants s'était emparée du projet et lui avait donné le maximum d'ampleur en lançant son propre appel en faveur de Craig, avec des points de collecte de cartes de vœux sur tout le territoire américain. Linda m'avait envoyé une lettre en m'expliquant tout cela, mais évidemment nous n'avions pas encore trouvé la lettre, qui devait se trouver au fond d'un sac postal quelconque.

Elle offrit des cadeaux à Craig : une imitation de boîte de Coca-Cola qui se dandinait au son d'une musique, qui le fascina, ainsi que des tas de T-shirts américains aux couleurs vives.

— Disney, cela t'a plu ? lui demanda-t-elle.

— Ah ! oui, répondit-il. Ce que je voulais surtout, c'était aller aux studios Universal[1], mais c'était fermé.

— Vraiment ? fit Linda en le regardant pensivement. Dis-moi, Craig, y a-t-il un Américain que tu aimerais rencontrer ?

— Ouais. Hulk Hogan et Jake le Serpent, répondit Craig sur-le-champ.

Linda était déconcertée.

— Mais si, vous savez bien, les catcheurs... fit Craig.

Il adorait le catch américain.

— Peut-être pourra-t-on arranger ça, dit Linda en souriant. Tu aimerais retourner en Amérique, Craig ?

Craig sourit d'une oreille à l'autre.

— Ah, je pense bien ! répondit-il.

Il fallait que son état s'améliore considérablement avant qu'il puisse répondre à la gentille invitation de Linda. Il avait encore maigri depuis que nous étions revenus, et il ne sortait pratiquement plus de son fauteuil roulant. Mais je me souvins de ce que m'avait dit le docteur Hayward il y avait plus d'un an : « Faites en sorte qu'il ait un rêve à accomplir. »

À la suite du voyage à Disney, Craig n'avait plus de projet. Linda venait de lui en donner un autre. J'étais sûre que cela allait lui être bénéfique.

J'avais raison, mais il fallut attendre un peu. Un dimanche de la fin mai, Craig me fit une peur terrible. Ernie était sorti, et je venais d'extraire Craig de son bain quand il murmura « m'man » et s'évanouit dans mes bras. Je crus qu'il avait une attaque — on m'avait avertie que cela pouvait lui arriver —, aussi

1. La partie de Disneyworld où l'on montre aux enfants comment sont tournés les films. *(N.d.T.)*

le transportai-je sur son lit et je m'étendis à côté de lui, de crainte de le laisser seul même le temps de téléphoner. Il revint à lui au bout de quelques minutes, mais il avait l'air absent et très fatigué. Je téléphonai à l'hôpital Marsden. J'expliquai à l'infirmier au bout du fil ce qui était arrivé :

— Ah ! C'est le genre de chose qui peut arriver quand la tumeur évolue, dit-il.

J'eus froid dans le dos. Je ne lui demandai pas de détails, mais le lendemain j'emmenai Craig voir Diana Tait qui l'envoya faire un scanner.

— Qu'est-ce que l'infirmier voulait dire par « la tumeur évolue » ? lui demandai-je.

Elle fronça les sourcils :

— Il n'est pas impossible qu'elle se remette à grossir, dit-elle. Mais il faut attendre le scanner pour se faire une idée.

J'essayai de rester calme. Le docteur Tait avait seulement dit : « Il est possible... », et cet infirmier n'avait même pas vu Craig. Alors, comment pouvait-il savoir ? C'était peut-être l'eau de son bain qui était trop chaude, un point c'est tout...

Craig n'eut pas d'autre malaise. Au contraire, il sembla aller mieux les semaines suivantes. Mme Dinnage disait même qu'il faisait désormais beaucoup de progrès. J'essayai d'oublier l'incident et n'en parlai même pas à Ernie. Le 24 juin nous fîmes la fête pour célébrer le baptême de Kylie et le onzième anniversaire de Craig. Il resta éveillé presque jusqu'à la fin et je retrouvai mon optimisme.

Le docteur Hayward nous avait écrit. Il voulait nous voir et nous allâmes à Great Ormond Street peu après l'anniversaire de Craig.

— Je vous ai fait venir sans raison particulière, vous savez, nous dit-il. J'aimerais seulement garder un œil sur Craig, par simple curiosité...

Craig fut très content de montrer ce qu'il était capable de faire désormais.

— Regardez-moi, docteur Hayward.

Il se tint sur une jambe et compta jusqu'à soixante-quatorze, puis changea de jambe et réussit à tenir jusqu'à quatre-vingt-dix de l'autre côté. Il n'arrivait pas à le faire l'année précédente.

— Parfait. Tu as dû drôlement t'entraîner.

Richard Hayward me regarda :

— A-t-il fait des exercices de gymnastique ?

— Non, que du kung-fu ! répondis-je. Montre ce que tu sais faire au docteur, Craig.

Craig sourit et plia le bras à travers la poitrine :

— Je suis le maître ! Je suis responsable de mon corps !

Le docteur Hayward sourit. Il n'en dit rien, mais j'étais sûre qu'il pensait que Craig était guéri. Il avait l'air si content de le voir.

Ainsi que Charlie l'avait prédit, nous ne réussîmes pas à arrêter le flux du courrier plus efficacement que la première fois. Nous avions envoyé des centaines de lettres à travers le monde pour annoncer que l'appel était caduc, mais des centaines de milliers de cartes continuaient d'arriver chaque semaine.

Les excursions se multiplièrent. Mon agenda était bourré d'engagements pour l'été. Craig attirait plus l'attention qu'une star de pop music, et je me demandais parfois si cela n'allait pas le pourrir. Mais rien de tel ne se manifesta. Je sais que je suis partiale, mais je ne lui ai jamais vu le moindre signe de suffisance. Craig gardait fermement les pieds sur terre. Cela dit, je m'inquiétais de son nouvel aspect. Il m'arrivait de penser que sa tête changeait de forme une nouvelle fois. Elle me semblait s'allonger anormalement vers l'arrière. Comme personne ne semblait le remarquer, je me dis que c'était l'effet de mon imagination. En tout cas, il allait faire régulièrement des scanners à Marsden et, comme personne ne demandait à me voir après, j'étais rassurée. Il se fatiguait toujours très vite mais j'étais sûre que c'était dû à sa perte de poids. On avait de plus en plus de mal à le faire manger. Sa main tremblait tellement qu'il peinait à trouver sa bouche avec la fourchette, et de toute façon il n'avait aucun appétit, comme s'il avait perdu le sens du goût.

En août, il ne pesait plus que 28 kilos et paraissait très frêle. Mais quand on lui proposa de faire un tour en ballon avec l'acteur Brian Blessed, pas question pour lui de dire non. Au premier abord, je n'étais pas trop rassurée, mais Brian m'inspira tout de suite confiance. C'est un homme charmant et attentionné qui me promit de prendre grand soin de Craig. Tout se passa très bien jusqu'à l'atterrissage plutôt mouvementé qui fit culbuter la nacelle. Mais personne ne fut blessé. Brian me raconta plus tard qu'au moment où ils se dépêtraient de la nacelle, quelque part vers Bristol, toute une bande de gosses coururent vers eux. Personne ne reconnut Brian mais tout le monde reconnut Craig, et à la consternation de Brian une fillette lança à l'improviste :

— Salut, Craig, je croyais que t'étais mort !

Ce qui, au demeurant, ne démonta nullement Craig.

— Je vivrai jusqu'à quatre-vingt-dix ans, rétorqua-t-il.

Brian m'avoua que ça avait été l'instant le plus émouvant de sa vie.

Une semaine plus tard Craig était l'invité d'honneur du premier match de Chelsea de la saison, à Stamford Bridge. Charlie et Ernie vinrent avec lui. Je cédai ma place à Charlie. Il méritait bien cela, après tout le mal qu'il s'était donné. Avant le match ils déjeunèrent avec Bobby Campbell, sa femme Susan et leur fils Luke. Craig était ravi. Le football lui manquait beaucoup.

Début septembre, Sharon donna naissance à un nouveau bébé. Cette fois c'était un garçon qu'elle et Steven appelèrent Craig.

— On ne peut vraiment pas l'appeler autrement, m'man, expliqua Steven.

Le même mois nous prîmes finalement une semaine de vacances à la mer, dans la maison d'hôtes Malcolm-Sargent aux Sables de Jaywick, ces fameuses vacances que Craig n'avait pu prendre l'année passée parce qu'il était trop mal en point. Il fit très beau et Craig arbora un joli petit hâle. De retour à la maison il avait bien meilleur aspect.

Craig avait reçu deux cartes de vedettes très célèbres : l'une de Madonna et l'autre de Michael Jackson. Madonna avait écrit à Craig une lettre adorable où elle lui disait combien sa propre mère avait souffert du cancer. Je téléphonai au *Sun* pour les avertir — ils tenaient à ce qu'on les mette au courant des cartes remarquables — et ils promirent d'envoyer quelqu'un le 17 septembre pour prendre un cliché des deux cartes de vœux.

— Marion, comment allez-vous ?

C'était la voix de Diana Tait, au téléphone.

— Je reviens juste de vacances, dit-elle en marquant une petite pause. Je crains que le résultat du dernier scanner de Craig ne soit pas très bon. J'aimerais que vous veniez me voir avec Ernie mardi après-midi.

Nouvelle pause :

— Nina sera avec moi.

Mon cœur s'arrêta. Nina était la surveillante qui assurait la liaison avec les familles. Une partie de son travail consistait à s'entendre avec les infirmières spécialisées quand votre enfant mourait. Faire venir la surveillante préposée aux liaisons avec la famille annonçait le début de la fin. Cela me mit en fureur :

— Pas question ! J'ai pas besoin d'elle. Je ne veux pas l'avoir dans les pattes.

Puis je me mis à crier dans le combiné :

— Débrouillez-vous pour qu'elle ne soit pas là.

— D'accord, Marion, dit Diana Tait calmement. C'est comme vous voulez. Je vous verrai mardi à deux heures.

Je reposai le téléphone et me mis à trembler. Je déraillais. D'un côté j'étais en colère, de l'autre, anéantie et paralysée. Ingrid Miller, du *Sun*, était passée ce jour-là pour faire une nouvelle interview de Craig. Elle entra dans la cuisine et mit son bras autour de moi :

— Il y a quelque chose qui ne va pas ?

— Non, non. Tout va bien, dis-je en secouant la tête. Tout baigne.

Je ne voulais pas qu'elle sache. Je craignais (et pourtant je n'avais aucune raison de ne pas lui faire confiance) de retrouver la nouvelle dans les journaux, que Kate la lise, ainsi que mon père, et, pire encore que Craig soit au courant et qu'alors il perde l'envie de vivre. C'était la seule chose dont j'étais sûre : Craig ne devait rien savoir.

Je trouvai une excuse, montai au premier pour parler à Ernie. Il devint livide. Je m'étais mise à pleurer silencieusement. Les larmes coulaient sur mon visage. Je redescendis, laissant Ernie sur le palier. Ingrid m'étreignit et me regarda droit dans les yeux :

— Il n'y aura pas d'article, dit-elle. Je vous le promets.

Après son départ et celui du photographe, Ernie et moi tombâmes dans les bras l'un de l'autre en sanglotant.

— Mardi ! murmurai-je. Comment allons-nous tenir jusqu'à mardi ?

Trois nuits nous séparaient du rendez-vous et je ne me rappelle pas avoir dormi un instant. Je pris la brochure sur le cancer qu'on m'avait donnée à Marsden et relus comment les enfants qui avaient une tumeur au cerveau mouraient dans leur sommeil. Je me levai plusieurs fois dans la nuit pour ramper dans la chambre de Craig en tenant un miroir près de sa bouche. Je crus devenir folle. Je restais prostrée à la maison. C'était vraiment la première fois que je ne voulais voir personne. C'était évident, je faisais une dépression nerveuse.

Ce n'était pas juste. J'avais cru qu'il était guéri. Je croyais vraiment qu'il allait bien. Je m'étais seulement menti à moi-même. Pendant tout ce temps, l'horrible chose était à l'affût, prête à grossir à nouveau. Cette espèce de *monstre,* avec des dents, des cheveux et des ongles, je le haïssais. Je le haïssais vraiment. J'aurais voulu l'arracher à mains nues de la tête de mon fils.

Le mardi finit par arriver. Ernie et moi allâmes en voiture à Marsden. Nous avions laissé Craig avec mon amie Carol. Je lui avais raconté qu'on allait au bureau des impôts locaux pour batailler à propos de ce qu'ils voulaient nous faire payer. C'était la première fois que je mentais à Craig.

J'eus le sentiment d'être une vieille femme en parcourant le couloir de l'hôpital. Celui qui a inventé l'expression avait vu juste : je pouvais à peine mettre un pied devant l'autre. Ernie me cornaquait et, je ne sus trop comment, nous finîmes par aboutir au bureau de Diana Tait. Elle n'était pas encore là et nous nous assîmes en l'attendant. À son arrivée je tremblais de la tête aux pieds. Elle m'embrassa ainsi qu'Ernie, comme elle le faisait toujours, puis elle mit le cliché du scanner sur un écran :

— Comme vous le voyez, la tumeur a beaucoup grossi, dit-elle. Ça s'est produit très vite.

On voyait une grosse masse noire au milieu du cerveau. Je regardais la chose, hypnotisée, sans en croire mes yeux.

— Vous ne pouvez pas l'opérer ?

Diana Tait secoua la tête tristement.

— Je crains qu'il n'y ait pas grand-chose à faire, dit-elle.

Je regardai Ernie. Il était en état de choc.

— Quand va-t-il mourir ? demandai-je sans en croire mes propres oreilles.

— Cela, je ne peux pas le prévoir. Je n'en sais rien. Comme vous le savez, cette tumeur est très étrange.

— Et comment va-t-il mourir ? suppliai-je.

Je voulais savoir.

— Est-ce que cela va se passer comme dans la brochure de l'hôpital ? Va-t-il simplement mourir dans son sommeil ? Va-t-il souffrir ?

— Le temps venu, nous lui donnerons de la morphine pour qu'il ne souffre pas, dit-elle doucement.

Je sentis Ernie frissonner.

— Si je comprends bien, vous nous demandez de le prendre à la maison et de le laisser mourir en paix ?

Elle haussa les épaules avec tristesse :

— Oui, c'est ça. Nous pourrions pratiquer de courtes séances de fortes doses de rayons, mais ce ne serait qu'une tactique dilatoire.

J'avais déjà vu des gosses qui avaient subi des séances de radiothérapie aiguë et je ne voulais pas en entendre parler pour Craig. Je restai près d'elle à regarder le scanner, Ernie de l'autre côté. Puis, soudain, je fus envahie d'une très forte sensation. C'était un extraordinaire afflux d'énergie, comme si cela montait par mes pieds. Une minute avant j'étais près de l'évanouissement, la suivante je me sentais incroyablement calme et déterminée.

Je savais ce que j'avais à faire. Je reprendrais

Craig. C'était mon enfant. Pourquoi faudrait-il que je laisse l'hôpital décider s'il devait mourir ou non ? S'ils ne voulaient pas se battre pour lui, je le ferais moi-même.

Je la regardai méchamment :

— Pas question, dis-je. Il ne mourra pas.

Je pointai mon doigt vers elle :

— Vous ne l'aurez pas.

Je désignai le ciel :

— *Il* ne l'aura pas non plus. C'est moi, qui l'aurai.

Puis j'eus une idée :

— Je vais aller en Russie. Je vous le dis, je vais aller en Russie.

Des tas de gens nous avaient écrit de Russie cet été en nous demandant de venir les voir. C'était peut-être cela que je devais faire. Je ne savais pas combien le voyage pouvait coûter. Nous n'avions pas deux sous en poche mais, d'une certaine façon, d'une *certaine façon,* je savais que je trouverais de l'aide pour Craig.

— Ah, Marion, je vous en prie. Je vous en prie, n'allez pas en Russie. Ils ont beaucoup moins de moyens que nous.

— Chère madame, il faut bien que j'aille quelque part.

Je tremblais de colère :

— Est-ce que vous me soutiendrez, où que j'aille ?

— Oui, dit-elle. Je serai derrière vous.

Nous étions sur le point de partir et elle nous embrassa pour nous dire au revoir. Puis elle me toucha le bras :

— Marion, je ne voulais pas que cela arrive, vous le savez bien. J'aime beaucoup Craig et je vous aime aussi beaucoup tous les deux. Je suis vraiment désolée.

Ce soir-là, avant d'aller au lit, je pris mon journal, et, à la page du mardi 20 septembre 1990, j'écrivis :

Le pire jour de notre vie. Dieu du paradis, s'il te plaît, fais que le docteur se trompe. Je te donne tout ce que j'ai, Seigneur. Je t'en prie, ne me prends pas mon fils. Je l'aime tellement, tellement. Je t'en prie, réponds-moi, Seigneur. Merci, Marion.

Le lendemain matin, il pleuvait. C'était bien ça. Chaque fois que nous avions de mauvaises nouvelles, il se mettait à pleuvoir. J'avais pleuré toute la nuit et j'avais l'air d'une épave. Craig descendit à dix heures et s'étendit sur le canapé. Il ne fallait surtout pas qu'il se rende compte à quel point j'étais bouleversée, surtout pas qu'il me demande ce qui se passait. Je lui mentirais. Mais comment lui mentir encore ? Non, je ne pouvais pas. Alors, je me mis à errer dans la maison comme une âme en peine, cherchant quelque chose à faire pour m'occuper l'esprit. Il y avait une demi-douzaine de sacs postaux dans la cuisine et je me mis à ouvrir quelques enveloppes. La plupart des sacs venaient de la poste, mais il y avait un gros sac en plastique bourré de lettres acheminées par des messageries privées — Federal Express, DHL et UPS. Je détestais ouvrir le courrier des messageries car chaque lettre arrivait dans une enveloppe en plastique très difficile à ouvrir. Pourquoi ai-je choisi ce sac plutôt qu'un des sacs postaux de Sa Majesté ? Mystère. Toujours est-il que je pris la première lettre du sac des messageries.

L'enveloppe venait de Federal Express. Je l'ouvris à l'aide d'un couteau de cuisine. Il y avait une autre grande enveloppe marron à l'intérieur, et à l'intérieur de celle-ci, une lettre. Elle était écrite à la machine sur papier à en-tête : *Centre de recherche universitaire de santé de Virginie, département de neurochirurgie*. La lettre était datée du 7 août — il y avait six semaines.

À la fin de ma lecture je tremblais comme une feuille. Dieu venait de répondre à mes prières.

14

Chère Madame Shergold,

Je vous écris de la part de mon ami John Kluge. M. Kluge vit ici à Charlottesville. C'est l'homme le plus riche des États-Unis. Plus important, c'est l'une des personnes les plus préoccupées de son prochain que je connaisse.

M. Kluge m'a appelé ce matin parce qu'on lui a demandé d'envoyer une carte postale à votre fils Craig. Comme l'on pouvait s'y attendre de sa part, M. Kluge a été très touché par la situation et il a voulu s'assurer que tout ce qu'il était médicalement possible de faire pour Craig l'avait été. En fait, il propose de venir sur place, en avion, dans l'espoir qu'il puisse y avoir quelque chose à faire. Évidemment, ne connaissant pas précisément le cas de Craig, je n'ai pu lui donner un avis.

Nous avons essayé de vous téléphoner ce matin, mais votre numéro n'est pas dans l'annuaire.

J'aimerais que vous me téléphoniez en PCV afin que nous puissions déterminer si M. Kluge peut vous aider.

Votre tout dévoué,

Neal F. Kassell, docteur en médecine, professeur et vice-président de l'université de médecine de Virginie.

— Ah, mon Dieu ! Mon Dieu ! Est-ce possible ? m'écriai-je.

Totalement désemparée, je me mis à courir en

tous sens dans la cuisine comme un poulet dont on aurait coupé la tête.

Encore heureux que Craig se fût endormi sur le canapé : l'explosion d'une bombe ne l'aurait pas réveillé. Kate frappa à la porte. Elle arrivait au bon moment :

— Kate ! Kate ! Viens voir ! Lis cette lettre !

Je brandissais la lettre.

— Tu te rends compte, ce professeur va penser que je suis une mauvaise mère ! Que je n'ai même pas eu la décence de lui répondre ! Mais qu'est-ce que je dois faire, qu'est-ce que je dois faire ?

J'étais au bord de l'hystérie.

Kate prit les choses en main. Je ne lui avais rien révélé de l'état réel de Craig, mais elle comprit aussitôt que c'était important.

— Il faut que tu téléphones à ce professeur immédiatement, dit-elle fermement.

Elle me fit une tasse de café, m'offrit une cigarette et m'obligea à m'asseoir. Puis elle composa le numéro indiqué au bas de la lettre. Nous n'avions aucune idée de l'heure qu'il était en Amérique. Je lui arrachai le combiné des mains et pris une profonde inspiration.

On nous répondit immédiatement :

— Allô ! ici Neal Kassell.

Il avait un extraordinaire accent américain traînant qui me fit penser à la façon de parler des gangsters de Chicago. Sur le coup, j'eus du mal à trouver mes mots. J'avais espéré tomber sur une standardiste ou une secrétaire.

— Bon-jour, dis-je en bégayant. Ici Marion Shergold. Je téléphone d'Angleterre.

Il comprit immédiatement qui j'étais.

— Ah ! bonjour, madame Shergold. Vous avez donc reçu ma lettre ?

— Je suis vraiment désolée, répondis-je, mais je

viens juste de l'ouvrir. Il nous arrive six cents sacs de courrier chaque semaine...

Il émit un petit rire :

— Je comprends, ne vous inquiétez pas. Nous nous attendions que cela prenne du temps, mais nous savions que vous finiriez par nous faire signe. Comment va Craig ?

— Vous n'allez pas croire ce que je vous dis, mais hier, à l'hôpital, ils m'ont dit de le garder à la maison et de le laisser mourir. En lisant votre lettre, j'ai cru avoir des visions. C'était comme un message du paradis.

— Nous aimerions vraiment aider Craig si c'est possible, mais à ce stade je ne veux pas vous donner de faux espoirs, répondit le docteur Kassell. Si M. Kluge a fait appel à nous, c'est parce que nous sommes en mesure d'expérimenter un nouveau traitement, ici, à Charlottesville. On appelle ça le bistouri à rayons gamma. Vous en avez peut-être entendu parler ?

Le nom m'évoqua quelque chose. J'avais l'impression d'avoir lu un article quelque part à ce sujet.

— Qu'est-ce que c'est ?

— C'est un nouvel instrument qui dirige des rayons de haute énergie directement sur le cerveau. Cela pourrait représenter un nouveau traitement pour Craig, mais ça n'est qu'une possibilité. Je ne vous promets rien, d'accord ?

— D'accord, acquiesçai-je

— Cela dit — et la voix du professeur prit un ton professionnel —, avant de prendre la décision de faire venir Craig ici, je dois voir son dossier, toutes ses ordonnances et ses scanners. Ce que j'aimerais, c'est que vous m'envoyiez tout cela par courrier express. Nous paierons l'affranchissement. Téléphonez-moi dès que c'est fait.

Il rit à nouveau :

— Et téléphonez-moi en PCV la prochaine fois !

— Ah, merci ! Merci mille fois ! bafouillai-je.

Je reposai le téléphone et embrassai Kate :

— Occupe-toi de Craig.

Tout en continuant de boire mon café, je courus à la voiture et roulai à toute vitesse vers l'hôpital Royal Marsden. Je laissai la voiture dans le parking réservé au personnel, grimpai les escaliers quatre à quatre et déboulai dans le bureau du docteur Tait.

Elle n'y était pas. On me dit qu'elle était absente et qu'on ne pouvait me confier le dossier de Craig sans son autorisation. Je n'en croyais pas mes oreilles. Je perdis tout contrôle de moi-même, suppliai, tempêtai. Puis suppliai encore. Mais l'on me répondait toujours non, d'un air compréhensif. Alors, je téléphonai au docteur Kassell en lui expliquant qu'il faudrait attendre une semaine le retour de Diana Tait. Il essaya de me tranquilliser, mais ce fut la plus longue semaine de ma vie.

En attendant, je partis voir Richard Hayward. C'était une idée d'Ernie. Selon lui, il pourrait vérifier si le docteur Kassell était un médecin confirmé et reconnu. Le docteur me rassura :

— Oui, c'est un excellent médecin. Un chirurgien de renommée mondiale.

Seulement, le bistouri à rayons gamma ne l'enthousiasmait pas trop. Il s'agissait d'un gros appareil encombrant, me dit-il. Tout en réfléchissant il ajouta :

— Je dois vous avertir qu'une seconde opération serait très risquée. Mais si vous voulez que j'essaie...

Il hésitait.

Je le remerciai et refusai. Huit mois plus tôt, mon instinct m'avait dit que le docteur Hayward allait sauver la vie de Craig. Le même instinct me disait que c'était au docteur Kassell de tenter la prochaine opération. Quelle que fût la raison qui l'avait poussé à nous contacter, ce devait être plus qu'une coïncidence. Le destin nous dictait d'aller en Amérique. Diana Tait revint le 1er octobre.

— Je vais envoyer le dossier, acquiesça-t-elle quand je lui téléphonai. Mais je vous en prie, ne bâtissez pas trop d'espoirs sur cette possibilité. Craig est très, très malade, vous savez.

Mais comment pouvais-je perdre espoir ? En attendant des nouvelles du docteur Kassell, j'essayai de me comporter comme d'habitude. Je ne voulais surtout pas que Craig se doute de ce qu'il y avait dans l'air. Nous l'emmenâmes avec nous à une grande séance de dépouillement de cartes à Lordshill, ce qu'il supporta très bien. Mieux que moi, en fait. Je commençais à avoir du mal à regarder les gens en face en faisant croire que tout allait bien.

Finalement, le 16 octobre, Kim, la secrétaire du docteur Kassell, téléphona pour nous dire qu'ils avaient bien reçu les scanners de l'hôpital Marsden et que le docteur Tait leur avait faxé une lettre donnant tous les détails sur les traitements que Craig avait suivis jusque-là.

— Nous allons vous recontacter très vite pour vous dire quand Craig peut venir, promit Kim.

Deux jours plus tard, Linda Stein, de la Fondation pour la réalisation des souhaits d'enfants, nous téléphona à son tour. Notre entretien fut un peu étrange. Je ne lui avais pas reparlé depuis l'été :

— Bonjour, ma chérie, comment va Craig ?

— Pas très bien.

Je lui donnai les informations de Diana Tait.

— Ah, désolée, Marion. Je téléphonais pour vous dire que nous avions arrangé un voyage pour Craig aux studios Universal. Nous avions pensé qu'il aurait pu d'abord venir à Atlanta pour voir toutes les cartes qui ont été rassemblées ici. Puis nous nous serions envolés pour la Floride. Pensez-vous qu'il est en état de le faire ? Cela serait très stimulant pour lui.

Dans l'affolement des dernières semaines j'avais complètement oublié le « souhait » de Craig. Mais ce n'était plus possible d'y songer aujourd'hui. Je mis Linda au courant de la lettre du docteur Kassell et du fait que nous allions sans doute aller en Virginie pour ce traitement aux rayons gamma.

— Ah ! mais c'est formidable ! s'exclama-t-elle. Justement, en mai, je voulais passer prendre Craig en Angleterre et le ramener avec nous aux États-Unis. Je suis sûre qu'ils feront quelque chose pour lui. C'est vraiment parfait, Marion. Je ne peux pas y croire !

Puis elle eut une idée :

— Tenez, comme de toute façon il vient en Amérique, il pourra par la même occasion réaliser son souhait.

Je n'en étais pas bien sûre. Craig misait beaucoup là-dessus, cela faisait un bout de temps qu'il y pensait. Mais nous ne savions pas à quelle vitesse la tumeur grossissait. Son état n'avait pas eu l'air de trop s'aggraver depuis notre entretien avec Diana Tait, mais qui pouvait dire ce qu'il en serait dans les semaines à venir ? Si nous allions d'abord aux studios Universal, qui sait si Craig n'allait pas mourir avant qu'on ait essayé le bistouri aux rayons gamma ?

— Linda, pourquoi ne demanderiez-vous pas aux médecins si c'est possible ? Je me rallierai à ce qu'ils disent.

— Bien sûr, Marion chérie, c'est ce que je vais faire, répondit Linda, laissez-moi faire.

Elle rappela quatre jours après.

— Rassemblez vos affaires. Votre avion part à onze heures demain matin.

— Quoi ? Vous plaisantez, Linda !

Elle rit :

— J'ai tout arrangé, les vols, tout. J'ai parlé au docteur Kassell. Il a vu les scanners et il dit qu'il est d'accord pour essayer et permettre à Craig de réaliser son rêve avant d'entrer à l'hôpital. D'après lui, ce n'est pas à trois semaines près. En réalité, il trouve l'idée formidable. Il dit que ça mettra Craig en bonne forme.

Quelle panique ! Nous fîmes les bagages à toute vitesse. J'appelai Carol, Kate et mon père pour leur expliquer ce qui arrivait. Quand Chris l'insaisissable appela pour venir chercher des sacs postaux, nous lui demandâmes de dire à tout le monde, au dépouillement, où nous allions. Puis je me rappelai ma promesse d'informer le *Sun*. Ils avaient été parfaits avec Craig, et je les appelai. Ils me demandèrent si je voyais un inconvénient à ce qu'ils envoient Ruki et un photographe avec nous. L'idée d'avoir une amie pour nous accompagner dans un pays étranger me rassura plutôt.

Craig était ravi, du moins pour tout ce qui concernait la réalisation de son souhait. Ce soir-là, l'air de rien, je lui dis :

— Au fait, Craig, tant que nous y sommes, en Amérique, nous irons voir un médecin.

— Oh ! la, la, m'man, grogna-t-il. Pas encore une opération !

— Non, juste pour t'examiner, parce qu'en Amérique les médecins sont très compétents, tu sais.

Nos billets d'avion, payés par la Fondation des souhaits d'enfants, nous arrivèrent à trois heures du matin. Juste avant sept heures, Carol nous appela pour venir nous chercher et nous conduire à l'aéroport de Gatwick. Il y avait des embouteillages sur l'autoroute et j'eus des sueurs froides à l'idée de rater l'avion. Nous arrivâmes juste à temps. Ruki et Phil, le photographe, nous attendaient au contrôle, complètement affolés. J'embrassai Carol, Dawn et Pat, ma belle-sœur. Il n'y avait personne d'autre parce que je m'étais bien gardée de dire à la famille à quel point l'état de Craig était critique. L'avion décolla peu après. Au moment où le Jumbo Jet s'élevait au-dessus de la piste, les mots de Chris l'insaisissable, la veille, me trottèrent dans la tête :

— Faites bon voyage. Que Dieu vous bénisse. Revenez en famille.

Le vol dura dix heures et je ne quittai pas Craig des yeux de tout le voyage. Il avait encore maigri ces dernières semaines et il avait beau garder toute sa bonne humeur, il semblait très fragile. Les hôtesses s'étaient vite rendu compte de son état. Elles avaient relevé l'accoudoir et lui avaient aménagé un petit lit sur les sièges pour qu'il puisse dormir pendant tout le voyage. Nous atterrîmes à Atlanta au milieu de l'après-midi, et à mon grand soulagement on nous évita la douane en nous dirigeant directement vers le hall des arrivées où Linda et Arthur nous accueillirent très chaleureusement. On nous conduisit directement à l'hôtel. J'étais bouche bée en poussant le fauteuil roulant de Craig à l'intérieur du Hyatt. Nous n'étions jamais descendus dans un hôtel aussi luxueux de toute notre vie. L'entrée était pleine de plantes tropicales et d'arbres de taille normale, sans parler des cages d'oiseaux exotiques à moitié cachées dans le feuillage. Il y avait même une fontaine artificielle. Le personnel nous accueillit comme des rois et entassa sans ciller nos vieilles valises sur un chariot.

Notre chambre était située à l'étage de la direction (il fallait introduire une carte spéciale pour pouvoir sortir de l'ascenseur) et nous découvrîmes ce que Craig considéra comme un luxe suprême : une télévision dans la salle de bains.

Il passa une heure dans son bain après le départ de Linda et d'Arthur, à regarder des dessins animés. Le soir, assise dans notre immense lit rose, je regardai les fleurs, les miroirs et les tableaux de la pièce comme dans un rêve. Le matin nous nous étions réveillés dans une HLM du sud de Londres, le soir, nous couchions dans un palace à l'autre bout du monde. L'idée même d'un rendez-vous à l'hôpital semblait irréelle dans cet environnement. C'était quelque chose de lointain dont nous ne devions pas nous soucier. Je me blottis contre Ernie :

— Profitons de ces trois semaines, chuchotai-je Nous ne ferons aucune allusion à l'opération. Vivons dans le présent.

Et c'est ce que nous fîmes. La Fondation des souhaits d'enfants nous y aida. Nous fûmes totalement pris en charge, et l'aurions-nous voulu que nous n'aurions pas eu le temps de ruminer des idées noires tant les journées étaient remplies. La première semaine se déroula à Atlanta avec Linda et Arthur qui nous traitèrent comme des membres de leur famille. Ruki et Phil nous accompagnaient partout — tous deux étaient devenus nos amis. Ils avaient loué une immense limousine dans laquelle nous partîmes pour un gymnase voir les fameux catcheurs américains Hulk Hogan et Jake le Serpent, le premier vœu de Craig. Après avoir laissé les catcheurs et leurs muscles aux photographes, la limousine nous conduisit à un entrepôt pour voir les cartes de vœux. À notre étonnement, des dizaines de gens attendaient dehors l'arrivée de Craig, avec des ballons et des banderoles : « Bienvenue en Amérique » et : « Nous t'aimons tous, Craig ». L'entrepôt était bourré de cartes jusqu'au plafond. Il y en avait partout, sur les murs, dans les sacs par terre, sur les tables (le dépouillement était organisé de la même façon que chez nous, à cette différence près qu'ils s'y mettaient cinq fois par semaine). Il y avait une affiche au mur de l'entrepôt qui disait : *Que toutes les prières qui ont été dites soient exau-*

cées. Craig fit le tour de tous les volontaires américains en leur serrant la main et en répétant inlassablement : « Salut, salut, salut... » Être le centre de l'attention générale ne le troublait guère. Tout le monde voulait le voir et lui dire un mot.

— Reste-t-il encore quelqu'un à qui je n'aie pas serré la main ? demanda-t-il.

Arthur me donna un petit coup de coude :

— Vous savez, ce garçon-là pourrait faire l'affaire comme prochain président des États-Unis...

L'équipe de la plus célèbre présentatrice américaine de télévision, Connie Chung, filma la soirée. Ils faisaient un film sur Craig qui devait sortir pour Thanksgiving, la fête nationale, à la fin novembre, et ils nous avaient déjà interviewés, à l'hôtel, Craig et moi, sans Ernie, qui comme d'habitude était trop timide. Ils étaient même venus l'été en Angleterre pour filmer nos quatre millions de cartes en provenance de Russie — il faut dire qu'ils imaginaient difficilement les Russes en train d'envoyer des cartes de vœux. Le journaliste de la télévision demanda à Craig ce qu'il pensait de l'accueil en Amérique.

— J'ai l'impression d'être une vedette, dit-il lentement.

Il me sourit en cherchant ses mots.

— M'man a toujours dit que je serais une vedette, et c'est ce qui m'arrive. J'ai du mal à le croire.

Après une dernière réception sensationnelle à la Toussaint, il nous fallut dire au revoir à Linda et Arthur et partir pour la Floride visiter les studios Universal et Disneyworld. Linda avait ajouté Disneyworld à l'itinéraire quand elle avait appris que Craig avait été trop malade pour en avoir profité la première fois. Nous continuions à vivre un rêve. À l'aéroport, nous fûmes accueillis par le shérif du comté, Walter J. Gallagher. Une foule était avec lui

— je crus que les gens attendaient quelqu'un d'autre jusqu'à ce que je me rende compte que nous étions les derniers à descendre de l'avion. On m'offrit des fleurs. Puis quatre motards de la police avec gyrophares et sirènes nous escortèrent pendant tout le trajet, stoppant la circulation exprès pour nous à chaque carrefour.

— C'est sensass ! n'arrêtait pas de dire Craig, les yeux écarquillés. J'ai l'impression d'être un roi.

À mon grand plaisir, l'hôtel où nous devions séjourner s'appelait Peabody.

— C'est bon signe, dis-je à Ernie.

J'étais née dans un bâtiment Peabody et, en superstitieuse que j'étais, je considérai cela comme un bon présage.

Cette fois-ci nous profitâmes beaucoup mieux de Disneyworld. Curieusement, Craig semblait bien plus vif, en dépit du fait que les scanners témoignaient d'une aggravation de son état par rapport au mois de mars précédent. On nous traitait comme des VIP *(Very Important Persons)* avec les caméras de la chaîne CBS qui nous suivaient tout le temps. On nous organisa un rendez-vous personnel avec Mickey, qui donna à Craig un gros baiser.

— Et Minnie, où est-elle ? demanda Craig.

Mickey haussa les épaules, suggérant qu'il n'en savait rien.

— Moi, je sais, dit Craig. Elle s'est taillée avec une autre souris.

L'équipe de la télé éclata de rire. Ensuite, on demanda à Craig d'aller sur un radeau pour participer à la parade Disney. Il refusa :

— Non. Je préfère *voir* la parade plutôt que d'en être.

Nos deux semaines en Floride passèrent en un éclair. Deux bienfaiteurs de la Fondation des souhaits d'enfants, Ward et Sandy Grinner, veillaient à nos moindres besoins et arrivaient chaque jour avec une proposition différente : une invitation à un match de basket, une excursion en limousine, une visite au parc aquatique. Les surprises se succédaient. Le shérif Gallagher fut merveilleux, lui aussi, et organisa plusieurs divertissements tout exprès pour Craig. Il y eut une séance de pose sur une moto de la police, une exhibition des SWAT (les troupes de choc de la police américaine), et une promenade sur un cheval de la police montée. On déguisa même Craig en shérif du comté en lui accrochant une vraie étoile dorée avec son nom dessus. Pour finir en beauté, la veille de notre départ, Craig fut nommé maître honoraire des canards, et autorisé, à ce titre, à conduire « au lit » les canards domestiques de l'hôtel Peabody, pour la fameuse parade des canards, un honneur habituellement réservé aux stars de cinéma. Toutes ces activités auraient pu l'épuiser, mais Linda, Ward et Sandy avaient soigneusement étudié son emploi du temps afin qu'il puisse dormir trois heures tous les après-midi. Résultat : il n'eut aucune défaillance.

La quinzaine avait passé trop vite et il était temps de dire au revoir. Ce fut douloureux. Pendant deux semaines nous avions fait partie d'une grande famille. Tout le monde avait la larme à l'œil, y compris les agents de la circulation qui nous escortaient !

Malgré le hâle du soleil de Floride et la bonne mine de Craig, nous savions que les vacances n'avaient rien changé à son état. C'était toujours un petit garçon très malade et il nous fallait faire avec. Je crois que je n'ai jamais eu aussi peur de l'avenir que ce jour-là, en quittant Orlando pour le Centre médical universitaire de Virginie.

Notre séjour à Charlottesville commença mal. Le bruit des moteurs de l'avion au moment de survoler les montagnes Bleues[1] me fit trembler sur mon

1. Dans les Appalaches. *(N.d.T.)*

siège. Pour ce qui est des avions, plus ils sont gros, mieux je me porte. Or, celui-ci était le plus petit avion que j'aie jamais emprunté.

Les choses s'améliorèrent une fois à terre. Une jolie brune nous attendait.

— Bonjour, je suis Mona, l'une des assistantes du docteur Kassell, dit-elle en souriant. J'ai une voiture dehors, pour vous conduire à votre hôtel.

Le trajet fut magnifique. J'eus l'impression de revenir au temps des colonies. Les feuilles des arbres tombaient, toutes rouges et dorées, et le paysage était splendide. Cela me rappelait Guildford. Je n'imaginais pas l'Amérique ainsi : sans panneaux publicitaires... sans supermarchés...

Même notre hôtel, La Tête de Sanglier, ressemblait à un hôtel traditionnel de la campagne anglaise qu'on aurait ramassé là-bas pour le déposer dans la campagne de Virginie. Il était situé dans un beau parc agrémenté d'un étang avec des cygnes. La gérante vint nous accueillir à notre descente de voiture.

— Je vous en prie, appelez-moi Sandy, dit-elle en souriant. À partir de maintenant, vous êtes ici comme chez vous, en famille.

Après nous avoir fait accepter un gros paquet de gâteaux secs et de chocolats, Mona nous quitta :

— Reposez-vous, dormez un peu, nous conseilla-t-elle. Le docteur Kassell souhaite voir Craig demain matin à six heures et demie.

Je crus d'abord avoir mal entendu. Manifestement, les horaires de travail américains n'étaient pas les mêmes que chez nous.

Quand Mona vint nous chercher le lendemain matin, il faisait à peine jour mais nous étions prêts et l'attendions. Nous n'avions pas fermé l'œil, Ernie et moi. Craig, quant à lui, avait dormi tout son saoul et il eut du mal à se lever. Mona au volant, nous descendîmes une route pendant dix minutes, pour, au détour d'un virage, déboucher sur une cité de bâtiments blancs — le Centre universitaire de santé de Virginie. À l'arrière-plan, les montagnes apparurent dans la brume matinale.

Mona nous fit descendre et traverser une belle entrée aux impressionnantes colonnades blanches, puis un couloir au bout duquel nous arrivâmes au bureau du docteur Kassell. Elle frappa à la porte. Un bel homme aux cheveux argentés ouvrit immédiatement. Il nous tendit la main :

— Monsieur et madame Shergold ?

Neal Kassell n'était pas comme je l'avais imaginé. Certains praticiens se donnent parfois un air guindé, mais Neal Kassell était manifestement humain et chaleureux. Il devait avoir à peine la quarantaine, avec des yeux marron bienveillants derrière ses lunettes d'écaille.

— Et voici Craig ? sourit-il. Comment vas-tu, Craig ? Entre. C'était bien, Disneyworld ?

Sa voix et son accent m'évoquaient toujours un film de gangsters, mais Neal Kassell n'avait lui-même rien d'un gangster. Il me suffit de le voir quelques secondes pour savoir que je pouvais lui confier la vie de mon fils.

Le docteur Kassell nous invita à nous asseoir puis nous parla des examens qu'on allait faire à Craig les jours à venir afin d'en savoir plus sur sa tumeur.

— Nous avons vu les scanners de Londres, mais ils sont vieux de trois mois et nous avons besoin de plus. Nous lui referons aussi des tests de vue et de coordination, comme il en a déjà l'habitude. Ensuite, je voudrais vérifier si la tumeur prospère sur un vaisseau sanguin ou pas. Pour cela, il nous faudra une radiographie aux rayons X qu'on appelle une artériographie.

Craig ne broncha pas mais le docteur avait dû voir mon visage changer de couleur. Il m'expliqua qu'au cas où la tumeur se nourrirait d'un vaisseau, on pourrait stopper l'arrivée de sang et en réduire la taille avant d'utiliser le bistouri aux rayons gamma. C'était donc important de le savoir. Pour ce faire, il suffisait de placer un cathéter dans une veine au niveau de l'aine et d'envoyer un produit à travers tout le corps jusqu'au cerveau.

— De toute façon, sourit-il à Craig, cela, c'est pour plus tard. Pour le moment, il nous faut faire quelques examens. Tu es prêt ?

J'avais envie de demander au docteur Kassell si nous pouvions rencontrer son généreux ami, M. Kluge, mais j'étais trop intimidée pour insister.

La journée fut longue. Nous fûmes trimballés d'un centre de consultation à un autre pour faire examen sur examen. Les médecins ne décidèrent d'une pause qu'à sept heures du soir, voyant que Craig s'était endormi pendant qu'on lui examinait les yeux. Suivirent deux autres jours d'examens, y compris un nouveau scanner MR. Nous fîmes la connaissance d'une bonne partie du personnel de l'hôpital pendant ces deux jours. Tout le monde tenait à ce que nous nous sentions chez nous. Kim, la secrétaire du docteur Kassell, et Lisa, son assistante médicale, nous invitèrent toutes deux chez elles. Kim nous montra même le trousseau de son futur bébé — elle l'attendait pour le mois d'avril. La gentillesse des Américains me confondit. On nous traitait comme de vieux amis qu'on n'avait pas vus depuis longtemps.

Kim et Lisa ne tarissaient pas d'éloges sur le docteur Kassell. C'est un patron formidable, disait Kim, bien qu'il soit parfois un peu original. J'avais moi-même remarqué, par exemple, qu'il ne portait pas de chaussettes. Kim nous dit que c'était un sujet de plaisanterie chez les infirmières.

Craig fut admis à l'hôpital pour son artériographie le lundi 19 novembre. Une infirmière nous conduisit au service pédiatrie. Elle s'appelait Gentille (« Comme un personnage de Disney ! » murmurai-je à Craig), et nous dit qu'elle était chargée de veiller sur Craig qui disposait d'une chambre particulière. La pièce ressemblait à une chambre d'hôtel luxueuse. Craig regardait autour de lui avec stupéfaction :

— Oh, la, la, que c'est chouette !

Il disposait d'un véritable tableau de bord avec quantité de manettes et de boutons pour régler le lit à volonté. On se serait cru dans la cabine de pilotage du Concorde. Craig ne dit rien mais joua avec le tableau pendant la première heure. Il y avait même une télévision suspendue au plafond qu'on pouvait manœuvrer du lit de façon à pouvoir regarder l'écran, même allongé sur le dos.

Il ne s'agissait que d'une artériographie, mais le docteur Kassell nous avait avertis que cela comportait toujours un risque. Nous ne comprîmes l'étendue des risques en question que lorsque le lendemain matin un autre médecin nous apporta une feuille de consentement à signer. Il nous fit venir tous les trois dans un petit bureau et nous énuméra les différents dangers encourus, sans ménagement.

— Cela peut altérer la vue de Craig. Éventuellement provoquer une hémorragie, voire une syncope. Je dois vous détailler tous les risques afin que vous sachiez à quoi vous consentez.

J'étais de plus en plus déprimée, car je me sentais très coupable. J'avais dit à Craig que nous venions ici juste pour un contrôle. Et voilà qu'on l'engageait dans de nouveaux traitements alors qu'il m'avait suppliée de ne plus lui en faire subir. Je le regardai :

— Ça va ?

Il haussa les épaules :

— S'il faut le faire, il faut le faire.

Ils avaient besoin d'un prélèvement de sang avant

l'intervention. Cela aurait été facile avec une sonde en place, mais la chimiothérapie avait abîmé toutes ses veines et ils durent s'y reprendre à plusieurs fois. D'abord aux bras, puis aux mains.

— Mon pauvre chéri, dit une infirmière quand elle le vit se mordre les lèvres en cachant sa douleur. Je vais faire venir Dracula.

Craig se mit à rire en croyant qu'elle plaisantait. Dracula n'était que le surnom du meilleur transfuseur de l'hôpital. Il était très doué et réussit à lui prélever du sang sur le pied.

Sandy, l'infirmière de la salle d'opération, était très affectueuse et sympathique. Juste avant qu'il entre dans le bloc, à onze heures, elle lui offrit une clochette de Noël de soie bleue qu'elle lui avait confectionnée spécialement pour qu'il l'attache à notre arbre de Noël, à notre retour en Angleterre. Après son endormissement, nous attendîmes à la cafétéria en essayant de garder notre calme. Beaucoup de gens avaient l'air de connaître Craig — nous étions les seuls Anglais de l'hôpital — jusqu'aux serveuses derrière le comptoir du bar qui nous demandaient de ses nouvelles en lui souhaitant bonne chance.

Les infirmières nous avaient dit que l'intervention prendrait une heure, et à midi et demi nous entrâmes dans la salle de réveil. Nous arrivâmes juste au moment où Craig sortait du bloc. Nous le regardions quand un médecin lui retira le cathéter de l'aine, ce qui fit jaillir le sang à travers la pièce. Le médecin appliqua un tampon sur l'aine et le sang s'arrêta de couler.

— Ne vous inquiétez pas, ça n'est qu'un geste de routine, nous dit Sandy en souriant par-dessus son masque.

Ernie faillit s'évanouir, mais je souris à mon tour — la vue du sang ne me fait pas peur et de toute façon je me sentais en sécurité avec ces gens-là. Je savais que tout irait bien. Ils étaient très contents de Craig :

— Il a été très courageux, nous dit le docteur. Il faudra qu'il reste étendu pendant un moment, mais il pourra sortir dans deux jours.

Le lendemain, le docteur Kassell nous montra le bistouri à rayons gamma. Cela ressemblait à ce que nous avait décrit le docteur Hayward : un gros appareil encombrant muni d'un énorme casque en métal qui faisait penser à un instrument de torture. Le docteur Kassell nous expliqua que cela fonctionnait sous rayonnement. Il nous dit aussi que, pour certaines tumeurs, le bistouri à rayons gamma les extirpait en permettant au patient d'être sur pied le lendemain même, sans qu'il y ait besoin de radiothérapie par la suite. Mais il ne nous disait toujours pas s'il pouvait l'utiliser sur Craig. Il ne pourrait le savoir que le samedi. Il lui fallait d'abord le résultat des examens.

Vingt-quatre heures après son artériographie, Craig était déjà debout. Il nous dit qu'il avait raconté des histoires drôles au docteur et que celui-ci en avait enregistré certaines sur son magnétophone pour les repasser à M. Kluge qu'il devait voir bientôt.

— Il m'a dit qu'on verrait un jour M. Kluge, et qu'il faudrait que je lui raconte mes blagues moi-même, nous dit Craig, tout souriant.

Le lendemain, Craig put sortir de l'hôpital et nous le ramenâmes à l'hôtel. C'était le jour de leur fête nationale. Les gens en avaient parlé toute la semaine. J'eus tout à coup le mal du pays. L'Amérique nous plaisait beaucoup, mais cela faisait près de cinq semaines que nous étions partis.

Le téléphone sonna. C'était Kim :

— Bonjour, Marion. Le docteur Kassell a retenu une table pour vous au restaurant de l'hôtel, ce soir, pour le repas de Thanksgiving. Vous en serez enchantés, vous verrez !

Nous n'avions pas encore mangé au restaurant de l'hôtel. Nous avions fréquenté les McDonald's ou les Shoney, une autre chaîne de restauration rapide, parce que, même si M. Kluge payait la note de l'hôtel, nous ne voulions pas abuser de sa générosité.

Nous eûmes un traitement de faveur. Sandy, la gérante, nous conduisit entre les tables bondées éclairées à la bougie, nous fit passer devant une cheminée à l'ancienne où le feu était allumé, pour nous installer à une table qui donnait sur l'étang. Les convives chuchotaient sur notre passage — Charlottesville était une petite ville qui avait appris la visite de Craig à la télévision locale.

Nous eûmes droit au plus beau menu : une oie rôtie garnie de beaux légumes frais et une tarte au potiron. Craig lui-même s'y mit et goûta à tout. Des gens venaient lui souhaiter bonne chance et je me rendis compte soudain que je n'avais plus le mal du pays. Nous étions vraiment ici chez nous. Je pris les mains de Craig et d'Ernie par-dessus la table :

— Quand nous reviendrons en Angleterre, nous fêterons Thanksgiving chaque année tout le reste de notre vie, je le promets.

Le lendemain, je m'éveillai avec l'une de mes visions de sorcière. Je savais que le docteur Kassell allait nous renvoyer à la maison, je le savais. J'hésitai à en parler à Ernie, puis je m'abstins. Il faisait froid ce jour-là et nous restâmes dans notre chambre à jouer au pendu et au jeu de l'oie avec Craig, ou à regarder la télévision. Dans l'après-midi, alors que Craig dormait, mon pressentiment devint si fort que j'eus besoin d'en parler :

— Le docteur Kassell n'utilisera pas le bistouri aux rayons gamma sur Craig, dis-je à Ernie.

Il me regarda d'un drôle d'air :

— Qu'est-ce que t'en sais ?

— Je le sais, c'est tout. Il va nous renvoyer chez nous. Il va dire qu'il ne peut rien faire de plus. Crois-moi, nous serons à la maison pour Noël.

Ernie ne voulait rien entendre :

— Mais non, Mal, il va faire tout ce qu'il peut.

Il refusa d'en dire plus. Ernie n'aimait pas discuter. C'était exaspérant. Il n'était pas d'accord avec moi, un point c'est tout.

Le lendemain matin nous allâmes au rendez-vous du docteur Kassell le cœur gros. Kim nous dit que le docteur nous attendait dans son bureau, et nous laissâmes Craig raconter des blagues à Kim et Lisa.

Neal Kassell avait un air très sérieux. Il attendit que nous soyons assis puis nous dit :

— Je suis désolé, mais ça va plus mal que ce que je croyais. Craig est vraiment un petit garçon très malade.

J'avalai ma salive et regardai Ernie qui détourna les yeux.

— La tumeur n'est pas branchée sur une veine, continua-t-il. C'est une mauvaise nouvelle car cela veut dire que nous ne pourrons pas en diminuer la taille avant l'opération, et pour l'instant elle est beaucoup trop grosse pour le bistouri à rayons gamma.

Mon pressentiment m'avait préservée du choc. J'étais simplement comme engourdie. Le docteur Kassell paraissait très contrarié. Il marchait de long en large dans la pièce. Il avait passé beaucoup de temps avec Craig ces derniers jours et je crois qu'il s'était pris d'une véritable amitié pour lui.

— Vous ne pouvez vraiment rien faire ? demandai-je.

Il devait y avoir quelque chose à faire. Je le savais.

Le docteur Kassell hésita.

— Il y a une possibilité, dit-il. On pourrait tenter une nouvelle opération chirurgicale qui réduirait la tumeur à une taille qui *pourrait* permettre d'utiliser le bistouri à rayons gamma. On pourrait tenter d'en enlever environ le tiers, voire la moitié de cette façon. Mais l'opération est extrêmement risquée. Cela peut tourner à la catastrophe. La tumeur est très mal placée.

— Quelle sorte de risque ? demanda Ernie d'une voix étranglée.

Le docteur Kassell arrêta de marcher.

— Écoutez, tous les deux. Je ne vais pas vous peindre la réalité en rose. Craig peut mourir sur la table d'opération, ou peu après.

Il regarda au loin :

— Si seulement je l'avais eu entre les mains plus tôt.

Je me demandai si c'était à nous qu'il s'adressait, ou à lui-même. Il nous regarda à nouveau :

— Et même s'il ne meurt pas, l'opération peut le rendre aveugle, sourd ou le laisser dans le coma.

J'avais la gorge sèche. J'avais déjà entendu tout cela auparavant, à Great Ormond Street. La fois précédente, nous avions décidé d'aller plus loin. Mais cette fois ?

— Quels sont les enjeux d'une telle opération ? demandai-je. Si elle réussit, aura-t-il une vraie vie, redeviendra-t-il comme avant ? Cela va-t-il le guérir ?

Le docteur Kassell secoua la tête :

— Non. Je ne veux pas vous laisser un tel espoir. Il faudrait que je sois très optimiste pour vous promettre une chose pareille, et je n'en suis pas capable. Au mieux, je pense que cela lui donnerait un sursis de six à neuf mois, mais en fait je n'en sais rien. Je ne sais vraiment pas...

Ernie était devenu tout rouge, sans pouvoir parler. J'étais anéantie. Le docteur Kassell regardait le plancher.

— Avez-vous des enfants, docteur Kassell ? lui demandai-je soudain.

Il hocha la tête :

— Oui, j'ai trois filles.

— Vous tenteriez d'opérer l'une d'elles, dans ces conditions ?

Il en resta interdit :

— Marion, je n'en sais rien. Vraiment pas.

Il secoua la tête :

— Je crois qu'il n'y a que vous deux et Craig qui puissiez décider d'en prendre le risque. Je vous en prie, retournez chez vous pour Noël. Parlez-en à votre famille et aux médecins anglais. Passez un bon Noël et pensez très fort à ce que je vous ai dit.

Puis il ajouta calmement :

— Si vous décidez de tenter le tout pour le tout, alors, je l'opérerai au début de l'année prochaine.

15

— Dieu, aide-moi, s'il te plaît. Aide-moi, dis-moi ce que je dois faire.

Je songeais à cette question qui me tourmentait depuis notre retour d'Amérique lorsque je fus envahie, un matin, par une curieuse intuition : ma prière était exaucée. Je savais quoi faire : le temps était venu de dire la vérité à Craig.

Dans l'après-midi, je vins m'asseoir par terre aux pieds de Craig assis dans le salon. Je lui pris la main :

— Tu veux retourner en Amérique, Craig ?

— Ouais ! dit-il.

— Tu sais que tu devras y subir une grave opération ?

Autre « ouais ».

— Craig, il faut que je te parle.

Je pris une profonde inspiration :

— Si l'opération tourne mal, tu peux en mourir.

Pour la première opération je n'avais pas cru bon de lui en parler. Mais il n'avait alors que neuf ans. Aujourd'hui, je m'adressais à un garçon de onze ans. J'avais le devoir de le mettre au courant, de l'impliquer dans la décision à prendre.

Il émit un petit rire.

— Je ne mourrai pas, m'man. T'en fais pas ! J'mourrai pas.

— Tu veux vraiment qu'on y aille ?

— Je pense bien que je veux. Je l'aime bien, ce vieux Kassell. J'ai confiance en lui. Il va me guérir.

J'avais autre chose à lui demander. Cela me travaillait :

— Tu sais, tu risques aussi d'être réduit à l'état de légume, Craig. Oui, comme ces gens qui vous regardent mais ne peuvent plus parler ni même vous voir. Tu as vu des gens comme ça à l'hôpital. Dans ce cas-là, tu m'en voudras ?

Il secoua la tête.

— T'en vouloir ? Pour rien au monde, m'man. C'est simplement la faute à ce fichu cancer.

Je serrai ses mains dans les miennes. Les siennes étaient glacées, comme après l'opération la première fois.

J'avais encore une dernière question :

— Si on te fait cette opération, Craig, tu souffriras terriblement, comme au GOSH. Tu veux vraiment subir tout ça, encore une fois ?

— M'man, écoute, on n'obtient rien sans souffrance.

Il me fit un sourire excédé :

— Je veux y aller. D'accord ?

C'était réglé. Il n'y avait plus à discuter. La question n'était plus de savoir *si* nous y allions, mais *quand.* Toute la tension qui avait pesé sur moi tomba d'un seul coup. La décision était prise.

Dès que nos merveilleux amis apprirent que nous repartions aux États-Unis, ils nous vinrent en aide en collectant la somme nécessaire à notre séjour. Fred et Thelma ainsi que Mac et Jean prospectèrent les champs de courses. Jacky organisa une soirée de karaoké. Cis et Bev, les chefs scouts, des tombolas. Il y eut des ventes de charité, des concours en plein air, des ventes de gâteaux faits à la maison. Jusqu'aux retraités du club de loto de Thelma qui économisèrent pour nous. Ma fierté eut du mal à accepter tous ces dons, mais nous n'aurions jamais pu partir sans leur générosité. L'hospitalisation de Craig devait être prise en charge par M. Kluge, mais il nous fallait aussi de quoi payer l'hôtel, les repas, les appels téléphoniques et les déplacements en taxi. En novembre, j'avais compris que l'argent s'envolait vite à Charlottesville. Je n'avais guère les moyens de faire la fière.

Une fois de plus, rien n'eût été possible sans ces gens qui nous avaient aidé à ouvrir toutes ces cartes. Le ciel en est témoin, et je ne les remercierai jamais assez. Tout le monde demandait des nouvelles de Craig pendant les séances de nuit. Pas une seule où l'on ne chantât *Il a le monde entier entre ses mains*, tout spécialement pour Craig. Soixante sacs postaux pleins à ras bord continuaient d'arriver toutes les semaines. Il fallait tout dépouiller, au cas où il y aurait des dons pour la fondation de Craig, mais nous arrêtâmes de compter au mois d'octobre après avoir atteint les trente-trois millions de cartes ! Le *Guinness* n'aurait pas homologué un nouveau record et le comptage n'avait plus de sens. Le *Guinness* voulut toutefois que nous participions à leur salon annuel. Ils exposaient les cartes de Craig au musée Guinness du Trocadéro de Londres, et voulurent que Craig vienne ouvrir l'exposition le 12 décembre. Le *Guinness* se mit soudain à être fier de Craig. Ils firent même le calcul qu'entassées les unes sur les autres en une seule pile, les cartes reçues par Craig auraient atteint dix fois la hauteur de l'Everest.

Après avoir demandé au docteur Kassell son avis, je voulus préparer à Craig le plus beau Noël de sa vie. On m'y aida beaucoup. Peu après notre retour, Billy Wyman, des Rolling Stones, invita Craig à déjeuner dans son restaurant Aux Doigts qui Collent. Il avait organisé une réception de bienfaisance au bénéfice de l'Appel Craig Shergold pour le Marsden, et voulait remettre un chèque à Craig.

L'idée de rencontrer Bill Wyman m'intimidait beaucoup. Ce n'est pas tous les jours que vous avez l'occasion de rencontrer une rock star de légende. Mais il n'y avait pas de quoi s'inquiéter. Bill se révéla une personne très simple au tempérament remarquablement généreux, qui ne s'inquiétait que de notre confort. Lui-même fut très affecté de voir à quel point Craig était malade. Je lui étais vraiment reconnaissante de ne manifester aucun signe de pitié, mais tout au contraire de ne pas arrêter de plaisanter avec Craig :

— Dis donc, mon pote, qu'est-ce que tu veux ? De la Guinness, de la vodka ou du jus de fruits ?

Je ne savais pas que Bill était un enfant d'Eltham, à quelques kilomètres à peine de Carshalton. Sans compter qu'il avait grandi dans un logement social, tout comme nous. Il me rappelait tellement Kevin que j'avais l'impression qu'il aurait pu être mon frère.

— Tu manges avec moi ? demanda-t-il à Craig.

— M'man, tu crois que c'est indispensable ? me demanda Craig en changeant de couleur.

Le fait est que je ne pouvais plus rien lui faire avaler désormais. Le docteur Kassel avait expliqué que la tumeur avait endommagé le centre de l'appétit.

— Bill, il grignotera juste un peu, répondis-je à sa place.

Mais Craig était trop fatigué pour pouvoir même essayer. Il cherchait un endroit où reposer la tête. Bill enleva prestement sa belle écharpe de laine, la plia soigneusement et la posa sur la table :

— Ça, c'est pour toi, mon vieux, dit-il à Craig. C'est un cadeau. Repose ta tête dessus. Mais attention, ne bave pas, c'est ma mère qui me l'a offerte.

Craig bavait d'un côté de la bouche depuis que

nous étions revenus des États-Unis, et il en était horriblement gêné, mais Bill avait trouvé le moyen de le faire rire de ce handicap. Du coup, Craig reposa la tête sur l'écharpe et s'endormit.

Au milieu du repas il se releva soudain en disant :

— Elles ont l'air chouettes, ces pommes de terre, m'man.

Bill répondit :

— Allez, tiens, prends-en des miennes.

Et il lui tendit deux pommes de terre qu'il avait prises dans son assiette.

Craig les goûta puis sourit :

— Ta cuisine, c'est pas trop mal, dit-il, et il mangea le tout.

— T'es prêt pour la photo, Craig ? dit Bill quand il eut fini.

Une séance de pose était prévue pour la remise du chèque au bénéfice de Marsden. Craig avait l'air encore à moitié endormi, mais, dès qu'il vit la bande de journalistes à l'entrée du restaurant, il devint rayonnant.

— Comment arrive-t-il à se transformer à ce point ? fit Bill en le regardant. Incroyable ! C'est un vrai pro. Il a plus de ressort que bien des stars !

Les photographes firent des clichés pendant cinq minutes puis Bill leva la main :

— Bon, ça va comme ça, les gars. La séance est terminée. Le gosse est malade.

Les journalistes s'en furent docilement, comme des agneaux.

Craig s'amusa vraiment bien ce jour-là. Il ne connaissait pas la musique des Rolling Stones — il aurait eu du mal à citer un de leurs disques — mais Bill lui plaisait parce qu'il avait les pieds sur terre et qu'il le traitait comme un gosse normal. Avant de partir, Bill lui offrit un blouson de cuir avec *Aux Doigts qui Collent* et *Rock and Roll* écrits sur le dos. Il avait pris soin de demander à Marsden les mesures de Craig pour être sûr que le blouson lui irait, ce qui me toucha beaucoup.

Il y eut un épilogue à cette journée. Deux jours avant Noël, un coursier de Harrod's arriva avec une gigantesque tortue Ninja pour Craig et un magnifique panier de fruits, de xérès et de porto pour toute la famille. La carte se contentait d'indiquer : *Amitiés, Bill.*

Nous reçûmes aussi un coup de téléphone du syndicat des fabricants de cartes de vœux de Grande-Bretagne. Ils voulaient envoyer quelque chose à Craig pour le remercier d'avoir tellement fait marcher leurs affaires. Est-ce que j'avais une idée ?

— Eh bien, je crois qu'il voudrait une petite table de billard, répondis-je.

Je pensais à une table pliante qu'on aurait pu ranger sous l'escalier après l'avoir utilisée. Le mardi d'avant Noël, deux hommes frappèrent à la porte avec la table. Elle avait bien un mètre quatre-vingts de long sur un mètre vingt de large.

— Ma parole, où donc allons-nous la caser ? demandai-je à Ernie.

— C'est dans un palace qu'il nous faudrait vivre, répondit-il.

Nous décidâmes de reléguer la table de la salle à manger dans le garage :

— Nous apprendrons à manger sur nos genoux, dis-je à Craig.

Steve James, le joueur de billard, vint lui remettre officiellement le cadeau. Il fit une partie avec Craig, qu'évidemment il laissa gagner.

Craig avait de jour en jour plus de mal à coordonner ses gestes, et au bout du compte la table de billard lui procura plus de frustration que de plaisir les semaines qui suivirent. Sa main gauche tremblait tellement qu'il touchait les boules un peu au hasard.

Son état empirait par bien d'autres aspects. J'appréhendais le moment de lui faire prendre son bain : ce n'était plus qu'un petit sac d'os. Il marchait aussi de plus en plus difficilement. Six mois auparavant, il pouvait faire quelques pas sans son fauteuil pendant cinq ou dix minutes. Désormais, il ne faisait pas plus d'un pas ou deux. L'aggravation devint flagrante le jour de Noël. L'année précédente, en revenant de France, il était en pleine forme. Ses cheveux s'étaient mis à repousser. Il mangeait. L'avenir se présentait bien. Cette fois, un an plus tard, tout paraissait lugubre. Il plut toute la journée et Craig fut tout le temps malade. En Amérique, je lui avais acheté une petite paire de gants de boxe dorés suspendus à une chaîne en or. Le film qu'il préférait était *Rocky,* et je m'étais dit que cela ferait un parfait cadeau de Noël. Il ouvrit lentement le paquet et me donna un baiser en remerciement.

— Ça, c'est parce que tu es le meilleur combattant du monde, lui dis-je.

Il me répondit par un timide sourire et me laissa attacher la chaîne autour de son cou, mais il avait la tête ailleurs.

Il réussit à ouvrir la plupart de ses cadeaux, tout en regardant dans le vague. Je fis cuire la dinde avec tout ce qui l'accompagnait, mais Craig ne voulut pas y toucher. Ernie et moi en eûmes l'appétit coupé. Craig partit se coucher, et nous repoussâmes le contenu de notre assiette sans qu'aucun de nous deux fît allusion au terrible changement que nous avions constaté chez lui. En allant au lit ce soir-là, je savais que nous pensions secrètement tous deux la même chose : c'était le dernier Noël que nous passions avec Craig. C'était aussi ce que pensait, il ne nous l'avait pas caché, le docteur Kassell. Les vacances furent tristes pour tout le monde. Joyce, la tante de Craig, mourut peu après Noël.

Nous savions depuis quelque temps qu'elle avait un cancer du poumon, mais la nouvelle de sa mort nous prit par surprise.

Craig accusa le coup. Fin janvier, il passait de plus en plus de temps au lit, et son débit se ralentissait de façon catastrophique : il articulait mal et avait encore plus de mal à finir ses phrases. Mme Dinnage venait toujours lui donner des leçons, mais elle ne restait pas plus d'une heure — il faisait trop froid dans la caravane pour y travailler, et ils s'installaient dans le salon avec ses livres sur la table basse. C'était à peine croyable, mais il arrivait néanmoins à sauvegarder les apparences à la télévision, lors des interviews. On le sollicitait encore beaucoup. Le Royal Marsden avait prévu d'organiser pour avril une exposition itinérante des cartes de Craig, baptisée La Caravane de Craig, qui ferait le tour du pays pour collecter de l'argent au bénéfice de l'Appel pour le Royal Marsden. Ils avaient besoin de Craig pour promouvoir l'opération et il alla dans les studios de la BBC à Manchester pour passer à l'émission *Gens d'aujourd'hui*.

Il était de joyeuse humeur ce jour-là. Il dit à Adrian Mills qu'il voulait visiter Las Vegas et lui montra une carte dont il était très fier et qu'il venait de recevoir d'un groupe de marines stationnés dans le Golfe. Leur message était écrit sur le papier d'une ration de compote de pommes : *Guéris vite. Tiens bon !* Craig parla joyeusement pendant cinq minutes. Dans le studio, personne ne se doutait, apparemment, de la gravité de son état.

— Elle va devant la glace... et six heures après elle redescend, pas mieux qu'avant, expliquait-il à Adrian à propos du temps que je mettais à me maquiller.

Après l'émission, on l'emmena à la station de Coronation Street pour rencontrer l'équipe des journalistes. Au déjeuner il goûta du boudin noir pour la première fois, et pour la dernière à en juger par sa grimace. Sur le chemin du retour, dans le train venant de Manchester, il était tout éteint. Il était si épuisé qu'il s'endormit au milieu d'une phrase. Je faillis appeler le docteur Kassell en rentrant à la maison. Quelque chose m'en empêcha. Ce n'était pas encore le moment. Je savais trop bien que l'opération pouvait signifier la fin de tout. Je voulais que nous puissions profiter au maximum du temps qu'il nous restait, en lui préservant toutes les minutes de vie que nous réussissions à voler.

J'avais désormais pour objectif de faire que chaque jour soit pour lui une fête. Le faire rire et lui faire plaisir par tous les moyens, c'est tout ce que je demandais. Je ne visais pas haut. Les choses les plus insignifiantes suffisaient : lui montrer Julie Walters dans la publicité pour le savon Cuir Impérial, ce qui le faisait toujours s'esclaffer ; pousser son fauteuil dans la cuisine afin qu'il puisse m'aider à confectionner le pudding du Yorkshire ou à farcir le poulet... En outre, j'invitais ses amis Lee, Holly, Gillian, Vicky, Boyson et Frank à venir jouer aux cartes avec lui tous les jours. C'était la fête à chaque fois. J'écrivais des noms sur des morceaux de papier que je leur accrochais dans le dos, et ils devaient deviner qui ils étaient : Margaret Thatcher, Elvis Presley, le Magicien d'Oz...

Début février, un photographe, Anthony Grant, proposa de faire paraître la photo de Craig en couverture d'un livre dont le but était de réunir de l'argent pour le Royal Marsden ainsi qu'un hôpital américain pour cancéreux. Le livre devait s'appeler *Deux prises en une* et réunir des photos de gens célèbres qui prendraient la pose de leur héros favori. Anthony me donna le nom de plusieurs célébrités qui avaient déjà accepté. Jeremy Irons se déguiserait en Vincent Van Gogh, John Cleese en Lady Jane Grey !

— Craig a-t-il un héros préféré ? demanda Anthony. Le personnage d'un film qu'il aimerait imiter ?

C'était facile. Rien n'avait changé de ce point de vue-là. Le film préféré de Craig était toujours *Rocky*. Anthony trouva l'idée très bonne. Avant de retourner à son studio, Anthony partit à Lonsdale chercher des gants de boxe aux couleurs du drapeau américain, les chaussures et le short qui allaient avec, ainsi que la bannière étoilée qu'il accrocha au mur du studio. J'aidai Craig à se changer — Anthony accepta qu'il garde autour du cou sa chaîne aux petits gants dorés —, et notre petit malade prit la pose du boxeur devant le drapeau américain. Je craignis qu'il ne réussisse pas à rester debout aussi longtemps qu'Anthony le voulait, mais il y arriva. Résultat : une de nos plus merveilleuses photos de lui.

À la mi-février, Craig ne pouvait plus marcher sans aide et il bavait de plus belle. Je devais lui mettre une serviette de toilette sur l'épaule et la changer toutes les deux heures. Je le voyais parfois regarder dans le vague, le visage triste, la salive lui coulant du menton, et cela me rappela l'un de ces pauvres enfants mongoliens. J'avais envie de pleurer rien qu'à le regarder.

Puis, le lundi 25 février, il se réveilla en se plaignant de ne plus rien sentir du côté gauche du visage. On ne pouvait plus tergiverser. Si nous voulions le faire opérer, il fallait téléphoner au docteur Kassell avant que Craig ne fût plus en état de faire le voyage.

J'attendis une heure de l'après-midi avant de téléphoner, sachant qu'il serait huit heures du matin en Virginie. Mais je reçus un appel d'outre-Atlantique à midi.

— Marion, bonjour, c'est Kim, la secrétaire du

docteur Kassell. Le docteur veut vous parler, je vous branche sur sa ligne.

— Comment va-t-il, Marion ? (Le docteur Kassell parlait d'une voix très inquiète.) Décrivez-moi son état.

Il m'écouta sans commentaire décrire les difficultés de Craig à parler et à marcher, mais quand je lui dis qu'il bavait et qu'il ne sentait plus son visage, je l'entendis murmurer : « Mon Dieu ! »

— Marion, c'est très mauvais signe. Vous devriez venir ici le plus vite possible. Quand pouvez-vous venir ?

— Ce soir, répondis-je.

Il rit brièvement.

— Très bien. Nous allons tout préparer. Kim s'occupera de tout. Elle vous informera des dispositions qu'elle aura prises. Dites à Craig que je pense à lui et que je l'aime très fort. Et puis, n'oubliez pas de lui dire que M. Kluge lui envoie tous ses souhaits de rétablissement.

— Comptez sur moi, répondis-je.

Combien de chirurgiens disent à leurs patients qu'ils les aiment ? Je me le demandais. Je ne pus m'empêcher d'ajouter :

— Craig a très confiance en vous, docteur Kassell. Il est sûr que vous allez le guérir.

Il y eut une pause à l'autre bout du fil :

— Rappelez-vous ce que je vous ai dit, Marion, dit-il calmement : je ne peux rien vous promettre.

— Je sais, je sais.

Je reposai le combiné et courus dans la chambre de Craig :

— Nous partons en Amérique !

Son visage s'éclaira :

— Quand ?

— Très bientôt !

— Sensass !

— Tu as peur ?

Luttant pour chaque mot, il dit lentement :

— Je serais un menteur si je disais que je n'avais pas un petit peu peur.

Puis, en souriant :

— Mais je ne verrai rien, hein ? Je serai endormi ?

Je le regardai dans les yeux, le redressai sur ses cinq oreillers pour détourner la conversation. Il avait le visage tout gonflé et déformé, les yeux sombres et meurtris. Je sentis les larmes couler sur mon visage. Craig me regardait.

— M'man, viens ici, dit-il, et il me tendit les bras.

Je mis ma tête sur sa poitrine et il me consola comme si c'était moi l'enfant.

— Arrête de te faire du souci. J'te dis que Kassell va me guérir.

J'étouffai un sanglot.

— C'est vrai, dit-il. Je le sais, ça va aller, je t'assure. Je ne mourrai pas. Je vous aime tous trop fort, toi, papa, Steve et papy. D'accord ?

Ses paroles me calmèrent. Je séchai mes larmes et m'assis, toute honteuse. Il était si courageux. Dire que c'est moi qui aurais dû le consoler. Il sourit, comprenant que l'orage était passé :

— Allez, descends, maintenant. Laisse-moi dormir !

Les messageries Federal Express nous firent apporter les billets d'avion le lendemain, un mardi. Nous devions décoller d'Heathrow le vendredi matin et notre vol devait nous amener à Charlottesville par New York et Washington. Kim appela à nouveau pour nous informer que M. Kluge ne paierait pas seulement les frais d'hospitalisation mais également le voyage et la note d'hôtel.

Nous nous affairâmes comme des fous pendant les heures qui nous restaient.

Ernie téléphona à son travail pour les prévenir qu'il prenait un congé de durée indéterminée :

— J'espère qu'ils te garderont ta place à ton retour, lui dis-je nerveusement.

— Rien à f... du boulot. Craig d'abord.

La nouvelle avait fait le tour de tout le monde et le téléphone n'arrêtait pas de sonner. Il y avait les amis, mais aussi la presse qui voulait savoir ce qui se passait. Jusqu'à Linda et Arthur qui téléphonèrent d'Atlanta pour nous proposer de nous tenir compagnie pendant l'opération.

— Juste pour vous apporter un peu de réconfort et être là si besoin est, dit Linda. Pas question de vous laisser seuls dans un pays étranger.

J'acceptai avec gratitude.

Le mardi soir, nos bagages étaient prêts, et nous assistâmes à une dernière séance de cartes très émouvante. Craig était en pleine forme, faisant rire tout le monde.

L'avion devait décoller d'Heathrow à onze heures et demie. Carol nous conduisit à l'aéroport en voiture. Cette fois, toute la famille était là pour nous dire au revoir. Le seul absent était Steve, qui avait la varicelle et ne voulait pas risquer de la transmettre à Craig. Il y avait aussi les caméras de télévision, mais Stuart Maister, le reporter, était très sympathique, et ils ne furent pas importuns. Craig se comporta en vieux routier des caméras :

— Je ne peux plus retarder l'opération et ma guérison, dit-il à Stuart. Je reviendrai pour boxer, courir et faire tout ce que je faisais auparavant.

Grand-père était très ému. Son anniversaire tombait dans quatre jours et, lorsque Craig partit en chantant « Joyeux anniversaire », c'en fut trop pour lui.

— T'en fais pas, je vais revenir, criait Craig pendant que son papy s'essuyait les yeux avec son mouchoir, je reviendrai...

J'essayai d'être courageuse, malgré ma détresse. Il m'était très pénible de devoir quitter tout le monde, mais je commençais à mieux savoir cacher mes émotions. Craig n'hésitait pas à se moquer de moi sans pitié quand je pleurais en public, et je savais ce que je risquais si je me laissais aller : « Ah, non, la voilà qui remet ça... »

16

À cause du mauvais temps, nous n'atterrîmes sur le petit aéroport de Charlottesville que le mardi matin, à bord d'un minuscule avion de dix places. Le sol était couvert d'une mince couche de neige quand nous traversâmes l'aéroport jusqu'au parking où un taxi nous attendait pour nous conduire à La Tête de Sanglier. Là, le gardien de nuit nous accueillit comme de vieux amis et nous conduisit au salon où Linda et Arthur nous attendaient. Quand ils nous tendirent les bras, j'eus soudain le sentiment d'être de retour à la maison.

Craig était épuisé et mal en point à l'issue de ce long voyage. Notre chambre d'hôtel débordait de fleurs et de fruits, ainsi que de billets de bienvenue de la part du personnel de l'hôtel. Craig n'en vit rien, s'étant endormi avant d'avoir posé la tête sur l'oreiller.

Le lendemain, à notre étonnement, il s'éveilla à neuf heures, frais et dispos, et prit même son petit déjeuner avec nous.

— Un œuf sur le plat et une saucisse, s'il vous plaît, commanda-t-il en souriant à Linda, la serveuse.

À dix heures et demie, nous le hissâmes dans la voiture que Linda et Arthur avaient louée et partîmes pour l'hôpital. Le docteur Kassell, Kim et Lisa nous attendaient dans l'entrée. Linda et Arthur nous laissèrent avec eux et partirent prendre un café.

Le docteur Kassell nous accueillit très chaleureusement, puis se pencha pour regarder les yeux de Craig, lui tâter les joues en vérifiant les zones d'insensibilité.

— J'ai juste un mot à dire à maman et papa, dit-il à Craig. Tu seras très bien avec Lisa et Kim, d'accord ?

— Ouais, fit Craig. Super !

Le docteur Kassell nous fit pénétrer dans son bureau. Je lui tendis la grande enveloppe marron qui contenait les derniers scanners qu'il plaça sur un écran pour les examiner. Puis il se tourna vers nous. Son visage était grave :

— Ça se présente mal, dit-il. Si vous nous donnez le feu vert, nous tenterons le maximum. Mais je dois vous dire que ses chances sont faibles. Vous comprenez ce que je vous dis, n'est-ce pas ?

Ernie était désemparé.

— Quelles chances a-t-il, docteur ? demanda-t-il.

Le docteur Kassell hésitait :

— À mon avis, il n'a que vingt pour cent de chances de s'en sortir, d'une façon ou d'une autre.

Il nous dévisagea :

— Vous savez, vous pouvez encore changer d'avis.

J'eus l'impression que le docteur Kassell ne voulait plus tenter l'opération. Mais il n'était plus temps de changer d'avis, nous étions décidés :

— Docteur Kassell, j'ai tout expliqué à Craig, dis-je. Il connaît le danger qu'il court et il veut en prendre le risque. Il a une grande confiance en vous. Et nous aussi. Dieu est avec vous. Tout se passera bien pour Craig, je le sais...

Le docteur Kassell me coupa :

— Bien, bien.

Puis, après un petit soupir :

— Marion, si seulement j'avais la même confiance que vous ! Cela dit — et il sourit —, Craig est entouré de beaucoup d'amour, et cela joue en sa faveur.

Il nous rappela au moment de partir :

— Au fait, j'allais oublier. M. Kluge vous envoie ses meilleurs vœux.

On nous enleva Craig pour des examens et les trois heures qui suivirent se passèrent en scanners et en examens divers. Tard dans l'après-midi, le docteur Kassell nous rappela dans son bureau. Il paraissait contrarié :

— Je vais faire admettre Craig dès ce soir, dit-il. L'opération est programmée pour demain.

— C'est si urgent ?

Il hocha la tête :

— Oui, très urgent.

Il nous décrivit rapidement comment se déroulerait l'opération. Le docteur Kassell dirigerait l'équipe, aidé par le docteur Jane et deux assistants. Il s'agissait de réduire la taille de la tumeur d'au moins cinquante pour cent. Cette fois, on l'attaquerait par un angle différent. Deux ans auparavant, le docteur Hayward avait ouvert le crâne de Craig jusqu'à la nuque. Cette fois-ci, le docteur Kassell procéderait à une trépanation en enlevant un disque d'os au sommet du crâne. C'était plus risqué mais cela rendrait la tumeur plus accessible.

Le docteur Kassell serra la main d'Ernie puis se tourna vers moi :

— Espérons que tout va se passer pour le mieux. Je vous verrai demain.

Nous conduisîmes Craig au service pédiatrie et l'installâmes dans son lit. C'était toujours l'infirmière du nom de Gentille qui devait s'en occuper et il se sentit chez lui. Il était très joyeux et passait son temps à plaisanter avec Linda et Arthur. Il adorait leur compagnie, comme la façon dont Arthur l'appelait « Maboul », à cause des chaussons de « Maboul » qu'il lui avait offerts à son dernier séjour.

Le responsable administratif nous apporta un formulaire de consentement qu'Ernie signa, comme d'habitude. À ce stade, je n'étais plus en mesure de tenir un stylo. L'angoisse m'envahissait. J'avais les bras et les jambes qui tremblaient. Il me restait toutefois assez de lucidité pour me rendre compte que nous donnions le feu vert à une transfusion sanguine éventuelle, en cas de besoin.

— S'il vous plaît, vérifiez si le sang transfusé est bon, demandai-je au responsable, qu'il n'est pas contaminé par le virus du sida.

Il leva les sourcils et sourit :

— Je n'avais jamais pensé à cela, dit-il.

J'étais embarrassée, mais je n'avais pu m'empêcher de le dire.

Huit heures : la fin des visites. Ernie, Linda et Arthur se levèrent. J'avais pensé rester dans la chambre de Craig pour la nuit — il y avait un fauteuil convertible qui pouvait se transformer en lit à une place. Mais quand Craig comprit mon intention il me prit le bras :

— M'man, je t'aime, mais est-ce que papa peut dormir avec moi cette nuit ?

J'étais blessée :

— Pourquoi ?

— Je te connais. Tu vas passer la nuit à me toucher, à me demander si ça va. Je préfère que Linda et Arthur veillent sur toi.

Il les appela :

— Vous êtes d'accord, hein ?

— Évidemment, mon chéri, dit Linda en souriant.

Arthur l'embrassa :

— Maboul, t'es une vraie star.

J'eus du mal à le quitter. Mais Craig avait raison. Il me connaissait mieux que moi-même. Cette nuit-là, il avait besoin de dormir tout son saoul.

Je passai une nuit affreuse.

À six heures moins dix le téléphone de la table de nuit me réveilla. C'était Ernie.

— Il descend au bloc opératoire à sept heures et demie, Mal.

— Donne-moi dix minutes. J'y serai.

Je frappai à la porte de Linda et d'Arthur. Quelques minutes plus tard, Linda entrait dans ma chambre.

— Avant que vous ne partiez à l'hôpital, Arthur et moi voulons vous donner ceci.

Elle me tendit un bel album de photos. Elle l'avait couvert elle-même d'un tissu bleu à fleurs, joliment bordé de dentelle. Il y avait une photo de Craig à Atlanta sur la couverture, et elle avait collé une carte entourée de fleurs à l'intérieur. Sur la carte, un message de sa jolie écriture penchée :

Certaines personnes entrent dans nos vies pour en ressortir aussitôt. D'autres y restent plus longtemps et laissent des traces dans nos cœurs qui nous changent à jamais.

Je l'étreignis, les larmes aux yeux.

— Allons, c'est le moment d'y aller, dit-elle en mettant son bras autour de moi.

— 'jour, m'man, dit Craig à notre entrée dans sa chambre. C'est ce matin qu'on m'opère. Le docteur Kassell est venu me le dire et l'on m'a lavé au désinfectant. Pouah !

Il était gai et de bonne humeur.

— J'ai pas peur, m'man, j'te jure, dit-il. Ce cancer, je *vais* le battre à plate couture.

Linda et Arthur lui avaient apporté un gros éléphant gris en peluche qu'il se mit à caresser en disant qu'il allait l'appeler Arthur. Puis Linda me glissa quelque chose autour du cou. C'était un joli pendentif en forme d'éléphant à l'œil de rubis et au collier d'or.

— Chérie, que cela te porte chance, murmura-t-elle. Nous t'aimons très fort.

Les minutes s'écoulaient. À sept heures et demie tapantes, deux infirmières souriantes vinrent chercher Craig pour l'emmener au bloc opératoire.

L'une des deux fit en sorte que nous puissions rester avec Craig jusqu'à la toute dernière minute.

— Faites comme si de rien n'était, nous chuchota-t-elle au moment d'entrer dans la salle de prémédication. Vous n'êtes pas censés entrer ici.

Craig leva les yeux vers elle :

— Comment vous appelez-vous ?

— Infirmière Butter[1], répondit-elle.

Craig se mit à rire.

— Je peux vous étaler sur ma tartine ?

Elle rit à son tour. Puis il se mit à chanter et je me penchai pour écouter. J'aurais dû m'en douter. C'était notre chanson : *Je t'ai appelé juste pour te dire que je t'aime.*

— J'ai vu des gosses se faire opérer pour une appendicite bien plus nerveux que lui, me dit Mme Butter à voix basse.

Il l'entendit et se mit à sourire. Puis il vit que je le regardais et son visage changea d'expression :

— Ça va aller, m'man, t'en fais pas.

— Allons-y, Craig, c'est le moment, dit l'infirmière, et il se remit à chanter.

Il chantait encore quand elle poussa le chariot sur la ligne jaune, le fit passer à travers les portes automatiques et pénétrer à l'intérieur du bloc opératoire. Ernie et moi nous tenions la main et le regardions. J'avais une envie irrépressible de courir

1. En français : beurre. *(N.d.T.)*

après lui pour le ramener. L'une des infirmières dut le deviner car elle me prit le bras :

— Très chère, votre fils a du cran. Dieu est avec lui. Tout ira bien, n'ayez pas peur. Cela ne lui ferait pas plaisir de savoir que sa maman est inquiète.

Je lui donnai un baiser de gratitude.

— Nous attendrons dans le salon des visiteurs, lui dis-je. Je vous en prie, appelez s'il a besoin de nous.

Les heures qui suivirent furent les plus longues de ma vie, plus longues encore que celles de Great Ormond Street, pendant la première opération. Cette fois-ci, j'étais mieux avertie des dangers encourus. Le docteur Kassell m'avait détaillé tous les risques, qu'il pouvait mourir ou pire encore : il n'y avait que vingt pour cent de chances qu'il s'en sorte, avait-il précisé. Une sur cinq ! Il fallait être fou pour miser sa vie là-dessus. Ernie avait résumé la situation à sa façon :

— On prend moins de risques en jouant à la roulette russe !

Au bout de quelque temps, Ernie se leva et se mit à faire les cent pas dans la pièce. Linda et Arthur le regardaient, inquiets. Je leur étais très reconnaissante d'être là. Linda était très forte, un vrai roc. Dire que sa propre fille, Susan, avait presque le même âge que Craig quand elle était morte ! Comment pouvait-elle supporter tout cela ?

De temps à autre, je priais silencieusement. Nous n'espérions plus la guérison cette fois-ci. Le docteur Kassell n'avait pas mâché ses mots : le seul espoir offert par l'opération était un peu plus de temps. Cela dit, au fur et à mesure que la matinée avançait je ne pus m'empêcher de prier pour un peu plus que quelques mois de délai. Je priais pour que les médecins américains réussissent là où les médecins anglais avaient échoué, pour qu'ils débarrassent complètement Craig de sa tumeur. Et puis non, c'était un rêve absurde qu'il fallait étouffer. Si je demandais trop, je risquais de ne rien obtenir. Même six mois, après tout.

Vers midi, mon moral était au plus bas. L'idée que Craig pouvait mourir pendant l'opération m'obsédait. J'avais des élancements dans la tête. Ernie avait arrêté de faire les cent pas mais paraissait malade d'angoisse. Il me serra contre lui :

— Essaie de dormir un petit peu, dit-il.

Pas question d'y penser. Mon corps s'était refermé sur lui-même. Je ne voulais ni dormir, ni manger, ni boire, ni même fumer une cigarette. Tout ce que je voulais, c'était Craig. J'avais l'impression d'avoir un million d'années. C'est ce que je devais paraître, d'ailleurs.

Personne ne nous avait dit combien de temps l'opération pouvait durer. À vrai dire, personne ne devait le savoir. Cela faisait bien six heures que nous attendions dans le salon des visiteurs quand je sentis soudain une douleur aiguë, fulgurante, dans la tête. Un instant plus tard un merveilleux sentiment de paix m'envahit tout entière. Je portai les yeux sur Ernie. Il avait la tête enfouie dans ses mains. Linda était toujours assise silencieusement sur la banquette d'à côté. En face de moi, Arthur commençait à s'impatienter.

— Arthur, lui dis-je, et si nous sortions fumer une cigarette ?

Il me regarda avec soulagement. Nous n'avions pas fumé de toute la matinée.

— Bonne idée, Marion. Vous allez bien ?

Il me suivit sur le balcon.

— Vous avez l'air de bien bonne humeur, tout d'un coup ! dit-il en m'allumant une cigarette.

— Arthur, je veux vous dire quelque chose. Regardez votre montre pour vous rappeler l'heure à laquelle je vous parle.

Il fronça les sourcils d'un air interrogatif, mais regarda sa montre.

— Bien. Écoutez, Arthur. Je viens d'avoir très mal à la tête, mais Craig va bien. Je sais qu'il va bien.

Arthur me regarda d'un drôle d'air. Il devait penser que je déraillais. Je ne lui en dis pas plus. Comment pouvais-je expliquer à quelqu'un d'aussi sensé et terre à terre qu'Arthur que je venais d'entendre Craig qui me disait d'une voix aussi claire que le cristal : « M'man, ils sont en train de me recoudre. Je vais bien. »

À trois heures, Stuart Maister, le reporter d'ITN, fit irruption avec Frank, son cameraman. J'étais désormais très calme, tandis que mon pauvre Ernie s'était remis à faire les cent pas. Stuart nous regarda, tout excité :

— Marion, Ernie, où étiez-vous donc ?

— Mais nous sommes restés là toute la journée, répondis-je. Nous n'avons pas bougé.

— Vous n'avez pas encore vu le docteur ?

— Écoutez, Stuart, je ne crois pas que le docteur va quitter la salle d'opération pour venir nous faire la causette. Allez faire la conversation à ces jeunes infirmières, pensez à autre chose.

Stuart et Frank tournèrent les talons et sortirent.

— Cela n'a pas dû leur plaire, dis-je à Linda. Il y a peut-être un malentendu.

Quelques minutes plus tard, la porte du salon s'ouvrit à nouveau sur Stuart et Frank. Cette fois, ils étaient accompagnés du docteur Kassell. Il avait une blouse blanche par-dessus la combinaison verte du bloc et il souriait. Il vint vers nous :

— Les nouvelles sont formidables.

Il s'arrêta devant la banquette où j'étais assise et me sourit :

— Bon. Pour autant que nous le sachions, nous n'avons commis aucun dégât. Et nous avons retiré au moins quatre-vingt-dix pour cent de la tumeur, peut-être même un peu plus.

Quatre-vingt-dix pour cent ! Et ils croyaient ne pouvoir en enlever que cinquante pour cent. Quatre-vingt-dix pour cent, c'était plus que ce qu'ils avaient enlevé en Angleterre ! Je faillis sauter au cou de cet homme merveilleux et l'étreindre à l'étouffer. À la dernière minute je me retins et me contentai de lui appliquer un rapide baiser sur la joue. Il eut un petit rire. Mes jambes se dérobèrent. Je m'effondrai sur mon siège et Linda s'assit près de moi en m'entourant de son bras. Ernie me passait la main dans les cheveux, les yeux brillants.

— Jusqu'à présent, tout va bien, continua le docteur Kassell. Cela ne veut pas dire qu'il ne peut pas y avoir une complication ou une infection, ou un caillot de sang. Mais, contre toute attente, nous avons réussi à enlever un énorme morceau de la tumeur. Je suis très content de l'état de Craig.

Puis il me regarda droit dans les yeux :

— Vous savez, je suis quasiment sûr que d'ici deux jours les nouvelles seront encore meilleures...

Il n'en dit pas plus et je ne lui demandai pas ce qu'il voulait dire, mais mon cœur se fit encore plus léger. Le docteur Kassell n'était pas du genre à nous donner de faux espoirs. Cela, j'en étais sûre.

— Quand pourrons-nous le voir ? demandai-je.

— Allez le voir maintenant. Il va très bien, dit le docteur Kassell en souriant.

Puis il fit demi-tour. Je me rappelai soudain quelque chose. Je le rappelai :

— Oh ! docteur Kassell ! À quelle heure avez-vous terminé l'opération ?

Il réfléchit un instant :

— Nous avons commencé à le recoudre à une heure quarante, dit-il.

Je regardai Arthur :

— À quelle heure vous ai-je dit que j'avais eu mal à la tête ?

Arthur parut ébranlé :

— Il était une heure quarante-deux, dit-il.

Je levai les yeux au ciel : « Merci, mon Dieu, dis-je en silence. Merci. »

On transporta Craig à l'unité de soins intensifs de neurochirurgie du cerveau, au sixième étage. Stuart et Frank nous suivirent dans l'ascenseur mais s'arrêtèrent à la porte du service, ce dont je leur fus reconnaissante. Deux infirmières, assises près des appareils de réanimation, sourirent à notre entrée et nous indiquèrent la chambre de Craig.

Là, une autre infirmière nous accueillit :

— Je suis Natalie, dit-elle. C'est moi qui m'occuperai de Craig les quelques jours à venir.

Nous la suivîmes à l'intérieur.

Craig était allongé paisiblement, entouré d'appareils et de flacons de perfusion. Sa tête était enveloppée d'un casque de bandages blancs. Un tube de plastique lui sortait de la bouche et ses lèvres étaient enduites de pommade. Il avait les yeux fermés, ses beaux longs cils reposant sur les joues. On aurait dit un bébé endormi. Je murmurai à l'infirmière :

— Il va bien ?

— Comme un charme, sourit-elle. Mais pourquoi parlez-vous à voix basse ?

— Parce que le son de ma voix lui fait mal, dis-je en chuchotant toujours.

— Lui fait mal ?

— Oui, ça lui fait mal à la tête.

Elle sourit à nouveau.

— Chère madame, la douleur, nous l'avons supprimée. Venez donc lui parler.

Je m'approchai de la tête du lit. Ernie me suivit, tout près.

— Craig, dis-je doucement.

Pas de réponse.

— Craig, Craig, c'est maman. S'il te plaît, ouvre les yeux.

Il me sembla qu'il bougeait un peu.

Je lui touchai la joue doucement et ses yeux s'ouvrirent. Il tenta de centrer son regard. Je parlai doucement et distinctement :

— Le cancer est parti, Craig. Tout est parti. Le docteur Kassell a enlevé la tumeur. Tu vas aller bien, maintenant.

Craig prit une longue inspiration, la retint un instant, et il laissa échapper d'un coup un long soupir.

— Merci, mon Dieu, dit-il.

— Attendez, dit l'infirmière. Il ne peut pas parler correctement avec ça dans la bouche.

Elle lui enleva le tube de la bouche :

— Maintenant, allez-y. Parlez-lui à nouveau.

Ernie et moi lui parlâmes à tour de rôle. Puis je me mis à chanter — la seule chanson possible en cet instant.

Il ouvrit les yeux en souriant.

— Tu as mal, Craig ?

— Non, murmura-t-il.

Je lui pris la main et la serrai très fort. Ce faisant, je sentis quelque chose qui n'était pas arrivé depuis deux ans, depuis qu'il avait quitté sa chambre de Great Ormond Street pour sa première opération. Je levai les yeux vers Ernie en tremblant de bonheur :

— Qu'est-ce qui se passe ? me demanda-t-il.

Je lui souris, et les larmes coulèrent sur mes joues :

— Il a les mains chaudes ! répondis-je. Sens-les... Il a les mains *chaudes* !

Ce fut comme un signal venu du ciel : notre long cauchemar était enfin terminé.

17

Les équipes de télévision anglaises, américaines, allemandes et suédoises nous attendaient à la sortie du service. Je bafouillai des réponses aux journalistes que nous avions sur les talons dans le couloir. Que leur ai-je dit ? Impossible de me le rappeler. Cela devait n'avoir ni queue ni tête. Je me souviens seulement que je répétais sans cesse :

— Mon Craig va bien ! Dieu merci.

Je devais ressembler au chat du Cheshire d'*Alice au pays des merveilles* [1] et j'avais mal à la mâchoire à force de sourire. Le personnel de l'hôpital nous ovationnait et applaudissait sur notre passage. Tout le monde avait l'air de connaître l'histoire du petit garçon anglais. Stuart Maister et Frank restèrent à bavarder avec nous après le départ des autres équipes de télévision. Nous avions passé ensemble les dernières vingt-quatre heures et ils faisaient pratiquement partie de la famille.

Nous prîmes un café dans la salle de la cafétéria — un grand hall où l'on pouvait commander des plats à différents comptoirs. Lors de notre dernier séjour je m'étais fait des amis chez les serveurs et les serveuses, en échangeant des cigarettes et des anecdotes professionnelles. Cette fois-ci, à notre arrivée, quelqu'un cria :

1. Celui qui sourit toujours. *(N.d.T.)*

— Voilà la dame anglaise ! Alors, comment va-t-il, m'dame ?

— Au mieux ! répondis-je sur le même ton. C'est un miracle ! J'ai envie de le crier sur le toit de l'hôpital !

— Faites-le donc, m'ame, dit en souriant le grand Noir qui travaillait aux hamburgers. Hé, cria-t-il à ses collègues qui servaient plus bas, le gosse anglais s'en est sorti !

Un instant plus tard, les serveurs des comptoirs des plats cuisinés, des pâtisseries et des salades s'étaient agglutinés autour de nous. Chacun avait fermé boutique ! Avant d'avoir dit ouf, je me sentis hissée en l'air, et tout le monde de se mettre à siffler et à pousser des hourras.

— Criez avec nous, m'dame ! hurla quelqu'un.

On se serait cru en plein carnaval ! La foule faisait plaisir à voir. Stuart commanda des cafés et l'on lança des toasts en l'honneur de Craig, du docteur Kassell, des gens des cartes de vœux, de l'Amérique, de M. Kluge... l'euphorie était à son comble et Dieu était avec nous. Le monde entier était avec nous. Nous étions le couple le plus heureux de la terre. Ernie et moi, nous avions gagné le gros lot.

Stuart nous annonça qu'il avait déjà téléphoné la bonne nouvelle en Angleterre, et que cela passerait sur les ondes d'ici deux heures, de façon que notre famille et tous nos amis puissent partager notre joie. Stuart et Frank nous laissèrent car le docteur Kassell donnait une conférence de presse, mais ils promirent de revenir.

À quatre heures et demie, nous fûmes autorisés à voir Craig pendant dix minutes. Natalie, l'infirmière qui veillait sur lui, était toujours à son chevet.

— On ne le laissera pas seul une minute tant qu'il est ici, promit-elle.

Je pris la main de mon fils. Elle était toujours

chaude. Il ouvrit les yeux à mon contact. Son visage était si serein ! Le regard tendu de tous ces derniers mois avait complètement disparu.

— Sais-tu où tu es, Craig ? demanda doucement Natalie.

— À l'hôpital universitaire de Virginie.

Cette fois, il articulait bien. Son débit restait lent, mais parfaitement clair.

— Quel jour sommes-nous ?

— Le 1er mars.

— Et ton docteur, qui est-ce ?

— Le docteur Kassell.

L'infirmière leva les yeux vers nous :

— Il n'y a plus grand-chose qui cloche, de son côté.

Craig referma les yeux et nous nous assîmes silencieusement à son chevet en lui prenant la main chacun notre tour. Une canule placée sur l'oreiller drainait du sang de quelque part sous le bandage vers un petit récipient arrondi. Derrière nous, des appareils de contrôle émettaient des signaux et clignotaient. L'unité de soins intensifs disposait de tout l'appareillage moderne imaginable : des chaussettes à résistance électrique lui entouraient les jambes pour activer la circulation ; des lampes chauffantes lumineuses étaient disposées en différents endroits de son corps, pour le tenir au chaud. Une caméra de télévision au plafond transmettait le moindre mouvement de Craig à un écran de contrôle au poste des infirmières. Comparé aux hôpitaux anglais, j'avais le sentiment d'avoir fait un saut dans le XXIe siècle.

Dix minutes plus tard, l'infirmière Natalie me toucha légèrement l'épaule :

— Madame ? C'est à moi de veiller sur lui maintenant. Il est temps de partir, s'il vous plaît. Tant que vous êtes là, il s'en rend compte, et il a besoin de se reposer. Vous le reverrez demain matin.

Je vis à l'expression de son visage qu'elle devinait mon émotion. Je l'embrassai et elle me sourit :

— Nous vous appellerons s'il y a un problème, mais tout ira très bien. Allez prendre un bain, allez vous faire belle. Et puis, madame, réjouissez-vous ! Votre fils a connu une seconde naissance !

Stuart Maister et Frank nous attendaient à la sortie du service. Ils nous dirent que la conférence de presse s'était très bien déroulée. Le docteur Kassell était vraiment très optimiste :

— Il a dit un tas de choses gentilles sur Craig, sur vous et aussi sur Ernie, dit Stuart.

— Ah bon, comme quoi ? demandai-je.

— Il a dit que Craig avait une forte personnalité et que vous étiez une famille très unie, et que votre amour pour lui avait largement contribué à cette heureuse issue. « L'amour est le meilleur guérisseur », a-t-il déclaré. Il a aussi parlé des cartes de vœux. Il a ajouté qu'il était persuadé que tous ceux qui s'étaient décarcassés pour Craig l'avaient aidé à s'en sortir.

Je souris :

— Ça, j'aurais pu vous le dire moi-même. Qu'a-t-il dit à propos de l'opération ?

J'espérais des détails qui m'auraient éclairée sur ce qu'avait voulu dire le docteur Kassell en parlant « de meilleures nouvelles pour bientôt ».

— Oui, il a évoqué l'opération. Selon lui, la tumeur était d'une consistance extrêmement dure, comme de la nacre, et ils n'ont pu se contenter de l'exciser. Ils ont dû gratter pendant des heures avec un petit instrument pour l'extirper par petits morceaux.

— A-t-il parlé d'utiliser le bistouri aux rayons gamma ?

Stuart acquiesça :

— Selon le docteur, ils n'en auront peut-être pas besoin. Cela dépend de la nature des dix pour cent qui restent, s'il s'agit d'une tumeur maligne ou bénigne. Il leur faut analyser la tumeur en laboratoire pour le savoir — mais j'ai cru comprendre que le pronostic était favorable.

Je le regardai, ébahie, et Stuart se mit à rire. Puis il regarda sa montre :

— Bon. Nous devons partir pour rédiger l'article. Pourquoi n'allez-vous pas manger, tous autant que vous êtes ? C'est nous qui paierons le champagne ce soir !

— Allez, venez, Marion, dit Linda. Sortons ! Il faut fêter ça !

« Oh, oooh ! Mais c'est une nouvelle femme ! » s'exclama Ernie, histoire de me taquiner, à mon retour de la salle de bains de l'hôtel une heure plus tard. Mais ce n'était pas seulement le changement de vêtements et le rafraîchissement de mon maquillage qui me donnaient belle allure. C'était le mot magique que Stuart avait prononcé : *bénigne.* À son réveil, j'avais dit à Craig, après l'opération :

— Le cancer est parti.

Mais je ne savais pas ce qui m'avait fait dire cela. Personne ne m'en avait parlé. Ce n'était qu'une intuition — une de mes visions de sorcière. Ma conviction que le mal était définitivement vaincu devenait de plus en plus forte. Cela finit par avoir effet sur Ernie lui-même. Il paraissait dix ans de moins.

Linda et Arthur nous emmenèrent dans un restaurant mexicain, Chez Paco, qui prétendait faire les « meilleurs cocktails de Virginie ». Arthur insista pour que je prenne une *pina colada*[1] pour fêter l'événement. C'était fameux mais je n'en avais pas besoin.

1. Un cocktail de jus d'ananas, de jus de coco et de rhum. *(N.d.T.)*

Les nouvelles sur l'opération de Craig étaient passées à la télévision, et dès que nous fûmes installés les gens vinrent à notre table nous féliciter. J'étais comblée. Tout le monde se conduisait à notre égard comme si nous avions gagné un oscar... Quelqu'un me tapa sur l'épaule, me hissa en l'air et me fit tournoyer. C'était Glen, le serveur préféré de Craig à La Tête de Sanglier. J'appris qu'il travaillait aussi le soir au restaurant Chez Paco. Un peu plus tard, il fit venir un groupe de douze serveurs qui nous interprétèrent une vraie sérénade ! Notre retour à tous les quatre à l'hôtel fut très joyeux ce soir-là, et pour la première fois depuis des mois Ernie et moi pûmes dormir à poings fermés, comme deux bébés.

La fête prit fin brutalement le lendemain matin en arrivant à l'hôpital quand on nous apprit qu'un énorme caillot sanguin s'était formé dans le cerveau de Craig et qu'il fallait le drainer immédiatement. Le docteur Kassell se préparait à l'intervention. Il paraissait contrarié :

— L'ennui avec ce saignement, c'est qu'il ne semble pas venir de la région que nous avons opérée, dit-il. Craig n'aurait-il pas été en contact avec quelqu'un qui aurait eu la varicelle récemment, non ?

Mon cœur fit un bon. Steven !

Le docteur Kassell nous expliqua que la varicelle pouvait provoquer un saignement dans le cerveau, mais il fut plutôt rassurant. Le caillot était de grande dimension, mais il pensait pouvoir le neutraliser. Il ajouta que ce type de complication était assez fréquent à la suite d'interventions chirurgicales lourdes sur le cerveau. Ses explications me calmèrent un peu. Non. Dieu n'aurait pas fait un miracle hier pour l'annuler aujourd'hui. Cela, j'en étais absolument sûre.

À midi, le docteur Kassell sortit du bloc et vint nous voir :

— C'est bon. On l'a eu, dit-il en souriant. Allez le voir. Maintenant, je suis sûr que tout ira bien.

Craig dormait à notre arrivée, et il continua de dormir pratiquement tout l'après-midi, puis les infirmières le réveillèrent facilement et il répondit parfaitement à leurs questions. Elles nous fixèrent quelques règles de comportement puis nous autorisèrent à rester près de son lit pendant une heure à la condition que je ne prononce pas un mot !

À deux heures, Steven téléphona de Londres, très inquiet. Il venait de regarder un flash d'information à la télévision disant que Craig avait un caillot.

— Steve, ne t'affole pas, il va bien, répondis-je.

Je me gardai de lui dire que la varicelle pouvait être en cause. Lui-même n'allait pas très fort et je ne voulais pas l'achever en lui laissant penser qu'il avait pu mettre la vie de Craig en danger.

Stuart et Frank étaient en train de programmer un passage à la télévision anglaise pour le dimanche, ce qui signifiait une nouvelle interview au salon des visiteurs. Je rectifiai mon maquillage et me relevai les cheveux afin d'être plus présentable que la veille. Je savais qu'à la maison tout le monde regarderait l'émission, et que mes proches seraient plus rassurés en voyant que j'avais mis mes peintures de guerre ! Ernie lui-même surmonta sa timidité et accepta d'être interviewé pour la première fois.

— Ça va beaucoup mieux, dit-il simplement à Stuart. Nous avons réussi... Je crois que nous allons pouvoir dormir pendant quelques jours. Je suis si heureux !

Puis il m'embrassa.

Les télégrammes, les fleurs, les cassettes vidéo et les jouets affluèrent à l'hôpital toute la journée. Le samedi soir, le lit était entouré de cartes de vœux, de drapeaux, de ballons, de cassettes et d'animaux en peluche. Certains des messages venaient des amis et de la famille (mon préféré venait de Penny et Viv du bureau des appels de Marsden — il y était simplement écrit : *Nous t'avons appelé juste pour te dire que nous t'aimons !!!*), mais il y en avait autant de la part d'inconnus. Tom Doran, le responsable des relations publiques de l'hôpital, m'expliqua que le succès de l'appel de Craig pour les cartes de vœux avait incité toutes les chaînes de télévision et tous les journaux d'Amérique à raconter l'histoire de son opération. Le dimanche, tard dans l'après-midi, un énorme bouquet de ballons arriva de la part de Kim. Chaque ballon portait un message différent : *Félicitations ! Porte-toi bien ! Bonne chance !* Nous étions en train de les fixer au bout du lit quand une infirmière entra avec un ours dont la chemise portait l'inscription *Quelqu'un de l'hôpital qui pense à toi.* Le quelqu'un en question se révéla être Lisa. Je fus très touchée de la façon dont les deux infirmières de Craig s'étaient attachées à lui.

Dans la soirée, Craig se réveilla aussi frais et dispos qu'un bouton de rose — on avait du mal à croire qu'il avait subi deux opérations au cerveau en l'espace des dernières trente-six heures.

L'état de Craig continuait de s'améliorer. Il ne bavait plus et son élocution, encore lente, devenait plus claire. Le dimanche matin il nous gratifia d'un large sourire en déclarant :

— C'est formidable d'être en vie.

J'allai au bout du couloir téléphoner les bonnes nouvelles à Kate. Toute la famille était rassemblée dans notre maison dans l'attente de notre appel :

— Ma ligne est toujours encombrée, dit Kate. Tout le monde me demande des nouvelles de lui.

J'arrivai à l'unité de soins intensifs en même temps que le docteur Kassell.

— Alors, mon vieux, comment ça va ? demanda-t-il à Craig avec un large sourire.

Il l'envoya faire un scanner MR dont le résultat, une heure plus tard, était parfaitement rassurant.

— Il n'y a plus de saignement, donc plus de complications à redouter, nous dit-il.

En fait, le docteur Kassell était si content de l'état de Craig qu'il autorisa pour la première fois les caméras de la télévision britannique à venir tourner brièvement quelques images. J'étais ravie. Je savais qu'à partir du moment où la famille verrait la bonne mine de Craig cela les rassurerait plus que tout ce que je pouvais leur dire. Le docteur fit de petites apparitions dans la chambre toute la journée. Cela me touchait beaucoup de voir à quel point il s'était entiché de Craig. J'avais toujours pensé que les médecins évitaient de trop s'attacher à leurs patients. Mais le docteur Kassell avait l'air de considérer Craig comme un membre de sa propre famille.

Le lundi matin, Craig n'était plus du tout somnolent. Il passa la matinée à jouer au pendu avec Ernie et à bavarder continuellement. Il voulait qu'on le mette au courant de toutes les nouvelles que m'avait données Kate — comment allaient Kylie, Craig, Zeki et Sami, si Steve n'avait plus de boutons, si papy avait passé un bon anniversaire...

Après l'opération à l'hôpital de Great Ormond Street, il avait fallu attendre une semaine le résultat des analyses de la tumeur. Aussi, le lundi après-midi, quand le docteur Kassell vint nous revoir, nous ne nous attendions qu'à une visite de routine. Lisa l'accompagnait, toute souriante, mais je n'y prêtai pas plus d'attention, connaissant sa gaieté naturelle.

— Craig, Marion, Ernie, voici de bonnes nouvelles.

Le docteur Kassell souriait d'aussi bon cœur que Lisa.

— Le résultat de l'analyse biologique est revenu du laboratoire et il confirme ce dont je m'étais douté en voyant la tumeur. Il s'agit d'une tumeur bénigne.

Je n'en croyais pas mes oreilles. Je voulais qu'il le répète.

— Vous êtes vraiment sûr ?

Il hocha la tête.

— T'as entendu, Craig ? demandai-je.

Les yeux de Craig étincelaient.

— Mais comment ça se fait ? ajoutai-je. Comment la tumeur a-t-elle pu changer de nature ?

Le docteur haussa les épaules :

— Je n'en sais rien, Marion, vraiment. C'est un mystère. Quelle qu'en soit la raison, ce sont les meilleures nouvelles que nous puissions avoir. Il y a de bonnes chances pour que les dix pour cent qui restent soient dormants et n'évoluent pas.

Il sourit :

— La tumeur a fait quelques dégâts — elle a aplati le tronc cérébral en une sorte de ruban — et nous allons faire des tests pour estimer ce qui est réversible. Mais le pronostic est bon.

Il continua de sourire :

— À mon avis, Craig est reparti pour une longue et heureuse vie, pleine de succès.

Nous avions tous tant prié pour entendre cela ! Ernie m'entoura de son bras :

— Vous voulez dire qu'il est guéri ?

Il n'arrivait pas encore à le croire.

Le docteur Kassell acquiesça :

— C'est presque certain. Je dirais même plus : tout nous le fait penser. Il va falloir qu'on surveille la chose dans l'avenir. Mais, même si ça se remettait à grossir, je ne vois rien qui nous empêcherait de réopérer.

Craig était radieux.

— Docteur Kassell, vous êtes le meilleur toubib du monde.

Puis, prenant une profonde inspiration, articulant très lentement et soigneusement, il ajouta :

— Vous êtes un supercalifragilisticexpiralidocious [1].

Silence ébahi. Craig nous décocha un sourire espiègle, très content de lui.

Le docteur Kassell semblait ému, sans voix. Quelques instants plus tard il sortit précipitamment. Lisa hésita à le suivre. Puis Kathy, l'une des infirmières du poste central, entra avec un air effaré :

— Il s'est passé quelque chose, ici ?

— Craig s'est seulement amusé à prononcer un mot imprononçable, dis-je en souriant. Pourquoi ?

Elle se mit à rire.

— Ah ! Ça explique tout. J'ai cru que j'avais des visions.

— Comment ça ?

— Eh bien voilà : je vois le docteur Kassell sortir comme un boulet de la chambre de Craig. Et au moment de passer devant mon bureau, vous ne devinerez jamais : il se met à faire un petit bond en l'air, en faisant claquer les chevilles l'une contre l'autre sur le côté — vous savez, comme les danseurs cosaques savent le faire.

Elle secoua la tête :

— Je ne l'ai jamais vu comme ça. Non, jamais.

Plus tard dans l'après-midi, l'ophtalmologiste vint voir Craig. C'était le docteur Newman, un homme tout à fait charmant qui portait un nœud papillon et me rappelait Groucho Marx. Je m'étais posé des questions tout l'après-midi sur ce que m'avait dit le docteur Kassell et je demandai au docteur Newman de me l'expliquer.

1. Le mot fétiche imprononçable de Mary Poppins. *(N.d.T.)*

— Comment la tumeur peut-elle être bénigne ? lui demandai-je. C'était un cancer. Cela veut-il dire que la radiothérapie a tué le cancer ? Que ça a marché, après tout ?

Il secoua la tête.

— Non, je ne crois pas. Si les rayons avaient eu un effet, je ne pense pas que la tumeur se serait remise à grossir de cette façon. Il est possible qu'il y ait eu deux tumeurs, l'une cancéreuse, l'autre pas. Deux tumeurs jumelles, en quelque sorte. Mais ça n'est qu'un raisonnement. En fait, nous n'en savons rien.

Il sourit :

— En tout cas, elle est partie. C'est cela qui est important.

Craig se remettait de l'opération bien plus rapidement que je ne l'avais espéré. Le vendredi qui suivit l'intervention, on le transféra de l'unité de soins intensifs au service pédiatrie. Le même après-midi il marcha sans aide pour la première fois depuis trois mois.

— Ne m'aide pas, dit-il à Ernie tout en accomplissant lentement cinq pas chancelants le long du couloir.

Il ne souffrit pas du tout comme je l'avais tant redouté ; en fait, il n'eut même pas besoin d'aspirine. Quant à son élocution, elle devenait de plus en plus distincte et rapide. Craig en était tout joyeux. Il adorait s'exercer à prononcer de nouveaux mots compliqués. « Supercalifragilistic... » n'était qu'un début. Cette semaine-là il exerça son nouveau talent dès que l'occasion se présentait.

— Cela faisait longtemps que je ne pouvais plus dire « Sœur Susie s'asseoit sans sa scie sur son siège de sarments... », dit-il à Vera, sa kinésithérapeute.

À peine huit jours après l'opération, le docteur

Kassell annonça que nous pouvions ramener Craig à l'hôtel :

— Les hôpitaux, c'est fait pour les gens malades, dit-il. Il pourrait attraper une infection, ici. Il sera plus en sécurité dehors. En fait, il prendrait moins de risques à jouer au milieu d'un carrefour qu'en restant ici.

Craig était aux anges :

— Y a pas meilleur docteur que vous, dit-il.

Le docteur Kassell parut embarrassé :

— Mais non. Il y a plein de médecins comme moi, mais un patient comme toi, il n'y en a qu'un.

Nous devions emmener Craig à la consultation de jour pour des séances de kiné, d'orthophonie et d'ergothérapie. Le reste du temps, il était tout à nous. Cette responsabilité m'effrayait un peu, surtout quand Linda et Arthur durent nous quitter pour aller s'occuper de leur fondation à Washington. Je me demandais comment nous aurions fait sans eux, sans leur force et leur détermination. Heureusement, nous avions de l'aide à portée de main après leur départ. Ruki était arrivée de Londres quelques jours auparavant, envoyée, bien sûr, par le *Sun*. Elle s'improvisa elle-même notre ange gardien. Elle ne ménageait pas ses efforts, et pendant une semaine, tout en nous offrant un sérieux soutien moral, elle trouva le moyen de faire laver le linge, de louer les taxis et de prendre les communications téléphoniques.

L'intérêt de la presse, étrangère et locale, pour le dénouement de l'opération de Craig, fut extraordinaire. Jusqu'au *Washington Post* qui envoya son photographe, James Parcell. Craig fit ainsi la une du journal le vendredi 20 mars. La photo qu'ils avaient choisie le montrait en train de rire, les deux pouces en l'air en signe de victoire. Mais ma photo préférée était l'une de celles qu'ils n'avaient pas utilisées. Elle montrait Craig en train de regarder quelque chose au loin, le visage éclairé par une lumière venant d'en haut. Elle avait quelque chose de surnaturel. C'était le portrait d'un petit garçon qui avait souffert, puis survécu.

La convalescence de Craig ne pouvait être spontanée. Il y avait beaucoup de travail à faire pour lui permettre de récupérer toutes ses fonctions. Nous en apprîmes tant et plus les quelques semaines suivantes, pendant sa fréquentation du Centre John-Kluge de rééducation des enfants (du nom du bienfaiteur de Craig). Sue, sa kinésithérapeute, nous expliqua que certaines zones du cerveau avaient été endommagées par la tumeur, voire par l'opération elle-même, et qu'il fallait que d'autres zones prennent en charge les fonctions déficientes. Le contrôle moteur de ses muscles, tout particulièrement du côté gauche du corps, était très affecté, ce qui expliquait son tremblement. Il avait aussi des problèmes à la main — il sentait à peine ses doigts. Pour aiguiser son sens du toucher, Joan, son ergothérapeute, cachait de l'argent dans une sorte de pâte à modeler, et Craig devait tâter la pâte jusqu'à ce qu'il trouve les pièces de monnaie. Elle utilisait aussi une grande boîte pleine de haricots secs que Craig devait récupérer par simple contact pour toutes sortes d'usages. Sue espérait que la kinésithérapie l'aiderait à marcher. Depuis l'opération, il se déplaçait à grands pas sautillants. Elle comptait sur certains exercices pour lui faire acquérir une démarche plus normale.

Quelque chose d'autre avait été atteint par la tumeur : son centre de l'appétit. Nous savions qu'il serait difficile de lui faire manger les quantités de nourriture adéquates, sans qu'il maigrisse ou grossisse trop. Son poids risquait de faire le yo-yo jusqu'à ce que nous trouvions le bon équilibre alimentaire.

Sa vue comme son ouïe étaient elles aussi affectées, mais moins que dans le passé. Craig devait réapprendre totalement à centrer son regard, mais il y arrivait rapidement sans qu'on ait besoin d'envisager de lui faire porter des lunettes. Son audition posait plus de problèmes — il entendait les sons distincts qui lui parvenaient d'en face, mais pas ceux qui parvenaient de côté ou de l'arrière, et il avait du mal à entendre au moindre bruit de fond. Cela semblait jeter la confusion dans son cerveau.

Sa croissance risquait également d'être retardée à cause de la détérioration de l'hypophyse. Le docteur Kassell nous demanda de revenir en septembre pour une consultation au service spécialisé dans la croissance, au Centre UVA, afin de faire un bilan de la situation. Si c'était nécessaire, on lui ferait alors des injections d'hormones de croissance.

Le handicap le plus flagrant touchait le centre du langage. Les progrès de son élocution avaient d'abord été si spectaculaires à la suite de l'opération que j'avais cru qu'il pourrait bientôt parler normalement. Mais je dus me rendre à l'évidence une semaine plus tard : j'avais été trop optimiste. Il articulait mieux et son débit s'était un peu accéléré, mais restait trop lent. Il traînait et hésitait encore sur chaque mot — un peu comme quelqu'un qui aurait eu une attaque. Son orthophoniste elle-même, Polly, était incapable de prédire jusqu'à quel point il pourrait retrouver une élocution normale.

— Veillez à ce qu'il continue de chanter, me conseilla-t-elle. Ça aide beaucoup.

Cet exercice-là, il s'y attelait volontiers !

Somme toute, aucune de ses difficultés ne m'inquiétait outre mesure. Rien ne pouvait doucher la joie de l'avoir retrouvé. Évidemment, réapprendre à parler, à marcher et à manger prendrait du temps. Mais grâce à Dieu, le temps, c'était la chose dont nous disposions le plus. Pour la première fois depuis deux ans, le temps jouait en notre faveur.

Nous fîmes la connaissance de son ange gardien, M. Kluge, trois semaines après l'opération. Ernie et moi avions attendu cet instant dès notre premier séjour à Charlottesville. Nous voulions le remercier. Le docteur Kassell nous avait promis de nous le faire rencontrer, mais le temps passait et rien ne venait. Et puis, douze jours après sa sortie de l'hôpital, le docteur Kassell nous informa que cela allait se faire. M. Kluge nous rencontrerait le lendemain dans le bureau du docteur Jane.

Tous les médias voulaient être présents. Il leur fallait ce dernier épisode pour clore en beauté le conte de fées. D'après le docteur Kassell, M. Kluge ne tenait pas à ce que la rencontre tourne au cirque. Elle eut donc lieu très discrètement. Une seule chaîne de télévision locale ainsi qu'un reporter et un photographe du journal de Charlottesville, le *Daily Progress,* furent conviés. Je regrettais que Ruki et Stuart ne puissent assister au grand événement.

J'avais un trac fou. Je m'en ouvris au docteur Kassell, ce qui le fit sourire :

— Et s'il avait autant le trac que vous ?

Arthur et Linda étaient revenus de Washington et ils nous conduisirent à l'hôpital le lendemain. Il pleuvait. Je glissai ma main dans celle d'Ernie :

— Il pleut toujours dans les grandes circonstances de notre vie.

Ernie se contenta de sourire. Le moment fatidique approchait et j'avais l'estomac noué. Comment montrer sa reconnaissance à l'homme qui a payé pour sauver votre fils ? Quels mots exprimeraient ce qu'Ernie et moi ressentions ? Se contenter de dire merci eût été dérisoire.

Le cabinet de consultation du docteur Jane jouxtait le bureau du docteur Kassell. La pièce était très confortable avec son canapé et ses fauteuils de soie rose et gris, ainsi que les photos de la famille du docteur Jane au mur. La télévision et les journalistes étaient déjà là à notre arrivée, et nous nous assîmes sur le canapé en attendant. Soudain, les projecteurs de télévision illuminèrent la pièce et nous nous levâmes précipitamment à l'apparition d'un homme aux cheveux gris. Dans les soixante-dix ans, il avait un visage chaleureux et souriant qui me rappelait un peu Bob Hope. J'étais plus détendue. On ne s'attendait pas à un tel air de douceur et de gentillesse de la part d'un homme d'affaires au faîte de la réussite.

Le docteur Kassell pénétra avec lui dans la pièce et nous le présenta. M. Kluge tendit les mains à Craig, et celui-ci dit simplement :

— Merci. Merci beaucoup. Je ne pourrai jamais vous le dire assez. Si je pouvais, je vous embrasserais.

— Craig, personne ne m'a encore dit quelque chose d'aussi gentil, répondit M. Kluge en se penchant pour l'embrasser.

Je lui saisis la main à mon tour et l'embrassai sur la joue :

— Merci, monsieur. Comment vous montrer notre reconnaissance ?

— Ne me dites pas merci, chère amie, dit-il doucement. C'est la meilleure chose que j'aie jamais faite dans ma vie. C'est Dieu qu'il faut remercier de m'avoir donné les moyens de le faire.

J'avais la gorge nouée, gardant sur la langue tout ce que je m'étais préparée à dire. Impossible de prononcer une parole. Même chose pour Ernie. Je le voyais retenir ses larmes. Et puis, soudain, je vis une larme rouler sur la joue de M. Kluge. Craig nous dévisageait tous les trois et se mit à rire :

— Et voilà ! C'est reparti ! Ils s'y mettent tous !

M. Kluge sourit :

— Je vous en prie, asseyez-vous avec nous, dit-il. Craig, tu viens près de moi ?

Ernie et Craig s'assirent sur le canapé de chaque côté de lui, et moi dans le fauteuil. Nous nous mîmes à bavarder. Nous avions oublié la présence de la presse. M. Kluge avait l'art de mettre les gens à l'aise, et nous parlions et riions comme si nous nous connaissions depuis des années.

L'entrevue dura près de deux heures. Le docteur Kassell se montrait de temps à autre, et à un moment donné on nous présenta John, le fils de neuf ans de M. Kluge. Nous en apprîmes beaucoup cet après-midi-là. M. Kluge aidait différents organismes de bienfaisance et avait fondé le centre de rééducation du centre médical UVA, mais jusque-là il n'avait jamais donné d'argent à une personne en particulier. Il s'en était fait une règle car les lettres de solliciteurs abondaient et il se serait trouvé devant des choix impossibles. L'un des journalistes lui demanda pourquoi il avait fait une exception pour Craig.

— J'avais vu son portrait et lu l'histoire de son appel dans les journaux et je m'apprêtais à lui envoyer une carte de vœux, répondit-il. Mais ce fut comme si Dieu me touchait l'épaule en me demandant de faire plus. J'ai eu comme une prémonition qu'on n'avait pas tout fait sur le plan médical, et j'ai toujours obéi à mes intuitions.

Il haussa les épaules :

— C'est pourquoi j'ai téléphoné au docteur Kassell en lui demandant de contacter la famille Shergold.

Je savais que les médecins britanniques avaient fait tout ce qui était en leur pouvoir, mais c'était bien le pressentiment de M. Kluge qui avait permis de sauver Craig. Cela, j'en étais sûre.

— Moi aussi, je me fie à mes intuitions, lui dis-je, en lui racontant par quel heureux hasard j'étais tombée sur sa lettre, et à quel point j'avais senti qu'il fallait que j'envoie Craig en Amérique, bien que le docteur Hayward m'eût offert de l'opérer lui-même.

Il écoutait en hochant la tête.

— Suivez toujours votre instinct, Marion, me dit-il. C'est parfois par ce biais que Dieu nous dit ce qu'il faut faire.

Notre cher Arthur avait fabriqué, en guise de cadeau de remerciement à M. Kluge, une plaque en métal sur laquelle il avait fixé le portrait de Craig dans la pose de Rocky. Le moment me semblant venu de la lui offrir, je donnai un coup de coude à Craig qui lui tendit la plaque. Arthur avait gravé sous la photo : *Merci de m'avoir aidé à gagner le plus dur de mes combats, 1er mars 1991.* En le lisant, M. Kluge essuya une nouvelle larme, puis il fouilla dans sa poche d'où il sortit une petite pièce en argent :

— Craig, c'est pour toi. C'est ma pièce de vingt-cinq *cents* à deux faces. C'est un porte-bonheur. Elle ne m'a pas quitté depuis que j'ai ton âge, et elle m'a toujours porté chance. Avec ça, tu ne perdras jamais.

Tandis que Craig montrait la pièce aux caméras, M. Kluge se pencha vers moi et me dit tout bas :

— Je regrette de ne pas vous avoir rencontrés plus tôt, Marion. J'aurais voulu faire votre connaissance, mais si l'issue de l'opération avait été différente, j'aurais été incapable d'affronter votre regard. Cela ne m'a pas empêché de suivre les progrès de Craig. Le professeur Kassell a veillé à ce que je sois informé de tout depuis les premiers examens de novembre dernier.

— Vous avez donc veillé sur nous ? répondis-je. C'est bien ainsi que je vous ai toujours imaginé : comme un ange gardien bienveillant.

— Je vous remercie, dit en souriant M. Kluge. Je

suis tellement content que tout se soit terminé ainsi. Vous savez, en novembre, après avoir vu Craig, le professeur Kassell n'était pas chaud pour opérer. Selon lui, l'état de Craig ne relevait plus guère de la médecine.

— J'avais senti que c'était son impression, et j'en avais parlé à Ernie, répondis-je.

— Oui. Mais je l'ai supplié de reconsidérer la chose. Finalement il m'a confié que vous lui aviez dit quelque chose qui l'avait fait changer d'avis. Vous lui aviez demandé ce qu'il aurait fait si c'était l'une de ses filles qui avait eu une tumeur comme celle de Craig. Il en a conclu qu'il aurait donné sa chance à sa propre enfant, quels que soient les risques.

M. Kluge lança un regard sur Craig qui posait toujours pour les photos tout en plaisantant avec l'équipe télévisée.

— Vous savez, Marion, il y a ici un être humain exceptionnel. Vous croyez que votre fils est célèbre désormais, mais croyez-moi, il réalisera d'autres exploits.

Avant que j'aie eu le temps de répondre, le journaliste du *Progress* intervint :

— Comment avez-vous réagi en apprenant l'issue de l'opération, monsieur Kluge ?

— Je me suis agenouillé et ai remercié Dieu, répondit-il.

Je me mis à sourire :

— C'est exactement ce que j'ai fait moi aussi.

Je me sentis incroyablement proche de cet homme merveilleux.

Le reporter avait l'air content.

— Formidable. Je crois que nous avons ce qu'il nous faut, maintenant. Encore une dernière chose.

Il se tourna vers Craig :

— As-tu des projets, maintenant que tu peux envisager une vie normale, Craig ?

Craig réfléchit à la question :

— Ouais. Je voudrais apprendre à jouer au squash, dit-il soudain. Parce que le docteur Kassell joue au squash tous les jours. Alors je veux revenir ici pour jouer avec lui, et pour le battre.

Le journaliste sourit :

— Et à ton avis, combien de temps faudra-t-il pour que tu y réussisses ?

— Oh ! disons dix ans.

M. Kluge laissa échapper un éclat de rire :

— J'espère que je serai encore là pour voir ça !

— Vous serez l'arbitre, lui promis-je.

18

En deux ans, depuis qu'il était tombé malade, je n'avais jamais surpris Craig en train de pleurer. Mais en ce vendredi 19 avril, à l'aéroport d'Heathrow, sa maîtrise de lui-même fit défaut. Au moment où il se jeta dans les bras de Steven, je vis son menton trembler et des larmes de joie lui couler sur le visage.

— Salut, Vilain. M'voilà de retour, dit-il.

Mon pauvre Steve était trop bouleversé pour dire quoi que ce soit. Tout le monde était très ému. Grand-père, Carol, Kylie, Kate et Sharon se bousculaient pour embrasser Craig, le visage humide de larmes. Ils avaient attendu patiemment pendant des heures que nous passions la douane. La petite Kylie nous avait vus la première :

— Oncle Craig, oncle Craig ! avait-elle crié.

Puis elle s'était faufilée à travers la barrière, s'était précipitée vers Craig pour lui entourer les jambes de ses bras. Craig, radieux, s'était alors baissé pour l'embrasser. Il avait craint qu'elle ne le reconnaisse plus après huit semaines d'absence.

Nous avancions en poussant nos bagages sur un chariot, quand les flashes se mirent à crépiter. Le monde entier avait l'air de nous attendre au bout des barrières. Pas seulement la famille, mais les cameramen de la télé, les journalistes, sans oublier les touristes japonais, tous lançaient des ovations et applaudissaient en nous voyant arriver. Craig avait tenu absolument à sortir de l'avion en marchant et il y parvint avec l'aide d'Ernie. Au moment de se jeter dans les bras de Steve, tout le monde se mit à chanter en chœur *For He's a Jolly Good Fellow.* Un vrai accueil de héros !

Notre vieil ami Stuart Maister avait loué une grosse voiture pour nous reconduire à Carshalton. La maison débordait de drapeaux anglais et américains, de ballons et de banderoles de toutes sortes. Une centaine de personnes nous attendaient dans la rue. Quelqu'un avait installé des haut-parleurs afin que la première chose que nous puissions entendre des fenêtres ouvertes de la limousine fût Stevie Wonder qui chantait de sa voix magnifique : *Je t'ai appelé juste pour te dire que je t'aime.* Ce fut le couronnement d'une journée extraordinaire.

Stuart Maister nous avait accompagnés dans la voiture et fit une brève interview dans notre salon :

— Qu'aimerais-tu dire à tous ceux qui ont eu la même maladie que toi, Craig ?

Craig n'hésita pas :

— Ne renoncez jamais. Gardez le sourire, et vous vaincrez...

Deux années ont passé depuis ce jour merveilleux. Dieu merci, Craig a effectivement vaincu le cancer. Il continue de se rétablir. Le dernier scanner montre que les restes de la tumeur se sont encore amenuisés. Il semble que Dieu ait effectivement exaucé les prières de millions de gens de par le monde.

La convalescence de Craig fut un long et lent processus. Certaines fonctions sont revenues plus vite que d'autres. Son langage s'est amélioré de façon spectaculaire. Il fait plaisir à entendre aujourd'hui :

plus de défauts de prononciation, plus d'hésitation avant chaque mot. Il parle un tout petit peu plus lentement que tout le monde. C'est tout.

La récupération physique a été plus laborieuse. Sa jambe gauche et tout son côté gauche ont mis longtemps à retrouver leur force d'antan. Pendant des mois Craig a eu besoin de notre aide pour grimper les escaliers. Il se fatiguait très vite, et il lui fallait faire chaque jour une longue sieste. Aujourd'hui, il prend encore son fauteuil roulant pour sortir ou faire les courses, et sa démarche reste étrange car son genou gauche ne lui obéit pas bien. Pour l'heure, les joies simples comme le football ou la bicyclette lui sont donc encore inaccessibles. Mais, grâce à un travail forcené, il retrouve progressivement la maîtrise de son corps. Il a encore huit ans devant lui pour battre le docteur Kassell dans un match de squash. Je sais qu'il y parviendra.

Cela dit, il lui a fallu se résigner à ne pas retrouver certaines fonctions. Son centre de l'appétit est définitivement détérioré, et il lui faut apprendre à vivre ainsi. Il a pris beaucoup de poids pendant les douze premiers mois qui ont suivi l'opération, puis il a minci au fur et à mesure qu'il reprenait une activité physique. Son hypophyse est également définitivement endommagée, de sorte qu'il doit subir des injections régulières d'hormones de croissance pour compenser. Mais tout cela reste mineur, à mon sens du moins. Il restera peut-être un peu grassouillet et il n'est pas certain qu'il devienne aussi grand que Steven, mais du moins a-t-il un avenir désormais. À côté de cela, le reste a-t-il grande importance ?

En septembre 1992, il est retourné à l'école, trois ans et demi après avoir dû la quitter. L'école de Chartfield est une institution spéciale pour les enfants qui ont dû manquer la classe pour cause de maladie ou pour d'autres raisons. Les élèves y sont peu nombreux par classe, ce qui permet de les suivre individuellement et de leur donner toute l'affection et l'attention nécessaires. On leur y fait suivre le circuit scolaire normal, de sorte qu'ils peuvent passer s'il le veulent les examens de fin d'études secondaires. Craig aime beaucoup cette école et s'y débrouille bien. Il lit quasiment normalement pour son âge et les professeurs pensent que d'ici deux ou trois mois il aura rattrapé le niveau des autres dans la plupart des matières. Il aime la littérature, la musique et les maths, mais son cours préféré, c'est le théâtre. Il veut toujours devenir acteur et il a tenu un rôle dans la pièce que les enfants de l'école ont jouée pour Noël. Il prononçait chaque mot si distinctement qu'on pouvait saisir ce qu'il disait tout au fond de la salle. Les spectateurs ne pouvaient se douter qu'il y a seulement deux ans il pouvait à peine se faire comprendre. J'aurais tant aimé que le docteur Kassell et M. Kluge assistent à la représentation !

La presse est revenue en force pour son premier jour de classe. J'avais cru que l'engouement des médias se serait calmé, mais les journalistes s'intéressent plus que jamais à lui. Tous les magazines ont relaté son histoire, du *Reader's Digest* à *Hello !* et on le sollicite pour telle ou telle apparition à la télévision ou à la radio chaque semaine. Craig inaugure régulièrement des fêtes, ouvre des matchs de golf de bienfaisance, assiste aux premières des nouveaux films et s'est vu offrir de magnifiques voyages, de Las Vegas à la Laponie pour voir le Père Noël !

Partout où il va, les gens veulent l'embrasser, le toucher, comme s'ils voulaient, en se frottant à lui, bénéficier d'une sorte de grâce divine.

Il nous faut toujours faire face à une avalanche de cartes de vœux. Nous avons arrêté de compter les cartes une par une en 1990, mais le bureau de poste a continué de tenir un compte des sacs postaux et, selon l'estimation de Charlie, nous en avons reçu au total une centaine de millions. Aujourd'hui encore, début 1993, Craig en reçoit quinze mille par jour, et les personnes formidables que nous avons baptisées les « gens des cartes » se réunissent toujours régulièrement pour les dépouiller.

La célébrité de Craig ne nous a pas enrichis. Nous vivons toujours dans notre petit quatre pièces, deux au premier, deux au rez-de-chaussée, dans la cité sociale de St. Helier, à Carshalton. En décembre, Ernie a dû quitter sa place à l'Électricité de Londres à cause d'un licenciement économique : comme quoi notre existence n'est pas exactement un lit de roses. Il arrive que des amis nous disent :

— N'auriez-vous pas préféré que les gens envoient de l'argent plutôt qu'une carte de vœux ?

Je peux répondre non, sincèrement et sans la moindre hésitation. L'amour et l'amitié sont plus utiles que l'argent. Sans les cartes de vœux et l'affection dont elles étaient chargées, Craig ne serait pas là aujourd'hui. J'en suis certaine. Ernie et moi sommes les parents les plus riches du monde, car nous avons notre fils. Nous nous estimons très heureux.

Craig est désormais un adolescent. Ce n'est plus le petit garçon malade d'il y a quatre ans. Il a mûri très rapidement depuis son retour en classe. Il commence à prendre de l'indépendance à l'égard d'Ernie et de moi. J'essaie de ne pas le couver. Je sais qu'il faut lui laisser prendre des risques, comme pour un garçon normal. Cela dit, ce n'est pas facile. Je m'affole dès qu'il prend froid. Et je suis sûre qu'il me faudra des années avant que mon cœur ne batte pas la chamade quand il dit : « M'man, j'ai mal à la tête. »

Dieu sait ce que nous réserve l'avenir. Nous sommes entre ses mains comme nous l'avons été pendant quatre ans. Nous continuons à vivre au jour le jour. Mais nous sommes pleins d'espérance. Jusqu'à présent, le bon Dieu ne nous a pas laissés tomber. À mon avis, le plus extraordinaire dans ce qui est arrivé à Craig, c'est qu'il a eu la chance de voir que la bonté est une vertu partagée de par le monde. En une époque où les « nouvelles » ne parlent que de guerres et de crimes, il est facile de perdre foi en la nature humaine. L'histoire de Craig a prouvé le contraire.

Parfois, le soir, au moment de le border dans son lit, je lui dis :

— Imagine, Craig, que tu te retrouves dans une île où soient rassemblés tous les gens qui t'ont envoyé une carte ou qui t'ont aidé. Ce serait un endroit merveilleux.

Et Craig se met alors à sourire.

Merci, mon Dieu, de m'avoir rendu mon fils...

ÉPILOGUE

Nous sommes retournés au Centre médical universitaire de Virginie en septembre 1991 afin que le docteur Kassell et son équipe puissent faire un bilan des progrès réalisés par Craig depuis son opération.

Le docteur Kassell nous a révélé qu'il était survenu quelque chose de très étrange le jour de l'opération. Quelque chose que personne ne put expliquer.

— Dans le plafond du bloc opératoire sont placées des caméras très performantes, nous a-t-il dit, en ajoutant : Nous les utilisons pour filmer les opérations, ce qui nous permet de les projeter aux étudiants par la suite. Mais lorsque nous avons voulu passer l'enregistrement de l'opération de Craig, nous avons découvert qu'il n'y avait que trois minutes de film. Au moment de la première incision, tout devenait noir. Je fus extrêmement déçu. Personne ne comprend ce qui s'est passé.

Je l'ai alors regardé :

— Moi, je comprends.

Il a froncé les sourcils :

— Ah, oui. Comment ça ?

— Dieu n'a pas voulu que vous filmiez un miracle. Voilà ce qui s'est passé, ai-je dit très lentement.

Le docteur Kassell a souri.

— Eh bien, je n'ai pas de meilleure explication au mystère, Marion. Vous avez peut-être raison après tout.

Remerciements

J'ai eu une chance immense dans l'épreuve, et il me faudrait remercier tant de personnes que je ne sais par qui commencer — ou terminer ! Néanmoins, je tiens particulièrement à témoigner mon amitié et ma reconnaissance à :

Vous, monsieur John Kluge, qui avez été notre ange gardien et qui m'avez rendu mon univers ; vous, professeur Neal Kassell, à qui je serai toujours redevable d'avoir eu l'audace de tenter et de réaliser un miracle, pour ne pas trahir notre attente ; à vous aussi, médecins, infirmières et personnel soignant qui, ici comme en Amérique, forts de votre compétence et de votre dévouement, avez contribué à sauver mon fils ; à chacun de vous, homme, femme ou enfant, qui avez pris la peine d'envoyer une carte de vœux ou un témoignage d'amitié ; à vous tous, chers amis, qui vous êtes offerts bénévolement à l'ouverture des lettres venues de partout et m'avez montré le pouvoir de l'amitié. Comment rendre hommage à ton abnégation, Bill Wyman, merveilleux copain et véritable ami dont la présence nous fut si nécessaire ; comment te remercier, Roonie Wood, toi qui as réalisé des prodiges ; et vous deux, Linda et Arthur Stein, de la Fondation des souhaits d'enfants, parrain et marraine de Craig, qui avez apporté la preuve que des vœux peuvent devenir réalité ; vous, Kate et Sharon, qui avez contribué à chasser les nuages noirs ; toi, Pamela Cockerill, précieuse amie à la patience d'ange, avec qui j'ai partagé rires et larmes en écrivant ce livre.

J'aimerais enfin rendre grâce à Dieu pour m'avoir soutenue aux heures les plus noires et avoir répondu à mes prières comme à celles de millions de gens de par le monde. J'ai le sentiment d'avoir vraiment bénéficié de la grâce divine.

UNIVERSITÉ DE VIRGINIE
Centre des sciences de la santé

DÉPARTEMENT DE NEUROCHIRURGIE

Craig Shergold vint pour la première fois à l'université de Virginie en novembre 1990. Nous nous sommes rendu compte immédiatement que Craig était un patient hors du commun ; mieux encore, il a montré qu'il était un être humain exceptionnel. L'université était équipée d'un bistouri à rayons gamma et disposait d'une équipe médicale extrêmement entraînée. Cela mettait certaines chances du côté de Craig. Mais l'issue de l'opération n'aurait pas été celle qu'on sait sans son courage et sa détermination.

John Kluge, mon ami depuis de longues années, m'avait demandé de m'occuper de Craig. La première fois que je vis l'enfant, il était totalement impotent, devait rester au lit pratiquement toute la journée, ne pouvait plus écrire et ne parlait qu'en se faisant comprendre très difficilement.

Un premier diagnostic nous fit penser que Craig souffrait d'une tumeur maligne de la région de l'hypophyse, et nous envisagions de le traiter au bistouri à rayons gamma au moins pour réduire les symptômes. Seulement, en examinant les clichés des scanners, il est apparu que la tumeur, de la taille d'un œuf de cinq centimètres de diamètre, était trop volumineuse pour ce type de bistouri qui n'a d'effet que sur des tumeurs ne dépassant pas trois centimètres de diamètre, de la taille d'une balle de golf au maximum.

Nous n'avions pas d'autre choix que de tenter avant toute chose de diminuer la taille de la tumeur, autrement dit d'en retirer une partie afin que le reste puisse être traité aux rayons gamma. Cette solution ne m'enthousiasmait pas, c'est le moins qu'on puisse dire. Je craignais que cela ne puisse prolonger la vie de Craig que d'une année tout au plus, sans pour autant améliorer son état neurologique.

Nous avons proposé cette possibilité aux parents de Craig. M. et Mme Shergold ont dit qu'ils voulaient que leur enfant prenne la décision lui-même. Ce à quoi Craig répondit : « On n'obtient rien sans souffrance. » Je dois ajouter que je n'aurais peut-être pas proposé cette intervention sans l'insistance pressante de John Kluge pour que je tente quelque chose.

Lors de l'intervention, nous fûmes sidérés de découvrir que la tumeur avait un aspect bénin. Loin d'envahir le cerveau comme nous nous y attendions pour une tumeur maligne, la lésion offrait un excellent plan de séparation des structures cérébrales saines.

Nous avons essayé d'enlever la totalité de la tumeur. L'excision fut difficile à cause de la proximité de vaisseaux et de centres cérébraux vitaux. Les séquelles de l'opération et de la radiothérapie précédentes rendirent l'intervention très délicate. Durant celle-ci, mes assistants m'ont enjoint à plusieurs reprises d'arrêter, craignant que je ne m'avance trop à l'intérieur du cerveau. En dépit de la profondeur de l'intervention, j'ai toujours eu le sentiment de pouvoir réussir, sachant que nous avions affaire à une tumeur bénigne.

Grâce à un microscope de très fort grossissement, nous avons réussi à enlever au moins 75 % de la tumeur, peut-être 80 %, voire plus encore. Ce qu'il en restait était largement cicatrisé à la suite de la première intervention et semblait relativement inactif. Après l'opération, l'état neurologique de Craig s'est amélioré immédiatement. Néanmoins, son état s'est aggravé dans la nuit qui a suivi : un scanner a montré qu'un énorme caillot de sang s'était formé dans l'espace séparant les méninges de la boîte crânienne. En réalité, le caillot était éloigné de la zone opérée et provenait de ce que, après l'excision de la tumeur, le cerveau s'était tassé sur lui-même, laissant un grand espace vide.

L'examen biologique de la tumeur a confirmé un peu plus tard sa bénignité.

Ces deux dernières années, Craig a bénéficié d'une amélioration neurologique spectaculaire. Les différents scanners réalisés en mars dernier, deux ans après l'intervention, ont montré que la tumeur résiduelle avait encore diminué, si tant est qu'il en reste quelque chose. Craig a toutes les chances de guérir. Au cas très improbable où la tumeur se remettrait à grossir, une nouvelle intervention pourrait être réalisée.

Encore une fois, le courage de Craig comme l'intuition et la générosité de John Kluge furent les facteurs essentiels des étonnants progrès de Craig. J'apprends en écrivant ces lignes qu'il vient de rejouer au football pour la première fois. C'était l'un de ses rêves pendant la rééducation, un rêve qui lui a fortement soutenu le moral. Nul doute que son rétablissement miraculeux doive énormément à sa personnalité exceptionnelle et à son extraordinaire volonté.

Docteur Neal F. KASSELL, docteur en médecine.
Professeur et vice-président du Département universitaire de neurochirurgie de l'école de médecine de Virginie.

Les chemins de l'enfance

Enfances merveilleuses ou meurtries, des témoignages et des récits où le rire alterne avec les larmes.

BAILLY Othilie
L'enfant dans le placard
3029/1
L'enfant qui se laissait mourir
3859/1

BARRON Judy & Sean
Moi, l'enfant autiste
3900/4

BOTTE & MARI
Le prix d'un enfant
3983/4

CHEDID Andrée
Le sixième jour
2529/3
L'enfant multiple
2970/3

COLETTE
Le blé en herbe
2/1

COLOMBANI M.-F.
Donne-moi la main, on traverse
2881/3

CORMAN Avery
Kramer contre Kramer
1044/3

GLASER & PALMER
En l'absence des anges
3318/6

HAMEL Françoise
Ida, histoire d'une parricide
3831/3
« J'ai tué mon père. » L'histoire vraie d'un drame pas ordinaire.

HAYDEN Torey L.
L'enfant qui ne pleurait pas
1606/3
Sheila, six ans, a ligoté un bébé à un arbre et mis le feu...
Kevin le révolté
1711/4
Les enfants des autres
2543/5
La forêt de tournesols
2988/5
Une enfant comme les autres
3369/6

JULIET Charles
L'année de l'éveil
2866/3

KLEIN Norma
Mon rayon de soleil
3367/3

L'HÔTE Jean
Confessions d'un enfant de chœur
260/2
La Communale
2329/2

LAFON Monique
Mon enfant, ma douleur, mon bonheur
2901/3

LEFEVRE Françoise
Le petit prince cannibale
3083/3

LOWERY Bruce
La cicatrice
165/1
Affligé d'un bec-de-lièvre, Jeff cherche à sortir de sa solitude mais il s'y enferme encore plus.

de MAISTRE M.C. et **G.**
Interdit d'enfance
3515/5 Illustré

MOUSSEAU Renée
Mon enfant mon amour
1196/1

OYLER Chris
Va vers la lumière, mon fils
3004/3

PROVIS Martine
La soupe aux cailloux
3557/3
Les chemins de pierre
3751/3
Quand on a connu une enfance martyre, cloîtrée et rouée de coups par ses parents, même la liberté a un goût amer. C'est ce que découvre Martine Provis, sur ces chemins de pierre et d'errance.

RENARD Jules
Poil de carotte
11/1

RHODES Evan H.
Le prince de Central Park
819/2

THOMAS Eva
Le viol du silence
2527/3
Dans le silence de la nuit, Marie est violée par son père. Sans défense, victime rêvée... Trente ans durant, elle vit l'horreur de cette nuit-là...

WILLIAMS Donna
Si on me touche, je n'existe plus
3445/4
Quelqu'un, quelque part
4144/4 Inédit
Récit émouvant d'une renaissance, par l'auteur de *Si on me touche, je n'existe plus.*

4401

Composition Nord Compo
Achevé d'imprimer en Europe (France)
par Brodard et Taupin à La Flèche (Sarthe)
le 14 février 1997. 1938R
Dépôt légal février 1997. ISBN 2-290-04401-6

Éditions J'ai lu
84, rue de Grenelle, 75007 Paris
Diffusion France et étranger : Flammarion